René Sommer

Woanderswoher

AF206763

Zuletzt erschienen (edition jeu-littéraire):

Das Popcorn und die Vögel. Kurzgeschichten. ISBN: 978-3-7448-6475-6

René Sommer

Woanderswoher

Roman

Bibliografische Information der Deutschen Nationalbibliothek:
Die Deutsche Nationalbibliothek verzeichnet diese
Publikation in der Deutschen Nationalbibliografie;
detaillierte bibliografische Daten sind im Internet über
http://dnb.dnb.de abrufbar.

Editor Factory: ib-lyric (edition jeu-littéraire 2/1)
Author Photo: Erika Koller
Cover Image: Itta Beaux

Herstellung und Verlag:
BoD – Books on Demand, Norderstedt

ISBN: 978-3-7460-8082-6

Inhalt

Erstes Kapitel

Die Uhr steht still

Auf einem Wiesenberg, kurz bevor der Wald beginnt, liegt Johann Sebastian Huch entspannt im Gras, riecht Thymian, Lavendel, hört, wie der Wind die Halme bewegt, zischelt, flüstert. Ein Rosenkäfer summt.

Ein Mädchen balanciert einen königsblauen Eimer auf dem Kopf. Er ist bis zum Rand mit Wasser gefüllt.

- Hallo, ich bin Olivia Brilli.

Sie ist ganz in Rebschwarz gekleidet.

- Zünde eine Kerze an.

Huch streift mit dem Zeigefinger über den Nasenflügel.

- Ich habe keine Kerze.

Ein Mann bewegt sich in großen Sprüngen zu ihnen auf den Berg.

- Hallo, ich bin Lennox Berry.

Er ist groß, hager mit Brille und langer Nase.

- Ich habe eine Kerze gekauft. Wenn du willst, kannst du sie haben.

Huch steht auf.

- Dankeschön.

Berry gibt ihm die Kerze.

- Nun musst du dich entscheiden, ob du sie anzündest oder nicht.

Huch beginnt zu lächeln.

- Nicht unbedingt. Wenn die Kerze plötzlich verschwindet, muss ich gar nichts tun.

Berry klopft ihm auf die Schulter.

- Diese Kerze löst sich doch nicht einfach in Nichts auf. Du hast ein bisschen zu viel Fantasie.

Er wieselt den Berg hinunter.

- Es hat mich sehr gefreut, dir ein Geschenk zu machen.

Olivia hebt fragend ihre Brauen.

- Hast du Zündhölzer?

Huch lässt die Schultern hängen.

- Ich habe keine.

Eine Frau streift durchs Gestrüpp, kommt hervor, zeigt sich.

- Hallo, ich bin Lenya Dina.

Sie trägt ein Matrosenkleid.

- Entschuldigt mich bitte. Ich will nicht stören, aber darf ich euch eine Schachtel Zündhölzer schenken?

Olivia lenkt ihre Augen auf Huch.

- Du hast seine Gedanken gelesen.

Lenya reicht ihm die Schachtel.

- Hoffentlich bin ich nicht im falschen Moment gekommen. Ich wollte nur nett sein. Übrigens, wenn du die Schachtel umdrehst, auf der Unterseite steht meine Telefonnummer. Das ist nur so gesagt und hat nichts zu bedeuten.

Huch dreht die Schachtel.

- Hast du noch eine Schachtel in einer anderen Farbe?

Das Lächeln schwindet aus ihrem Gesicht.

- Und mit einer anderen Nummer?

Er winkelt den Arm an.

- Das ist für mich nicht einfach zu entscheiden. Hauptsache, die Schachtel enthält Zündhölzer.

Lenya verschwindet im Gebüsch.

- Mehr Wünsche, mehr Schachteln.

Eine Eidechse huscht über den Weg, der zu einer Kapelle ansteigt. Sie ist rot bemalt, steht offen und am Rand einer geteerten Landstraße.

Olivia tritt ein. Vorn auf dem Altar schimmert ein messingfarbener Kerzenständer im Licht, das schräg durchs Fenster einfällt.

- Ich finde die Kapelle so schön, dass ich hier den Eimer abstelle und dir zuschaue, wie du die Kerze anzündest.

Huch deutet auf den Altar.

- Mir gefällt vor allem der Kerzenständer.

Olivia stellt den Eimer auf den Plattenboden.

- Du bist lustig. Hättest du die brennende Kerze sonst getragen, bis sie abgebrannt ist?

Er betrachtet den Kerzenständer.

- Sicher nicht! Ich hätte jemanden gefragt, ob er sie tragen möchte.

Ein Mann kommt in die Kapelle.

- Hallo, ich bin Theodor Meerbach.

Er hat lange Füße.

- Ich trage die Kerze gern.

Olivia senkt die großen Augen.

- Was hast du für eine Schuhgröße?

Meerbach nimmt Huch die Kerze aus der Hand.

- Größe 96.

Er schaut Huch an.

- Wenn du die Kerze anzündest und mir nachläufst, hast du jede Menge Spaß.

Huch entfacht ein Streichholz, führt die Flamme an den Docht.

- Gibst du mir auch noch einen Rabatt auf den Spaß?

Meerbach hält die Kerze mit beiden Händen, schreitet durch die Seitenwand der Kapelle, als würde sie aus Nebel bestehen.

- Du bekommst bestimmt die Chance auf einen Rabatt.

Olivia nimmt den Eimer auf, gibt Huch einen Schubs.

- Geh einfach hinterher.

Huch verharrt eher zurückhaltend oder ängstlich.

- Ich kann nicht durch die Wand gehen.

Sie stellt sich den Eimer auf den Kopf und ist mit 2, 3 Schritten bei der Wand und durch.

- Ich hoffe, dass du mir schnell folgst.

Huch streckt die Hand aus. Zu seiner Verwunderung dringt sie durch Wand, ohne dass er den geringsten Widerstand verspürt.

Er gibt sich einen Ruck, geht durch die Wand und gerät auf eine weite Weide, wo Olivia und Meerbach auf ihn warten. Wolkenschatten ziehen über das endlose Grasland, wechselhaft, flüchtig, unbeständig.

- Ich habe mich lang in der Gegend umgeschaut, aber da bin ich noch nie gewesen.

Er reibt sich die Augen.

- Ich vermisse nur einen Bach.

Olivia nimmt den Eimer vom Kopf, kippt ihn. Ein Bach entspringt, schimmert durch fluoreszierende Blüten.

- Drück mir den Daumen, dass er nie aufhört zu fließen.

Meerbach setzt einen Fuß vor den andern.

- Hast du kein Vertrauen in deinen Eimer?

Olivia lässt ihn stehen, läuft dem Bach entlang.

- Doch.

Sie horcht.

- Der Gesang der Vögel ist wunderbar.

Dann hört sie eine Flöte.

- Wer spielt diese wunderbare Melodie?

Sie geht dem Klang nach, gibt Meerbach und Huch einen Wink.

- Kommt mit. Das ist Tanzmusik.

Sie gelangen zu einer Bühne, die aus rohen Brettern und Balken gezimmert ist. Schafe poltern darauf, tanzen auf den Hinterhufen einen fröhlichen Reigen zur Flöte.

Die Flötenspielerin hält inne.

- Hallo, ich bin Leila Bang.

Sie hat knallrot geschminkte Lippen.

- Leider seid ihr 3 Leute und nicht einfach ein Paar. Oder macht es euch nichts aus, zu dritt zu tanzen?

Huch beobachtet die Schafe aufmerksam.

- Ich schaue gern zu.

Meerbach führt Olivia auf die Bühne.

- Das trifft sich ausgezeichnet.

Sie mischen sich unter die Schafe, blicken Leila gespannt an.

Meerbach lächelt von Ohr zu Ohr.

- Ich muss unbedingt gleich loslegen können.

Leila senkt den Blick.

- Du kannst mich nicht drängen. Ich habe schon die längste Zeit Flöte gespielt, möchte aber einen Teigkranz flechten. Das würde ich jetzt sehr genießen.

Ein Mann biegt schnaufend um die Ecke der Bühne.

11

- Hallo, ich bin Levin Doug.

Er trägt einen Helm und einen Overall.

- Gib mir die Flöte. Ich spiele für dich.

Leila überreicht ihm die Flöte.

- Dankeschön. Du kommst genau zur rechten Zeit.

Er führt die Flöte an den Mund.

- Das ist mein Traum. Ich wollte schon immer, dass die Leute zu meinem Spiel tanzen. Aber ich hatte keine Flöte und keine Bühne.

Meerbach beugt sich übers Geländer.

- Was willst du jetzt? Spielen oder plaudern?

Doug begrüßt ihn kernig mit Handschlag.

- Spielen, das ist keine Frage.

Sofort bläst er in die Flöte. Eine quirlige Melodie ertönt. Die Schafe, Olivia und Meerbach tanzen. Das fröhliche Stampfen auf den Holzbrettern vermengt sich mit dem hellen Klang der Flöte.

Huch steht gespannt neben Leila.

- Was ist ein Teigkranz?

Leila zieht die Augenbrauen hoch.

- Das weißt du nicht?

Sie beugt sich vor.

- Zuerst brauche ich Wasser.

Eine Frau eilt in kleinen Trippelschritten auf sie zu.

- Hallo, ich bin Emmi Katz.

Sie hat lilafarbenes Haar und einen bananengelben Eimer.

- Niemand bringt dir schneller Wasser.

Sie füllt den Eimer an einem von Rosen umsäumten Trog.

- Darf ich sonst noch etwas für dich holen?

Leila zählt auf.

- Für den Teig benötige ich eine Schüssel und eine Kelle, Mehl, Butter, Zucker, Salz, Eier, Hefe und Milch.

Emmi läuft zu einem Laden mit pfirsichroter Brettertheke. Vor der Tür klappern Blechgirlanden im Wind.

Ein Mann sitzt auf einem Mäuerchen.

- Hallo, ich bin Noel Pasch.

Er hat ein Glasauge und trägt auffällige lilafarbene Plastikhandschuhe.

- Soll ich meinen Ofen richtig einheizen lassen?

Sie pellt seine rechte Hand aus dem Plastikhandschuh. Sie ist aus Glas.

- Kannst du damit denn arbeiten?

Pasch lacht verlegen.

- Ich selber doch nicht. Aber jemand könnte mir helfen.

Er geht zu einem rund gemauerten Holzofen, der sich wie ein riesiger Schildkrötenpanzer vor einem Bambuswald aus dem Gras erhebt.

Eine Frau tritt aus dem Bambus.

- Hallo, ich bin Mariella Schmal.

Sie hat den Körper einer Libelle, ein Bündel Reisig unter dem Arm.

- Ich mache euch gern ein Feuer im Ofen, heiß genug, dass ihr backen könnt.

Sie öffnet den Ofen, schiebt das Bündel hinein, läuft zu einer Holzbeige, holt Scheite, schichtet sie geschickt um das Bündel an.

- Schaut selber! Ist es genug Holz? Es reut mich nicht.

Leila blickt in den Ofen.

- Zünd es an. Das gibt Glut genug.

Mariella entfacht das Bündel mit einem Streichholz. Das

Reisig knackt. Die Flammen züngeln. Die Scheiter fangen Feuer.

Leila kneift die Augen im Licht blinzelnd zusammen.

- Die Zutaten sind bestellt. Der Ofen ist eingeheizt. Werfen wir ein Auge in die Gymnastikhalle.

Pasch nimmt sein Glasauge aus der Augenhöhle.

- Ich werfe es gleich in die Halle. Ist das gut?

Leila fasst seine Hand.

- Nein, behalt das Auge. Das habe ich doch nicht wörtlich gemeint.

Sie führt Huch an einem Bauzaun und der Abluftanlage vorbei in die Gymnastikhalle. 3 lange Tische stehen in einer Reihe.

Auf dem ersten liegt ein Mann neben einer Teigschüssel.

- Hallo, ich bin Bennet Bohnenkamp.

Er trägt einen samtschwarzen kurzen Morgenmantel und Pantoffeln.

- Ich möchte meine Seele nicht verkaufen.

Leila lässt den Arm über die ausgestellte Hüfte fallen.

- Das verlangt auch niemand von dir.

Bohnenkamp atmet tief ein.

- Dankeschön für das Verständnis.

Sie fragt mit leicht besorgtem Lächeln im Gesicht.

- Was machst du?

Er kreuzt die Arme über der Brust.

- Meine Übung heißt „Der Teig in der Schüssel". Ich liege also flach, reglos, bin überhaupt noch nicht aufgegangen. Was wollt ihr von mir?

Leila öffnet die Lippen.

- Wir möchten dir nur in die Augen schauen.

Bohnenkamp atmet schneller.

- Ihr geht ein bisschen weit. Ich meine: Ich liege ja auch nur so blöd da, weil ich mich auf die Übung konzentriere.

Sie kräuselt die Oberlippe.

- Mach dir keine Sorgen. Es war ein Scherz.

Sie weist auf Huch.

- Er hat mich gefragt, was ein Teigkranz ist. Ich hielt es für eine gute Idee, ihm mal zu zeigen, was ein Teig ist.

Bohnenkamp sieht Huch erstaunt an.

- Möchtest du mit mir über den Teig reden?

Huch lässt die großen Hände hängen.

- Nein, das ist nicht nötig. Du zeigst uns ausgezeichnet, wie ein Teig so daliegt.

Bohnenkamp lächelt verschmitzt.

- Wenn du willst, besorge ich dir einen Morgenmantel und Pantoffeln. Dann kannst du die Übung auch machen.

Huch legt die Hände tatenlos übereinander.

- Das wünsche ich nicht.

Leila zuckt etwas ratlos die Schulter.

- Dein Morgenmantel ist etwas kurz.

Bohnenkamp wedelt mit dem Finger.

- Er ist in der Wäsche eingegangen.

Sie meint mit einem entschuldigenden Achselzucken.

- Es ist dein Mantel.

Dann schaut sie Huch an, deutet mit dem Finger zum nächsten Tisch.

- Das könnte dich interessieren.

Auf der langen Tischplatte liegt eine Frau neben einer Teigschüssel. Rund wie ein Ballon ragt der Teig über den Rand der Schüssel.

- Hallo, ich bin Marga Sternfleck.

Auf ihrem Kopf und ihrer Brust sitzen Vögel.

- Wollt ihr wissen, wie meine Übung heißt?

Leila schärft den Blick.

- Ja sicher.

Marga schiebt sich ein Kissen unter den Rockteil ihres Kleids. Sie stopft es bis zum Bauch hinauf, so dass sie wie eine schwangere Frau aussieht. Die Vögel schlagen nur leicht mit den Flügeln, fliegen jedoch nicht weg.

- Das ist die Übung „Der Teig ist aufgegangen".

Huch stützt die Hände in die Hüfte.

- Und was machen die Vögel?

Marga öffnet die Lippen zu einem strahlenden Lächeln.

- Sie haben sich auf mich gesetzt und ruhen sich aus.

Leila führt Huch zum dritten Tisch, auf welchem der Teig ausgewallt liegt.

Ein Mann steht daneben.

- Hallo, ich bin Lias Lindholm.

Er hat eine Baskenmütze, Hochwasserhosen und einen abgetragenen Mantel.

- Ich halbiere den Teig.

Er nimmt ein Messer, schneidet den Teig entzwei.

- Das ist ein bewundernswerter Teig.

Dann formt er 2 Stränge und flicht einen Kranz.

Leila klatscht in die Hände.

- Du bist ein zuverlässiger Bäcker.

Lindholm schielt mit halbem Auge nach draußen.

- Ist der Ofen bereit?

Sie geht mit Huch aus der Halle.

- Wir schauen nach und geben dir Bescheid.

Bei der Abluftanlage bleibt sie stehen.

- Willst du selber einen Teig machen?

Huch schüttelt leicht den Kopf.

- Nein, das möchte ich nicht. Ich wollte nur wissen, was ein Teigkranz ist.

Sie beschattet die Augen mit den Händen.

- Nun, es war ein Vorschlag.

Huch wandert unter den Bäumen weiter.

Eine Frau sieht einen Vogel, zückt das Fernglas.

- Hallo, ich bin Luana Verdi.

Sie trägt einen rosa Pullover.

- Du gehst durch ein Vogelschutzgebiet.

Huch schaut sich um.

- Welchen Vogel muss ich schützen?

Sie lässt die Hände sinken.

- Stell keine unnötigen Scherzfragen. Lies einfach alle Sätze, die auf den Schildern stehen und verhalte dich entsprechend.

Huch blickt ihr freundlich ins Gesicht.

- Ist gut. Wenn ich ein Schild finde, denke ich an dich.

Luana unterdrückt einen Seufzer.

- Du musst nicht an mich denken, sondern an die Vögel.

Er schaut sich neugierig um, betrachtet das Licht, das auf die Föhren fällt. Alle Geräusche nimmt er aufmerksam wahr, das Knistern und Rascheln unter seinen Füßen, einen entfernten Specht, der gegen einen Stamm hämmert, die Blätter, die der Wind bewegt und zum Wispern bringt. Hinter einem abgebrochenen Baum gelangt er zu einem alten Haus. Eine Katze sitzt am offenen Fenster. Die Sonnenstrahlen brechen durch die Gardine, werfen die Raster der Fenstersprossen auf das dünne Baumwolllgespinst. Die Katze zeichnet einen Schatten an die Wand. Ein hölzernes Pflanzengitter verwittert an der Fassade. Über dem Stapel eines Magazins ist ein Zeitungsverkäufer eingeschlafen.

Als Huch ruhig an ihm vorbeigeht, schlägt er die Augen auf.

- Hallo, ich bin Jason Horn.

Er trägt eine knarrende Lederjacke.

- Geh nicht einfach vorbei.

Huch verschränkt die Arme hinter dem Rücken.

- Es tut mir leid, dass ich dich geweckt habe.

Horn steht auf.

- Nein, du kommst genau zur rechten Zeit, um meinen Elefanten zu betrachten.

Huch legt den Kopf leicht zur Seite.

- Wo ist er?

Horn führt ihn auf einen Platz hinter dem Haus, wo ein riesiger Elefant aus geflochtenem Draht steht. Glitzergirlanden funkeln, versprühen Lichtfunken in die Wipfel der Bäume.

- Ich kann mir ein Leben ohne Elefanten nicht vorstellen.

Der Elefant bewegt die Augen, hebt den Rüssel und rollt auf Rädern zu Huch.

- Hallo, ich bin Adam.

Die Arme auf den Rücken gelegt, beugt sich Huch vor.

- Das ist ein künstlicher Elefant.

Horn schnippt andeutungsweise mit den Fingern.

- Er kann dir alles beibringen, was du wissen musst.

Huch legt ein Lächeln auf die Lippen.

18

- Und was muss ich wissen?

Horn hält den Kopf schief.

- Es steht dir frei. Du kannst selber wählen.

Huch verschränkt die Arme.

- Ich weiß nicht viel, aber ich denke über alles nach.

Horn kann sich vor Lachen kaum halten.

- Adam ist nicht fürs Nachdenken gemacht.

Er klopft Huch auf die Schulter und läuft weg.

Eine Frau betritt den Platz.

- Hallo, ich bin Alisa Lima.

Sie trägt einen Hut mit einem Schleier.

- Ich möchte wissen, wie das Leben in den 80er Jahren war.

Der Elefant rollt zu ihr, deutet mit dem Rüssel zu einem Felsbrocken.

- Beim Fels ist eine Zeitkapsel aus den 80er Jahren vergraben.

Alisa stößt lautes, irres Gekicher aus.

- Ich liebe die 80er Jahre!

Sie läuft zum Felsbrocken.

- Wo ist eine Schaufel?

Der Elefant weist mit dem Rüssel auf einen Mann, der hinter dem Felsbrocken hervorkommt.

- Sie wird dir schon gebracht.

Der Mann geht barfuß, trägt kurze Hosen, ein ärmelloses Hemd und eine Schaufel.

- Hallo, ich bin Emilio Ratsch.

Er fragt höflich.

- Wie fühlt ihr euch ohne Schaufel?

Alisa rümpft die Nase.

- Ich werde von dir angezogen.

Ratsch stützt sich auf die Schaufel.

- Warum?

Alisa streckt und reckt sich.

- Weil du eine Schaufel hast und mir die Zeitkapsel ausgräbst.

Sie geht geradewegs auf den Felsbrocken zu.

- Hier soll sie sein.

Der Elefant sticht mit dem Rüssel in die Luft.

- Du bist zum rechten Ort gelaufen.

Ratsch bittet Alisa ein bisschen zurückzutreten.

- Geh nur ein paar Schritte zurück. Ich möchte dir nicht den Boden unter den Füßen weg graben.

Alisa deutet eine federnde Lockerungsübung an.

- Du bist so rücksichtsvoll.

Ratsch beginnt zu schaufeln, stößt auf einen urnenartigen Kupferbehälter.

- Ich bin überrascht. Ich hätte gedacht, ich müsste ein viel größeres Loch ausheben.

Er bückt sich, zieht die Zeitkapsel aus der Erde.

- Vielleicht ist Schmuck darin.

Alisa schraubt den Deckel ab.

- Was erwartest du?

Ratsch lacht neckend.

- Zum Beispiel Ohrringe.

Sie nimmt einen Rubik-Würfel aus der Kapsel.

- Was! Das Ding stammt aus den 80er Jahren! Was kann man mit dem Würfel überhaupt anstellen?

Ratsch legt die Schaufel ab.

- Ah, das ist sehr einfach. Verdrehe alle Steine und lass

mich dann machen.

Alisa dreht am Rubikwürfel, bis alle Farbflächen bunt durcheinander gemustert sind. Dann gibt sie Ratsch den Würfel.

- Das würde ich gern sehen. Vielleicht verrätst du mir auch den Trick.

Er dreht die Steine im Uhrzeigersinn, gegen den Uhrzeigersinn.

- Ich weiß auch nicht, wie es geht, aber ich bin neugierig.

Fassungslos schüttelt er den Kopf.

- Das kriege ich nicht mehr hin.

Sie nimmt ihm den Würfel aus der Hand.

- Es kann doch nicht so schwierig sein.

Sie verschiebt die Steine in verschiedene Richtungen, schaut plötzlich auf, blickt Huch an.

- Nicht einmal ich habe es geschafft. Willst du es versuchen?

Er schüttelt den Kopf.

- Lieber nicht. Vielleicht findet ihr einen Würfelspezialisten, der die Steine für euch in Ordnung bringt.

Ratsch erobert den Würfel zurück.

- Ich bin selber ein Spezialist. Der Trick ist, dass man Stunde um Stunde dranbleibt und ja keine Ferien macht, bis man die Lösung hat.

Huch verschränkt die Arme.

- Hast du aber auch genug Zeit, um dich zu entspannen?

Alisa tänzelt nervös.

- Der Würfel ist zum Entspannen.

Huch flaniert am Felsbrocken vorbei, spaziert weiter, bis er in den Wald gerät, wo es in den Bäumen zirpt und zwitschert.

Im Farn vor einem Felsenlabyrinth schaut eine Frau auf die Zeiger einer alten Standuhr.

- Hallo, ich bin Carolin Kai.

Sie trägt ein schulterfreies Brautkleid.

- Die Uhr steht still.

Huch hält den Kopf vorgestreckt.

- Möchtest du wissen, wie spät es ist?

Carolin schließt die Augen.

- Nein, das ist egal. Ich möchte, dass du die Uhr wieder zum Laufen bringst.

Er lehnt sich auf sein linkes Bein.

- Ist sie denn beschädigt?

Carolin drückt ihm einen Schlüssel in die Hand.

- Nein, sie läuft einwandfrei. Du musst nur die Tür zu den Gewichten öffnen.

Huch spielt mit Schlüssel.

- Dann läuft sie schon?

Sie kichert glockenhell.

- Nein. Dann musst du die Gewichte ganz hochziehen und dem Pendel einen leichten Stoß versetzen.

Er lehnt sich an die Standuhr.

- Es kommt immer noch etwas dazu. Das ist eine ganze Menge von einzelnen Handlungen.

Ein Mann schiebt sich aus dem Labyrinth.

- Hallo, ich bin Mark Grünzweig.

Er trägt eine Schuluniform.

- Wann läuft die Uhr wieder?

Carolin deutet auf den Schlüssel in Huchs Hand.

- Sobald er sie aufgezogen hat.

Grünzweig reibt die Hände.

- Vielleicht kann ich das machen.

Ihr Gesicht flimmert.

- Ich möchte nicht, dass ihr euch um den Job streitet.

Huch reicht Grünzweig den Schlüssel.

- Mach dir keine Sorgen. Ich dränge mich nie vor.

Zweites Kapitel

Die Ente schnappt das Frisbee

Grünzweig schiebt den Schlüssel ins Schloss.

- Dankeschön! Wie kannst du dem Zauber dieser Uhr widerstehen?

Huch legt die Arme auf den Rücken.

- Ich schaue gern zu.

Carolin streckt ihre Finger nach Grünzweig aus.

- Gib mir einen Kuss.

Er lupft skeptisch die Augenbrauen.

- Soll ich nicht zuerst die Uhr aufziehen?

Sie räkelt sich wie eine Raubkatze.

- Das hat Zeit.

Grünzweig schnuppert genießerisch an ihrem Haar.

- Deine Haare verbergen dein Gesicht.

Sie neigt den Kopf leicht gegen die linke hochgezogene Schulter.

- Dann streif es zurück.

Er streicht mit beiden Händen ihr Haar zurück, küsst sie.

- Ich kümmere mich jetzt um die Uhr.

Carolin senkt den Blick.

- Zuerst pflanzen wir einen Pflaumenbaum.

Grünzweig wischt sich mit dem Ärmel übers Gesicht.

- Und was wird aus der Uhr?

Sie quittiert die Frage mit einem breiten kurzen Lächeln.

25

- Lass sie stehen.

Dann führt sie ihn durch ein Tor in einen Garten. Er ist eingefasst mit rohen, silbrig glänzenden Holzlatten. Sie schaut über die Schulter zu Huch zurück.

- Hast du auch schon einen Baum gepflanzt?

Er legt die Hand über die Schläfe.

- Nein.

Carolin winkt ihm.

- Das ist ein Garten, wo wir Pflaumenbäume pflanzen. Willst du ihn sehen?

Grünzweig tritt durch das Tor.

- Ja gerne. Den Garten sehe ich, aber wo sind die Bäume?

Sie streift weiße Handschuhe über.

- Hör mir gut zu. Ich sagte, wo wir sie pflanzen. Stünden da bereits schon Pflaumenbäume, Stamm an Stamm, müssten wir einen anderen Garten suchen.

Er hebt das Kinn.

- Das leuchtet mir ein.

Eine Frau sieht Huch neben der Standuhr stehen.

- Hallo, ich bin Diana Spicke.

Sie trägt eine Hasenohrenmütze, Schaufel, Gießkanne und einen jungen Pflaumenbaum.

- Hilfst du beim Pflanzen?

Er blinzelt.

- Nein, ich schau nur zu.

Diana gibt ihm einen Schubs.

- Von so weit weg? Komm doch mit in den Garten. Du musst ganz nah dran sein, wenn ein Baum gepflanzt wird.

Er folgt ihr in den Garten.

- Ist das eine alte Schaufel?

Sie hält sie hoch.

- Sehr alt. Wie hast du das gemerkt?

Huch schiebt die linke Hand in die rechte.

- Ich habe ein Auge für Antiquitäten.

Diana hält ihm die Schaufel hin.

- Super! Willst du sie tragen?

Grünzweig schaltet sich ins Gespräch ein.

- Das ist gar nicht nötig. Die Schaufel wird gebraucht, und zwar von mir.

Diana reicht ihm die Schaufel.

- Du bist wohl ein Draufgänger oder so etwas in der Art?

Er beginnt sofort mit Graben.

- Ich bin froh, wenn ich etwas machen kann.

Grünzweig hebt ein knietiefes Loch aus.

- Ich lerne gern Bäume pflanzen.

Diana gibt ihm den jungen Pflaumenbaum.

- Dankeschön für deine Hilfe.

Er stellt den Baum ins Loch, breitet die Wurzeln aus.

- Jetzt reicht mir die Spitze des Baums kaum bis zur Schulter. Aber in ein paar Jahren kann ich die Leiter anstellen und Pflaumen pflücken.

Carolin stützt den leicht geneigten Kopf nachdenklich in die Hand.

- Willst du nicht langsam die Wurzeln decken?

Rasch schaufelt er mit beiden Händen Erde ins Loch.

- Doch, doch, das ist genau das, was ich schon lang tun wollte.

Diana überlässt ihm die Gießkanne.

- Du hast keinen Grund zu hetzen.

Sie wendet sich zum Gehen.

- Ausgiebig einschwemmen, rate ich dir.

Grünzweig drückt die Erde fest.

- Willst du schon gehen?

Diana kneift die Augen zusammen und schaut Huch an.

- Vielleicht gibt es hier in der Nähe noch andere Gärten, in denen man etwas pflanzen kann. Wir wollen nicht länger stören.

Grünzweig nimmt die Gießkanne.

- Ihr stört überhaupt nicht.

Carolin schnalzt mit der Zunge.

- Aber sie wollen uns allein lassen. Das Einschwemmen erfordert nämlich die ganze Konzentration.

Diana und Huch verlassen den Garten.

Ihr Blick schweift in die Ferne.

- In der letzten Nacht hörte ich eine Stimme im Traum. Sie rief: Häng deine Hasenohrenmütze auf, bevor die Ohren knittern.

Sie hüpft die Felsen hinab zu einem Brunnen.

- So ein Traum hat wohl nicht allzu viel zu bedeuten.

Huch folgt ihr vorsichtig.

- Es gibt keinen Grund, ihn für unbedeutend zu halten.

Der Brunnen plätschert. Eine Gießkanne steht am Rand des Troges. Als Diana sie füllen will, fällt die Hasenohrenmütze in den Brunnen.

- Was soll ich jetzt machen?

Ein Mann steigt die Felsen hinunter, kommt zu ihnen.

- Hallo, ich bin Richard Uhle.

Er hat kurzes dunkles Haar, eine Wäscheleine und Klammern.

- Vielleicht sollte ich deine Mütze aufhängen?

Sie fischt die Mütze aus dem Brunnentrog, wringt sie aus.

- Ja, sie muss vollständig trocknen. Ohne meine Mütze kann ich gar nichts machen.

Uhle nimmt ihr die Mütze ab, hängt sie an die Leine.

- Was hast du vor?

Sie wirft den Kopf zurück und lacht.

- Wir wollen etwas pflanzen.

Er senkt den Kopf und kreuzt die Arme vor der Brust.

- Habt ihr noch keinen Plan?

Diana fasst sich an den Kopf.

- Wozu braucht es einen Plan? Wir brauchen einen Baum und eine Schaufel. Die Gießkanne haben wir schon.

Uhle verzieht sein Gesicht zu einem herben Lächeln.

- Trotzdem ist es nicht verkehrt, einen genauen Plan zu haben.

Eine Frau schiebt einen Handwagen mit Liegestühlen auf den Platz neben den Brunnen.

- Hallo, ich bin Vivienne Fanny.

Sie trägt Jeans, ein Totenkopf-T-Shirt und ein pflaumen-violettes Biker-Kopftuch.

- Ich bringe euch Liegestühle zum Meditieren.

Uhle reckt die Finger wie Antennen empor.

- Einen Plan zu zeichnen ist einfach. Hast du etwas Papier und einen Bleistift?

Vivienne klappt den ersten Liegestuhl auf.

- Du weißt noch gar nicht, was du zeichnen willst. Leg dich hin und meditiere.

Diana legt sich auf den Liegestuhl.

- Darf ich?

Vivienne hebt den zweiten Liegestuhl vom Wagen.

- Du musst gar nicht fragen. Es hat genug Liegestühle für alle.

Uhle drückt sein Rückgrat durch.

- Ich hätte eher ein Gartenbuch gekauft. Auf die Meditation wäre ich nicht gekommen.

Diana schließt die Augen.

- Ich sehe einen wunderbaren Garten.

Uhle macht es sich auf dem anderen Liegestuhl bequem.

- Hoffentlich sehe ich auch etwas, wenn ich die Augen schließe. Meistens schlafe ich sehr schnell ein, träume was und erinnere mich später nicht mehr daran.

Vivienne stellt einen Liegestuhl für Huch auf.

- Erlaube mir, dir einen Stuhl anzubieten.

Huch faltet die Hände vor der Brust.

- Er macht einen starken Eindruck.

Sie stopft die Hände in die Hosentaschen.

- Das ist doch egal, was für einen Eindruck der Stuhl macht. Hauptsache, er ist bequem. Leg dich drauf und stell dir deinen Garten vor.

Huch bleibt stehen.

- Es genügt doch, wenn sich andere Menschen einen Garten vorstellen. Dann kann ich ihn betrachten, ohne dass ich meditieren muss.

Vivienne atmet ein oder 2 Mal tief durch.

- Ich verstehe, du möchtest lieber einfach relaxen. Dazu eignet sich der Stuhl hervorragend.

Ein Mann eilt über den Platz, wirft sich auf den Liegestuhl.

- Hallo, ich bin Nikolas Good.

Er trägt eine grasgrüne Mütze und hat ein Buch dabei.

- Ich bin sehr gestresst, kann mich jedoch nicht allein

entspannen.

Good gibt ihr das Buch.

- Kannst du mir aus dem Buch vorlesen? Das hilft.

Vivienne blättert.

- Wovon handelt das Buch?

Er schließt die Augen.

- Von der Blume und der Biene.

Eine Frau tritt auf den Platz.

- Hallo, ich bin Rebecca Zink.

Sie trägt ein Blumenkostüm.

- Vorlesen ist nicht nötig. Ich spiele die Blume.

Good reißt die Augen auf.

- Jetzt fühle ich mich gut. Es fehlt nur noch die Biene.

Ein Mann schwirrt über den Platz.

- Hallo, ich bin Frederik Baccara.

Er steckt in einem gelbschwarzen Bienenkostüm, summt um Rebecca herum.

- Ich danke dir für deine Einladung.

Sie hält ihn auf Armeslänge von sich ab.

- Ich habe dich gar nicht eingeladen. Was willst du?

Baccara schielt auf seinen Einkaufszettel.

- Blütenstaub hätte ich gern und Nektar.

Sie öffnet das Kostüm.

- Möchtest du nicht lieber Erdbeeren?

Er spreizt die Finger ab wie kleine Flügelchen.

- Nein, die stehen nicht auf meiner Liste.

Good springt aus dem Liegestuhl auf.

- Das Spiel gefällt mir.

Er läuft zu Vivienne.

- Ich schaffe es nicht ohne deine Hilfe.

Sie bewegt sich marionettenhaft.

- Ganz in der Nähe hat es einen Kostümverleih. Da finden wir schnell etwas Passendes für uns.

Sie geht zu Huch, windet sich geschmeidig um seinen Körper.

- Du bist auch dabei. Ich lade dich ein. Ohne dich möchte ich nirgends hingehen.

Er streckt und räkelt sich.

- Das gefällt mir nicht.

Vivienne verfällt mit zurückgelegtem Kopf in ein schalkhaftes Lachen.

- Das Spiel kann viel Spaß machen. Es liegt an dir.

Huch kreist schnell wie ein Tänzer um die eigene Achse.

- Geht schon einmal vor. Ich überlege es mir noch.

Sie schlägt entzückt die Hand vor den Mund.

- Ich wusste es. Ich freue mich. Denk ja nicht zu viel.

Sie verabschiedet sich mit einem stummen Händedruck, rennt mit Good den Hang hinunter.

Huch blickt ihnen einen Weile nach, lässt den Blick über Diana und Uhle wandern, die auf dem Liegestuhl liegen. Dann steigt er den Felsenweg hinauf. Vor der Höhenkuppe hört der Wald auf. Wachholderbüsche und der verkarstete Fels sind dunkelbraun, als hätte jemand das Land mit Kaffeepulver bepudert.

Vor einer Erdhöhle erwartet ihn eine Frau.

- Hallo, ich bin Lene Scheinecker.

Sie hat ein Kostüm an und die Haare hochgebunden.

- Leider kann ich dir keinen Kaffee anbieten. Die Kaffeemaschine ist kaputt.

Huch reckt den Hals.

- Das tut mir sehr leid, dass die Maschine kaputt ist. Im Moment brauche ich zwar keinen Kaffee, aber ich finde es trotzdem sehr schade.

Lene klopft ihm auf die Schulter.

- Verlang einen Kaffee, und du wirst ihn bekommen. Du musst mir nur vorher die Maschine flicken.

Er wippt mit den Fußspitzen.

- Von der Technik verstehe ich leider nicht sehr viel.

Sie weist auf das Büchergestell in der Höhle.

- Komm mit mir in die Höhle. Kaffeemaschinenbücher müssten im Regal sein.

In der Höhle hausen Fledermäuse. Sie hangen, in ihren Flügeln eingeschlagen, an der Decke, die Füße festgekrallt, die Köpfe nach unten.

Huch folgt Lene zögernd.

- Werde ich die Fledermäuse nicht aufwecken?

Ihre Augen funkeln.

- Kümmere dich nicht um sie. Wähl einfach zufällig ein Buch aus.

Er tritt vor das Regal.

- Du meinst, ich soll das erste beste Buch herausgreifen und könnte damit lernen, deine Maschine zu flicken?

Lene haut sich vor Lachen auf die Schenkel.

- Ja sicher! Ohne Buch weißt du nichts.

Das grelle Lachen weckt die Fledermäuse. Sie wachen auf, schlagen mit den Flügeln, flattern umher, schwirren aus der Höhle. Sie füllt sich mit Staub von Kaffeepulver.

Huch tappt ins Freie.

- Bei dem Staub kann ich nichts sehen.

Lene stellt sich neben ihn vor den Höhleneingang.

- Das ist doch gut. Wenn du nichts siehst, kannst du ganz einfach den Zufall spielen lassen. Du nimmst blind ein Buch heraus.

Er gräbt die Hände tiefer in die Tasche.

- Das mag sein. Trotzdem warte ich, bis sich der Staub gelegt hat.

Ein Mann kommt des Wegs und bleibt vor der Erdhöhle stehen.

- Hallo, ich bin Piet Bamm.

Er hat funkelnde graue Augen.

- Mich stört der Staub nicht. Soll ich hineingehen und ein Buch holen?

Lene kichert in die Hand.

- Ich hoffe, dass du eines findest.

Bamm dringt in die Höhle.

- Ich bin nicht sicher, ob es mir wirklich gelingt.

Er tappt in die Stauwolke, hustet.

- Ein Buch ist etwas, dass man auch im dicksten Nebel ertasten kann.

Lene richtet einen ernsten, leicht sorgenvollen Blick auf die Höhle.

- Einen Versuch ist es wert.

Voll Kaffeestaub kehrt Bamm zurück. Er bläst den Staub vom Cover eines Buchs.

- Wenn ich kein Buch gefunden hätte, wäre ich in die Bibliothek gelaufen. Ich gebe nie auf.

Er blättert, legt den Finger auf eine Seite.

- Da steht es. Bei der Kaffeemaschine darf man nie vergessen, Wasser einzufüllen.

Lene ringt die Hände.

- Ich habe Wasser eingefüllt.

Bamm durchstöbert das Buch weiter.

- Ich habe ja nicht gesagt, dass du es vergessen hast. Aber das wäre ein Fehler gewesen, der sich leicht beheben lässt.

Eine Frau gesellt sich zu ihnen.

- Hallo, ich bin Ava Rar.

Sie trägt ein erdbeerrotes Halstuch, legt eine silbern blinkende und blitzende Gabel ins Gras.

- Singt ein Lied für mich, und ich lasse die Gabel verschwinden.

Huch blickt ihr direkt ins Gesicht.

- Kannst du zaubern?

Ava kneift die Augen zu.

- Das ist eine dumme Frage.

Er lächelt mit den Augen.

- Entschuldigung, was wäre für dich eine kluge Frage?

Sie beschäftigt beide Hände mit den Haaren.

- Du brauchst dich nicht zu entschuldigen. Eine kluge Frage wäre zum Beispiel: Was kannst du für mich tun?

Bamm starrt ins Gras.

- Die Gabel ist weg.

Ava tippt auf seine Jackentasche.

- Nicht weg. Sie ist in deiner Tasche.

Er fährt mit der Hand in die Tasche, zieht verwundert die silbern blinkende Gabel heraus.

- Wie hast du das gemacht?

Sie blinzelt in die Sonne.

- Ich bin zufrieden, wenn du mich fragst, was ich für dich tun kann.

Lene reibt sich diebisch die Hände.

- Da wüsste ich allerdings was. Bring die Kaffeemaschine zum Laufen.

Sie führt Ava in die Höhle.

- Piet Bamm lernt fleißig. Aber hat den Fehler noch nicht gefunden.

Ava wischt den Staub von der Kaffeemaschine.

- Meine Idee ist: Die Maschine möchte massiert werden.

Lene klemmt die Mundwinkel zu einem Lächeln ein.

- Eine Maschine möchte massiert werden? Das höre ich zum ersten Mal. Und wenn du es mir 1.000 Mal sagen würdest, könnte ich es kaum glauben.

Ava legt die Hände auf die Kaffeemaschine, lässt sie achtsam über die Seiten gleiten, streicht wieder aufwärts darüber. Es sieht aus, als würde sie ein Stück Ton formen.

- Gib mir bitte eine Tasse.

Lene nimmt eine Tasse vom Gestell.

- War das schon alles?

Ava stellt bläst den Staub aus der Tasse, stellt sie auf den Rost der Kaffeemaschine, drückt den Kopf. Zischend sprüht der Kaffee in die Tasse.

- Ja.

Lene kneift unmutig die Augen zusammen.

- Ich glaube, es ist nur ein Zufall.

Bamm stürmt in die Höhle.

- Ich rieche Kaffee. Seid ihr einverstanden, dass ich die erste Tasse kriege?

Lene bietet ihm die Tasse an.

- Du kannst sie haben. Die zweite ist für mich reserviert.

Ava verlässt die Höhle.

- Die Maschine läuft wieder. Willst du auch einen Kaffee?

Huch schnürt die Schuhe.

- Nein, danke. Ich bin sehr froh, dass du die Maschine flicken konntest. Es ist ein schöner Tag. Ich spaziere weiter.

Er biegt auf einen kaum erkennbaren Bergpfad ab. Über Geröll, kleinere und größere Blöcke aus Kalkstein führt er steil hinauf zu einem Ziegelbau mit Blechdach, vergitterten Fenstern.

Ein Mann lehnt gegen die offene, verbeulte Metall-schiebetür.

- Hallo, ich bin Ilias Papper.

Er trägt eine schäbige Krawatte.

- Schau mal, was in meinem Haus steht.

Er weicht zur Seite, damit Huch bequem ins Haus spähen kann.

- Was siehst du?

Huch wartet, bis sich die Augen ans Halbdunkel gewöhnen.

Er entdeckt einen Konzertflügel.

- Das ist ein Steinway.

Papper reckt seinen Kopf empor.

- Bist du überrascht?

Huch blickt neugierig auf den hochgeklappten Deckel.

- Ja. Ich frage mich, wie du ihn hinaufgeschafft hast.

Papper zieht die Brauen hoch.

- Niemand glaubt mir, was ich erlebt habe. Eines Tages stand der Flügel vor der Tür wie ein falsch parkiertes Auto. Ich dachte mir nichts dabei und rollte ihn ins Haus. Seit-her habe ich einen Steinway.

Huch blickt unbewegt durch den Türrahmen.

- Die Tür ist weit genug, der Raum ausreichend groß. Viele

Menschen hätten Mühe, einen Steinway in ihre Wohnung zu rollen.

Papper runzelt unwirsch die Stirn.

- Das stimmt. Aber jetzt steht er mir im Weg. Ich muss mich entscheiden: Soll ich ihn zertrümmern oder den Berg hinunterlassen?

Huch beugt sich leicht nach vorn.

- Hast du ihn nicht mehr gern?

Papper blickt skeptisch auf den Konzertflügel.

- Früher beneidete ich die Leute, die einen Steinway haben. Heute beneide ich die Glücklichen, die keinen haben.

Wie ein leer gegessener Pralinenkarton gleitet ein Riesen-staubsauger unter dem weiten Himmel aus reinem Preußischblau, landet vor dem Ziegelbau.

Eine Frau rutscht vom Steuersitz.

- Hallo, ich bin Liliana Mehres.

Sie trägt einen samtenen Hausanzug.

- Willst du den Steinway loswerden?

Papper atmet tief durch.

- Ja gern, das würde mich freuen.

Liliana klaubt eine Fernbedienung aus der Tasche ihres Anzugs.

- Dann lass mich machen. Einen Steinway einzusaugen ist nichts Besonderes für meinen Staubsauger.

Sie drückt eine Taste.

- Tretet bitte zur Seite. Sonst werdet ihr auch eingesaugt.

Papper und Huch verlassen den Ziegelbau, schauen zu, wie die riesige Düse den Steinway einsaugt. Ein mächtiges Klappern, Klingen und Rauschen tönt, als der Steinway durch den Schlauch in den Bauch des Staubsaugers flutscht.

Liliana schiebt die Fernbedienung in die Tasche zurück.

- Wie heißt du?

Er streicht sich über die Augenbrauen.

- Ilias Papper.

Sie zieht unter dem zweiten Platz hinter dem Steuersitz eine korallenrote Spraydose hervor, sprüht 100 Mal „Ilias" an die Wand des Ziegelbaus, bis nur noch eine korallenrote Fläche bleibt.

- Komm, küss mich. Gleich fliege ich weg. Wer weiß, wann wir uns wiedersehen.

Er umarmt sie, gibt ihr einen Kuss.

- Es würde mich traurig machen, dich lang nicht zu sehen.

Liliana löst sich aus der Umarmung.

- Eigentlich haben wir uns noch nie gesehen.

Papper legt die Hände ineinander.

- Bleib doch bei mir. Jetzt, wo der Steinway weg ist, habe ich wieder viel Platz.

Liliana klatscht mit der Hand auf den zweiten Sitz.

- Flieg doch mit. Oder hast du Angst?

Er hat ein kämpferisches Funkeln in seinen Augen.

- Ich habe keine Angst.

Sie stößt Huch mit dem Ellbogen in die Rippen.

- Und du? Bist du auch dabei?

Huch weicht einen Schritt zurück.

- Ich habe keine Lust zu fliegen.

Liliana schwingt sich auf den Steuersitz.

- Bei mir gibt es einen sehr guten Tee. Was sagst du dazu?

Er neigt den Kopf zur Seite.

- Ich interessiere mich für alle Teesorten. Aber im Moment habe ich keinen Durst.

Papper steigt auf den zweiten Sitz.

- Ich freue mich auf den Tee.

Geräuschlos hebt der Riesenstaubsauger ab, als würde ihn die Schwerkraft entlassen.

Lilianas Hände schließen sich fest um das Steuer.

- Ich werde dich vermissen.

Huch geht weglos querfeldein.

Hinter dichtem Gras und dunklen Bäumen winkt ein Mann mit einer Frisbeescheibe.

- Hallo, ich bin Malik Hempel.

Er trägt eine gefütterte Lederjacke.

- Das einzige, was wirklich zählt, ist ob ich das Frisbee wieder finde. Worauf tippst du? Finde ich es wieder? Oder verliere ich es aus den Augen?

Huch zeigt einen Anflug von Lächeln.

- Ich fürchte, du verlierst es in diesem unübersichtlichen Gelände.

Hempel lässt das Frisbee dicht über die Spitzen der Grashalme gleiten.

- Bewundere meinen Mut. Ich probiere es trotzdem.

Das Frisbee fliegt zwischen einzelnen, aber gewaltigen Eichbäumen durch, schwebt über die Steppe und landet in den Wildblumen.

Hempel lässt den Mund vor Staunen offen stehen.

- Ich würde gern dir die Suche überlassen. Das wird schwierig, und ich verliere leicht die Geduld.

Eine Frau kommt hinter dem mächtigen Stamm einer Eiche hervor.

- Hallo, ich bin Annalena Zipp.

Sie trägt einen schäbigen Anorak.

- Darf ich dir zeigen, wie ich dein Frisbee finde? Ich gehe einfach in eine Richtung, bücke mich und hebe es auf. Es geschieht ganz zufällig.

Hempel irrt orientierungslos in den Wildblumen herum.

- Ja dann, viel Glück.

Sie läuft schnurstracks und gebückt durch die Wildnis, um einen Baum herum, findet das Frisbee in den weißen Blüten der wilden Möhre.

- Es hat sich hinter einem Baum versteckt.

Aus einem Weiher in der Nähe steigen Enten auf.

Hempel nimmt Annalena das Frisbee aus der Hand.

- Ich kann es höher als die Enten werfen. Wollen wir wetten?

Sie legt ihm die Hand auf die Schulter.

- Tu das lieber nicht.

Er prüft die Flughöhe der Enten mit kritischem Blick.

- Ich habe das Frisbee schon weit höher hinauf geworfen.

Annalena lehnt sich von ihm weg.

- Bitte nimm dir Zeit, bevor du dich entscheidest.

Hempel schleudert das Frisbee aus dem Handgelenk im Steilflug in die Höhe.

- Ich kann nicht warten, sonst sind die Enten weg.

Eine Ente fliegt einen Bogen, schnappt das Frisbee mit dem Schnabel.

Hempel zieht beide Augenbrauen nach oben.

- So was ist mir noch nie passiert. Wir müssen schnell hinterher. Weit wird die Ente doch wohl nicht kommen!

Drittes Kapitel

Briefkasten gesucht

Annalena stößt Huch in die Rippen.

- Bist du dabei?

Er verschränkt die Arme hinter dem Rücken.

- Ich laufe nicht gern den Enten nach.

Sie schenkt ihm einen verstohlenen Seitenblick.

- Du würdest mir nachlaufen, nicht den Enten.

Hempel läuft los.

- Rede nicht so unlogisches Zeug!

Annalena wendet sich für einen letzten Blick zu Huch.

- Die Jagd wird sehr angenehm.

Huch schaut ihnen nach, bis sie hinter einer langen Weißdornhecke verschwunden sind. Dann sucht er in der Wildnis des alten Waldes einen Weg, schlägt einen Bogen um dichtes Unterholz und umgestürzte Bäume.

An einer Kleiderstange aufgereiht, hangen die Uniformen und Dirndl einer Trachtenblaskapelle. Im Gras liegen Tuba, Klarinette, Trompete, Querflöte, Posaune und Horn, Trommel, Pauke, Becken.

Ein Mann lugt hinter den Kleidern hervor.

- Hallo, ich bin Jonte Grumt.

Er trägt ein leinenweißes T-Shirt und Jeans.

- Was machst du als nächstes?

Huch legt den Arm an den Körper.

- Ich betrachte die Instrumente und gehe weiter.

Grumt berührt seinen Arm.

- Nicht so hastig! Willst du dir nicht ein Instrument aussuchen und spielen?

Huch lässt die Schulter runterfallen.

- Dankeschön für das Angebot! Zuerst sehe ich mir ein bisschen die Gegend an.

Eine Frau springt aus dem Unterholz.

- Hallo, ich bin Tabea Herzig.

Sie trägt eine rosarote Brille.

- Ich würde sehr gern Klarinette spielen.

Ein Lächeln schleicht in Grumts Gesicht.

- Warst du jemals in einer Blasmusik?

Tabea schaut in sein Gesicht.

- Nein, noch nie.

Sie beugt sich vor, geht in die Knie.

- Was für eine schöne Klarinette ist das!

Er hebt den Kopf.

- Du darfst sie gern spielen. Vorher ziehst du allerdings ein Dirndl an.

Tabea wechselt vom Stand- aufs Spielbein.

- Ich? Ein Dirndl? Soll das ein Witz sein?

Grumt wirkt streng und verneint entschieden.

- Sicher nicht! So ist das in der Blasmusik.

Er fährt über die Kleiderstange.

- Such dir ein Dirndl aus. Eines wird dir sicher gefallen.

Sie nimmt ein Dirndl von der Stange.

- Das da?

Grumt spricht mit leuchtenden Augen.

- Du bist gut. Das ist es.

44

Tabea schaut sich um.

- Wo ist die Umkleidekabine?

Ein Mann und eine Frau tragen eine Kabine.

Der Mann bückt sich.

- Hallo, ich bin Lion Hinz.

Sein Schal ist neonorange, hat blassblaue Streifen.

- Wir kommen gerade rechtzeitig.

Die Frau stellt mit ihm die Kabine ab.

- Hallo, ich bin Livia Honigmann.

Sie ist ganz in Schwarz gekleidet, trägt ein Kopftuch.

- Ich habe es immer gewusst, dass hier einmal eine Kabine gebraucht würde.

Tabea schlägt den Vorhang zurück.

- Darf ich?

Hinz beugt seinen Kopf tief.

- Wir bitten dich darum.

Während Tabea sich umzieht, deutet Grumt auf die Instrumente.

- Alle Anwesenden sind musikalisch. Möchtet ihr nicht einmal hören, wie diese Instrumente tönen?

Livia streckt die Hand nach der Querflöte aus.

- Ich würde sehr gerne Flöte spielen.

Grumt richtet den Blick auf die Kleiderstange.

- Es hat auch ein passendes Dirndl für dich.

Livia verzieht beinahe keine Miene.

- Steht mir ein Dirndl? Du musst mir die Wahrheit sagen.

Sie hört auf zu reden, als Tabea aus der Umziehkabine tritt.

Sie rückt ihre Schürze zurecht.

- Ihr schaut mich alle an. Das liegt gewiss am Dirndl.

Livia holt sich schnell ein Dirndl von der Stange.

- Ich möchte auch, dass mich alle anschauen.

Sie huscht in die Umkleidekabine.

- Es ist super hübsch.

Hinz hebt die Augenbrauen.

- Hast du Kleider für Männer?

Grumt wählt eine Uniform für ihn aus.

- Du weißt, dass du sie nicht tragen musst. Aber wenn du Lust hast, sie mal anzuprobieren, dann schlüpf hinein.

Hinz geht mit Jackett, Weste und Hose hinter einen Baum.

- Ich mag nicht warten, bis die Umkleidekabine frei ist.

Grumt schaut Huch an und reckt erwartungsvoll das Kinn.

- Du siehst: Wir haben bereits eine kleine Kapelle zusammengestellt. Möchtest du nicht auch dabei sein?

Huch wendet sich zum Gehen.

- Dankeschön für das Angebot. Ich werde es mir sehr gut überlegen. Allerdings möchte ich mich noch ein wenig mit der Umgebung vertraut machen.

Er tappt weiter durch den alten Wald, bis er einen Schotterweg findet.

Ein Mann setzt Zahlen und Zeichen auf eine bandartig lange Papierfläche, die vom dicken Ast einer alten Eiche herabhängt.

- Hallo, ich bin Leonardo Mingus.

Er trägt eine dicke Lederjacke.

- Ich bin sprachlos vor Erstaunen.

Huch zieht eine Augenbraue in die Höhe.

- Zum Glück kannst du das noch sagen.

Mingus fügt mit zügiger Handschrift Zahlenkolonnen ein.

- Ich habe errechnet, dass ich mehr auffalle, wenn ich Klebestreifenfetzen an die Ohren, statt unter die Nase klebe.

Huch zieht den Kopf ein wenig ein.

- Tut das nicht weh?

Mingus schaut verständnislos.

- Was?

Huch hält die umgedrehte Hand schalenförmig hoch.

- Wenn du den Streifen von der Haut später wieder abnimmst.

Mingus schlägt die Hände vors Gesicht und lacht.

- Das berechne ich später. Vielleicht spielt die Geschwindigkeit eine Rolle.

Eine Frau kommt hinter der Eiche hervor.

- Hallo, ich bin Giulia Eck.

Sie trägt einen langen Rock und hat eine Rolle leuchtrotes Klebeband in der Hand.

- Ich möchte mich nicht in deine Berechnungen einmischen. Aber wenn du etwas Klebeband brauchst, kann ich dir meine Rolle nur empfehlen.

Mingus reißt 2 Fetzen ab.

- Dankeschön. Du weißt, was ich will.

Er klebt sie an seine Ohrläppchen.

- Damit wird mein Versuch gelingen.

Ein Mann geht auf dem Schotterweg.

- Hallo, ich bin Fabio Kricket.

Er trägt Turnschuhe und Shorts, spricht Mingus an.

- Ich betrachte den Ohrschmuck. Ist das deine Erfindung?

Mingus hält den Kopf schräg.

- Es ist ein Versuch mit der Wahrscheinlichkeit.

Kricket wendet sich an Giulia.

- Darf ich auch 2 Fetzen haben?

Sie reicht ihm das leuchtrote Klebeband.

- Ich habe genug. Damit könnten wir sogar das Ohrläppchen der Freiheitsstatue schmücken.

Kricket trennt 2 Fetzen ab, drückt sie an seine Ohrläppchen, sieht Huch ins Gesicht.

- Willst du auch?

Huchs Nasenflügel zucken.

- Nein danke. Ich sehe euch lieber zu.

Giulia nimmt das Klebeband zurück, versorgt sich auch mit 2 Fetzen.

- Das Klebeband ist aus einem neuartigen Kunststoff gemacht.

Sie schmückt ihre Ohrläppchen.

- Das wird sehr, sehr lustig, wenn wir gemeinsam mit roten Ohrläppchen in die Stadt gehen.

Sie richtet einen prüfenden Blick auf Huch.

- Kommst du auch mit?

Er schlenkert mit den Armen.

- Die Stadt werde ich später besuchen. Zuerst würde ich gern die Landschaft erkunden.

Giulia schiebt die Brauen in die Stirn.

- Das ist schade. Ich hätte dich gern dabei gehabt.

Sie bietet ihm das Klebeband an.

- Brauchst du es?

Er spreizt die Finger.

- Das kann ich mir im Moment noch nicht vorstellen.

Sie holt tief Luft, hakt sich bei Kricket und Mingus ein.

- Gehen wir! Das wird ein lustiger Auftritt.

Huch geht auf dem Schotterweg weiter, kommt vor eine Weggabelung.

- Soll ich mich eher nach links oder nach rechts halten?

Der Wind fährt durchs Gras. Nach der Erschütterung erstarrt Halm um Halm.

Eine Frau streift quer durch die Wiese.

- Hallo, ich bin Anne Klier.

Sie trägt ein froschgrünes, wallendes Kleid und einen Bogen knisterndes Geschenkpapier.

- Du scheinst ein wenig verwirrt.

Huch hebt den Arm nicht höher als bis zur Schulter an.

- Ich betrachte die Verzweigung.

Sie zeigt mit dem Finger in die Richtung eines schmiedeeisernen Pavillons.

- Möchtest du lernen, dich schnell zu entscheiden?

Er wiegt den Kopf.

- Nicht unbedingt. Ich halte gern an und denke nach.

Ein Mann läuft aus dem Pavillon.

- Hallo, ich bin Friedrich Linne.

Er trägt einen Mantel auf dem Arm.

- Es lohnt sich, das Entscheiden zu lernen. Kannst du es mir beibringen?

Anne geht zum Pavillon.

- Ich habe das Entscheiden studiert.

Der Pavillon ist voll unausgepackter Kartons.

In ihren Augen blitzt es.

- Hier sind wir richtig.

Sie dreht sich auf dem Absatz um.

- Welchen Karton willst du zuerst öffnen?

Linne kehrt den Handteller auf Höhe der Brust nach oben.

- Ich habe es doch gesagt. Ich kann mich einfach nicht entscheiden.

Anne greift einen Karton aus dem Haufen heraus, schlägt ihn mit dem knisternden Geschenkpapier ein.

- Ich frage mich, warum du es dir so schwer machst.

Sie legt den verpackten Karton auf den Haufen zurück.

- Wie sieht es jetzt aus? Welchen Karton willst du?

Linne eilt schnurstracks zum Karton mit dem knisternden Papier.

- Es sollte immer auf diese Weise entschieden werden.

Er reißt das Papier weg, öffnet den Karton.

- Wisst ihr, was darin ist? Ich wette, ihr errät es nicht.

Bevor Anne oder Huch raten können, zieht er einen goldenen Papierkorb heraus.

- Ich bin reich!

Anne schiebt ihren Arm unter seinen.

- Wer sich nicht vor Entscheidungen fürchtet, hat Erfolg im Leben.

Linne schiebt ihren Arm zurück.

- Ich möchte aber mit niemandem teilen.

Er klemmt den goldenen Papierkorb unter den Arm, läuft ins verwilderte Grasland hinaus.

- Ich will einfach nur allein reich sein.

Huch schlägt den linken Weg ein.

- Ich schätze das Einbiegen nach links.

Annes Augendeckel klappen auf und zu, aber ihr Blick dahinter bleibt fest.

- Weißt du, wohin dich dieser Weg führt?

Er wippt in den Knien.

- Schritt für Schritt weiter.

Sie deutet mit dem Daumen hinter sich.

- Vielleicht findest du einen goldenen Papierkorb. Möchtest du keinen Karton mitnehmen?

Huch drückt den Rücken ins Hohlkreuz.

- Ich denke beim Wandern darüber nach.

Anne setzt sich auf die Treppe vor dem Pavillon.

- Aber dann bist du ja immer weiter weg. Und irgendwann sind auch die Kartons weg. Deine Chance wird mit jedem Schritt kleiner.

Er reckt den Arm in die Luft.

- Auch darüber werde ich nachdenken.

Sie schnappt einen Karton und läuft ihm nach.

- Ich habe einen Karton für dich genommen. Du kannst ihn ja später auspacken.

Die Wolken reißen auf. Die Sonne taucht die Landschaft in ein neues Licht. Anne und Huch kommen vor ein ockergelbes Haus auf dem Berg.

Ein Mann hämmert auf die Wand ein. Ziegelstücke und Putz fliegen auf den Boden, bleiben liegen.

- Hallo, ich bin Lorenz Ringe.

Er hat breite Schultern.

- Ich höre gern die Musik der Hammerschläge.

Anne tigert mit federnden Schritten hin und her.

- Ich habe einen Karton, den niemand bis jetzt öffnen wollte.

Ringe streckt die Hand aus.

- Gib her.

Er stellt den Karton vor die große leere Wand.

- Möchtest du, dass er mehr beachtet wird?

Sie guckt schelmisch unter dem Haar hervor.

- So etwas in der Art, wenn es möglich ist.

Ringe sprüht mit der Spraydose einen langen roten Strich

quer über die Wand, mit einem Pfeil, der auf den Karton am Boden weist.

- Ich hoffe, der Pfeil bewegt die Menschen, sich zu bücken und den Karton zu nehmen.

Eine Frau marschiert mit baumlangen Schritten auf das Haus zu.

- Hallo, ich bin Daria Lock.

Sie hat hellrote Haare und Sommersprossen.

- Darf ich den Karton öffnen?

Anne lacht schallend.

- Mach ihn auf!

Daria klappt den Deckel auf, kneift die Augen zusammen.

- Wisst ihr, was das ist?

Sie klaubt eine Handvoll spitzer, hölzerner Nasen hervor. Sie strecken Ärmchen und Beinchen aus, zappeln und fingern mit feingliedrigen Händen.

Ringes Arme wippen.

- Das sind Pinocchio-Nasen.

Daria lässt sie fallen.

- Das überrascht mich. Mit Nasen hätte ich nicht gerechnet.

Ringe läuft ins ockergelbe Haus.

- Pinocchio-Nasen sind nicht schlimm. Du musst sie nur beschäftigen.

Er kehrt mit einem Gemüsekorb, kleinen Rüstmessern, Schälern, Schneidebrettern, Töpfen und Schalen zurück, stellt sie vor die Nasen hin.

- Dankeschön, dass ihr gekommen seid.

Wie Ameisen, in gut organisierten kleinen Arbeitsgruppen fallen die Nasen über die Rettiche, Karotten, Zucchini und Peperoni her, schälen, schaben und zerkleinern sie.

Ringe faltet die Hände vor dem Bauch.

- Bald gibt es feinen Gemüsesalat. Ich lade euch ein.

Anne kann sich vor Lachen kaum halten.

- Danke für deine Einladung. Ich freue mich.

Daria reibt sich ungläubig die Augen.

- Für mich sehen alle gleich aus, aber eine ist tüchtiger als die andere.

Sie streicht Huch über die Schulter.

- Sicher kannst du es auch kaum erwarten, den Gemüsesalat aus der Küche der Pinocchio-Nasen zu genießen.

Er schiebt die Hände in die Hosentaschen.

- Wartet lieber nicht auf mich! Ich sehe mich in der Gegend etwas um und weiß noch nicht, ob ich umkehre oder weitergehe.

Anne plinkert mit den Augen.

- Die Gegend läuft dir nicht davon. Du kannst auch nur etwas trinken. Und wenn ich gegessen habe, gehen wir zusammen weiter.

Ringe zeichnet mit der ausgestreckten Hand Kurven in die Luft.

- Ich habe einen sehr bequemen Liegestuhl. Such dir einen Platz aus. Ich stelle ihn sofort auf.

Huch verlagert sein Gewicht von einem Fuß auf den andern.

- Dankeschön, das sind sehr freundliche Angebote. Ich denke unterwegs darüber nach und komme gern darauf zurück, wenn ich mich dafür entscheide.

Er wandert über einen Hügel voller Schafe, betrachtet das Licht auf der Oberfläche ihres Fells. Sie laufen auf ihn zu, scharen sich um ihn, und folgen ihm, als er weitergeht, bis zu einem halbzerfallenen Herrschaftssitz aus hellem Kalkstein. Die Mauer glänzt hell in der Sonne. Der Motor von einem alten Postauto tuckert. Die Straße ist eng. Vor der Kehre hupt der Fahrer vorsichtshalber, warnt den entgegenkommenden Verkehr.

Auf der Höhe des Herrschaftssitzes hält er an, kurbelt die Scheibe hinunter.

- Hallo, ich bin Konrad Meitner.

Er hat eine rauchige Stimme.

- Sind das deine Schafe?

Huch stellt die linke Hüfte aus.

- Nein, sie sind mir nachgelaufen.

Meitner öffnet die Einstiegstür.

- Fahr mit mir. Dann hast du sie bald abgehängt.

Huch legt die Hände zusammen.

- Es stört mich nicht, wenn sie mit mir gehen.

Sein Blick fällt auf die Seitenwand des Postautos, wo mit großen Buchstaben „HUCH" steht.

- Was bedeutet das?

Meitner stellt den Motor ab.

- Du kannst doch lesen, oder?

Huch schaut schräg und keck.

- 4 Buchstaben kann ich schon zu einem Wort zusammensetzen, aber damit ist noch keine Bedeutung erkannt.

Meitner steigt aus.

- Es ist nur eine vorübergehende Werbung.

Huch hebt seinen Arm.

- Für was?

Meitners Blick schweift nach links, bleibt am Schriftzug hängen.

- Für Huch.

Huch schiebt sein Kinn nach vorn.

- Und was ist Huch?

Meitner kehrt auf den Fahrersitz zurück.

- Ein Waschmittel, ein Kaugummi oder ein Hotel. Was spielt das für eine Rolle?

Huch krault ein Schaf.

- Ich würde es schon gern wissen. Ich heiße nämlich Huch.

Der Fahrer schließt die Einstiegstür.

- Ich gratuliere dir. Dann bist du berühmt. „Huch" steht nämlich überall.

Huch hält die Luft an.

- Wieso denn?

Meitner startet den Motor.

- Ich bin überfragt. Bestimmt ist das eine neue Mode. Hut ab! Ich war noch nie in Mode.

Huch stemmt die Hände in die Hüften.

- Nun ja, viele Menschen heißen Huch.

Meitner winkt zum Abschied.

- Sicher nicht! Ich kenne viele Menschen. Aber niemand hat so einen komischen Namen. Wer heißt schon Huch!

Er fährt los. Die Schafherde weicht zurück.

Huch folgt der staubigen Landstraße. Er lauscht seinen eigenen kleinen Geräuschen, den Schritten, dem Atem, bleibt stehen, schaut sich um. An Straßenrand liegt ein demolierter Mülleimer. Daneben steht ein riesiges Plakat mit der Aufschrift „HUCH".

Eine Frau stapft durch die Wiese.

- Hallo, ich bin Noemi Hoppelberg.

Sie trägt ein Glitzerkostüm.

- Hast du eine Frage zum Plakat?

Ein Lächeln stiehlt sich in Huchs Gesicht.

- Ja. Wofür wirbt es?

Ihr Zeigefinger weist in die Luft.

- Ich mag dieses Plakat wirklich sehr. Es wirbt für Huch.

Er atmet tief.

- Und was ist Huch?

Noemi gibt ein gleichgültiges Zeichen.

- Ich denke, das ist ein Name.

Huch lässt das Becken wippen.

- Ja, das weiß ich. Ich heiße Huch.

Sie schüttelt ihm die Hand.

- Ich gratuliere dir. Dann wirbt das Plakat für dich.

Er blickt ratlos zum Plakat.

- Wer ist denn auf die Idee gekommen, Werbung für mich zu machen?

Ein Mann eilt federnden Schrittes über die Landstraße.

- Hallo, ich bin Thore Picht.

Er wirbelt herum. Auf dem Rücken seines enzianblauen Polohemdes steht „Huch-People".

- Es erstaunt mich, dass ihr kein Huch-Hemd habt. Ihr seht doch wirklich wie Huch-People aus.

Noemi zeigt beim Lächeln die strahlenden Zähne.

- Das will ich doch hoffen, zumindest für ihn. Er ist nämlich Huch.

Picht zieht eine Postkarte aus der Tasche. Auf der Vorderseite steht in großen Lettern „HUCH".

- Gibst du mir ein Autogramm?

Huch spreizt die Arme weit vom Körper weg.

- Irgendeine Frau oder ein Mann mit dem Namen Huch

muss berühmt sein. Ich bin es aber nicht.

Picht schnipst mit dem Finger.

- Ich hab's! Du bist berühmt, hast es aber noch nicht gemerkt.

Huch schaut verwirrt drein.

- Das merkt man doch, wenn man berühmt ist. Man käme in der Zeitung oder im Fernsehen.

Noemi versucht, ihn mit neugierigen Blicken zu erforschen.

- Liest du überhaupt die Zeitung?

Huch hebt seine Augenbrauen zur Mitte hin.

- Nein. Ich habe keine Zeitung.

Picht verzieht den Mund zu einem feinen Lächeln.

- Und einen Fernseher hast du womöglich auch nicht?

Huch vergräbt die Hände in den Taschen.

- Nein. Ich habe keinen Fernseher.

Picht starrt gestresst auf die Postkarte.

- Du brauchst wirklich einen Fernseher. Sonst weißt du nicht, ob du berühmt bist.

Eine Frau hüpft Seil auf der Landstraße.

- Hallo, ich bin Medina Gann.

Sie hat hennarote Haare.

- Wollt ihr einen Fernseher gewinnen?

Noemis Augen wandern im Kreis.

- Das braucht sicher viel Glück.

Medina legt das Seil ab.

- Nein, wir brauchen nur eine Briefmarke und eine Post-karte.

Sie zieht eine Marke aus dem Portemonnaie.

- Die Briefmarke habe ich.

Picht fällt ihr kühl ins Wort.

- Und ich habe die Karte.

Medina leckt die Marke mit der Zunge ab.

- In 5 Minuten gehören wir zu den Gewinnern.

Sie drückt die Marke auf die Postkarte.

- Jetzt bleibt uns nur noch die Aufgabe, einen Briefkasten zu finden.

Noemi richtet den Blick geradeaus auf Huch.

- Hast du Lust, mit uns den Briefkasten zu suchen?

Er lehnt sich ans Plakat.

- Ich frage mich, bin aber noch nicht entschieden.

Picht wendet sich ab.

- Ja, wenn du gewinnen willst, darfst du keine Sekunde lang zögern.

Medina nimmt das Seil auf.

- Mein Ziel ist es, einen Fernseher zu gewinnen. Das könnte doch auch dein Ziel werden.

Huch räumt ein.

- Unter Umständen schon.

Noemi lächelt so auffordernd, als gälte es keine Zeit zu verlieren.

- Alle profitieren von unserer kleinen Suche. Es gibt so viele Briefkästen auf der Welt. Man muss sie nur finden.

Sie geht mit entschlossenen Schritten voran.

- Bevor du nachgedacht hast, lacht uns schon einer an.

Huch verschränkt die Arme vor dem Bauch.

- Bleibt ihr auf der Landstraße?

Medina dreht sich um.

- Zuerst schon. Dann sind uns alle Wege recht. Wenn sie uns nur zu einem Briefkasten führen.

Huch steht eine Weile auf der Straße, sieht zu, wie Medina,

Noemi und Picht in der Ferne immer kleiner werden. Dann dreht er sich um und geht in der entgegengesetzten Richtung weiter, gelangt ans Ufer eines Sees. Der glatte Spiegel reflektiert eine im weiten Himmel schimmernde Wolke.

Viertes Kapitel

Was kann man auf dem Liegestuhl lernen

Ein Segelboot gleitet ruhig durchs Wasser.

Ein Mann holt die Segel ein, vertäut das Boot am Steg.

- Hallo, ich bin Arne Augsburger.

Er trägt quietschgelbe Gummistiefel.

- Ich habe Tee in meiner Wärmeflasche. Willst du eine Tasse?

Huch wiegt den Kopf.

- Dankeschön, im Moment gerade nicht.

Eine Frau stößt hinzu.

- Hallo, ich bin Valerie Wohlrapp.

Sie trägt das Kostüm eines kanariengelben Vogels.

- Ich habe Durst und würde sehr gern Tee trinken.

Augsburger reicht ihr die Hand.

- Komm aufs Boot.

Sein Blick schweift zu Huch.

- Komm doch auch. Es stört mich nicht, wenn du uns beim Teetrinken zuschaust.

Huch blinzelt in die Sonne.

- Ich bin zu Fuß unterwegs. Ein andermal plane ich gern eine Bootsfahrt.

Augsburger stellt 2 Tassen auf den Tisch. Sie sind mit dem Aufdruck „HUCH" in Großbuchstaben versehen.

Ein Leuchten fliegt in Valeries Gesicht.

- Das ist lustig. Man trinkt daraus und sagt Huch. Darf ich die Tasse behalten?

Augsburger lehnt gegen den Mast.

- Du musst dich schnell entscheiden. Wenn du mit mir segelst, bekommst du die Tasse.

Valerie setzt sich auf eine Bank, legt die Füße hoch.

- Das ist ein Angebot! Ich bin dabei.

Er löst das Seil, ermuntert Huch mit einem Augenaufschlag.

- Steig ein! Wer hat schon eine Huch-Tasse? Du kriegst auch eine.

Huch saugt die Luft tief durch die Nase ein.

- Was soll ich mit einer Huch-Tasse?

Augsburger legt ab.

- Alle sagen Huch, wenn sie die Tasse sehen. Das ist bei gewöhnlichen Tassen nicht der Fall.

Huch setzt ein nachdenkliches Gesicht auf.

- Ich werde darüber nachdenken.

Augsburger setzt das Segel.

- Das ist keine gute Idee. Du musst dich schnell entscheiden. Nachdenken kannst du später.

Huch zuckt leicht die Schultern.

- Ich denke lieber jetzt nach und entscheide mich später.

Er legt den Handrücken auf die Hüfte, schaut zu, wie sich das Segelboot entfernt. Dann dreht er sich ab.

Das Sonnenlicht schimmert auf der Landstraße. Huch schreitet zügig voran.

- Wunderbar ist es halt doch, zu Fuß unterwegs zu sein. Ich könnte tagelang spazieren.

Auf einer Wiese am Bach sitzt ein Mann im Apfelbaum.

- Hallo, ich bin Gustav Kirkel.

Er trägt Gärtnerhandschuhe.

- Sammelst du Briefmarken?

Huch guckt interessiert und freundlich.

- Im Moment nicht. Da sammle ich Eindrücke von der Landschaft.

Kirkel klettert vom Baum.

- Ich hätte eine interessante Marke für dich. Sie zeigt keine Bilder, sondern nur 4 Buchstaben.

Eine Frau fegt über die Landstraße.

- Hallo, ich bin Veronika Mello.

Sie trägt eine goldumrandete Brille, silberne Leggins und hat die Lippen mit glutrotem Lippenstift angemalt.

- Gibst du mir die Marke?

Kirkel deutet einen Gruß an.

- Es ist eine spezielle Marke, steht nur HUCH darauf.

Veronika lässt die Zunge bei halboffenem Mund sichtbar über die Zähne kreisen, schaut Huch an.

- Warum willst du die Marke nicht?

Er wackelt mit dem Kopf.

- Marken muss man brauchen oder sorgfältig aufbewahren. Ich bin einfach unterwegs.

Ihre Augen blitzen.

- Ich habe ein Briefmarkenalbum zu Hause. Du könntest bei mir wohnen und jeden Tag die Huch-Marke ansehen.

Kirkel tanzt mit ausgebreiteten Armen.

- Ich habe doch die Marke! Darf ich bei dir wohnen?

Veronika schiebt die Brille zur Stirn hoch und wieder runter.

- Mein Haus ist nah beim Bahnhof. Gehen wir!

Sie wirft Huch verstohlene Blicke zu.

- Mit oder ohne Marke. Du kannst auch dabei sein.

Ein Lächeln klemmt zwischen seinen Mundwinkeln.

- Dankeschön für die Einladung! Wenn ich einmal zum Bahnhof gehe, schaue ich gern bei dir herein.

Veronika und Kirkel schlagen den Weg zum Bahnhof ein. Sie hebt den Zeigefinger.

- Lass uns nicht zu lange warten. Der Bahnhof ist auch sehenswert.

Huch lauscht ihren Schritten auf dem knirschenden Grund. Dann summt er ein Lied vor sich hin, folgt der Landstraße.

Ein Mann liegt auf dem Rücken im Gras, hebt den Kopf.

- Hallo, ich bin Lionel Pardon.

Er hat ein herzförmiges Gesicht und große runde Augen.

- Die Melodie, die du summst, kommt mir bekannt vor.

Er richtet sich auf, zieht eine CD aus der Tasche.

- Bestimmt ist das Stück auf dieser CD.

Auf dem Cover steht HUCH in Großbuchstaben.

- Möchtest du die CD?

Huch nickt.

- Wenn ich einen CD-Player habe, komme ich gern auf dein Angebot zurück.

Pardon springt auf die Füße.

- Ist es möglich? Du hast keinen CD-Player?

Eine Frau stapft über die Wiese.

- Hallo, ich bin Marina Medici.

Sie hat wallendes, kupferrotes Haar.

- Ich habe einen CD-Player.

Pardon öffnet die CD-Hülle.

- Das trifft sich gut. Dann können wir die CD hören.

Marina betrachtet das Cover.

- Das ist ja eine CD von Huch.

Sie guckt neugierig Huch an.

- Hast du auch schon einmal etwas von Huch gehört?

Pardon antwortet anstelle von Huch.

- Er hat keinen CD-Player.

Marina deutet auf einen grünen Berg.

- Dort hat es alte Dinosaurierspuren. In einem Fußabdruck ist mein CD-Player. Daneben habe ich eine Thermoskanne Kaffee und einen Imbiss vorbereitet. Wir könnten ein richtiges Dinosaurier-Picknick mit Huch-Musik machen.

Pardon spreizt den kleinen Finger ab, als würde er eine Tasse Tee trinken.

- Wann soll es beginnen?

Marina fuchtelt mit den langen Armen in der Luft herum.

- Über den Beginn können wir uns unterhalten.

Er hebt den Kopf, schließt die Augen.

- Ich würde sagen, am liebsten gleich jetzt.

Sie rennt los.

- Wer holt mich ein?

Pardon jagt ihr nach.

- Was ist mit dir passiert? Hat dich eine Wespe gestochen?

In der Mitte zwischen der Landstraße und dem Berg bleibt sie stehen, blickt zu Huch zurück.

- He, du bist auch eingeladen!

Er zeigt auf die Landstraße.

- Ich gehe noch ein paar Schritte.

Sie weist mit der Hand und dem abgewinkelten Zeigefinger in die Richtung des grünen Bergs.

- Du kannst doch auch mit uns gehen. Wer sagt denn, dass wir wie die Windhunde laufen müssen.

Pardon schnipst mit den Fingernägeln.

- Ich.

Er gibt ihr einen Klaps und flieht.

- Es ist nicht einfach, auf der Jagd stehen zu bleiben.

Sie verfolgt ihn.

- Ich kann nicht glauben, dass du so frech bist.

Huch wartet, bis Marina und Pardon aus seinem Gesichtsfeld gelaufen sind. Dann setzt er sich langsam wieder in Bewegung. Die Landstraße führt an einem kleinen See vorbei. Dichtes Schilf säumt das Ufer, unterbrochen von kleinen Kiesstränden. Im saftigen Grün, das den See umgibt, liegt ein Flugzeugwrack. Der zerstörte Rumpf, der abgebrochene Flügel und die Heckflosse sind mit HUCH beschriftet.

Huch presst die Lippen aufeinander.

- Irgendwas stimmt nicht. Mein Name steht auch noch auf dem Flugzeug.

Ein Mann steigt aus dem Wrack.

- Hallo, ich bin Marco Rick.

Seine Stimme klingt entspannt und überraschend tief.

- Im Wrack hat es Bücher. Willst du eines lesen?

Huch öffnet die Lippen.

- Lesen ist immer ein gute Idee. Wenn ich mal ein Buch suche, komme ich vielleicht hier vorbei.

Eine Frau rennt wie von Furien verfolgt über die Landstraße.

- Hallo, ich bin Annelie Plüsch.

Sie trägt einen flamingoroten Hut.

- Was hast du für Bücher?

Rick schaut beim Reden ein wenig über sie hinweg.

- Willst du mit mir reinkommen?

Sie läuft auf das Wrack zu, hält inne, dreht sich nach Huch um.

- Stell dir vor, das ist ein Huch-Flugzeug. Und es hat Bücher darin. Willst du es dir nicht anschauen?

Huch winkelt einen Arm in Taillenhöhe an.

- Ich nehme es mir vor.

Sie verschwindet mit Rick im Wrack.

- Schade! Ich hätte dir gern etwas vorgelesen und dich gefragt, was dir dazu einfällt.

Ricks Stimme klingt geradezu ein wenig entrüstet.

- Das kannst du auch mich fragen.

Huch steht unsicher lächelnd, leicht schief auf der Landstraße. Dann geht er weiter, gelangt in einen Wald, in welchem einsam ein Holzhaus mit verwildertem Garten steht. Riesengroß prangt auf der Fassade der Name Huch. Ein Mann öffnet das Fenster.

- Hallo, ich bin Leander Lasser.

Er trägt ein wolkenweißes Hemd mit tomatenroter Krawatte.

- Man muss immer Wünsche ans Universum senden. Was hast du für einen Wunsch?

Huch schaut die Waldstraße hinauf und hinab.

- Ich habe immer sehr viele Wünsche, weiß noch gar nicht, welchen ich senden soll.

Eine Frau stolziert über die Wurzeln hinweg.

- Hallo, ich bin Rosa Bering.

Sie trägt fallschirmweiße Handschuhe.

- Ich habe einen Wunsch. Wie kann ich ihn senden?

Lasser stellt eine Schachtel auf den Sims.

- Schreib den Wunsch auf und leg den Zettel in die

Schachtel.

Rosa zuckt traurig mit den Schultern.

- Leider habe ich weder Zettel noch Bleistift.

Ein Mann kommt leicht vorgebeugt durch den Wald.

- Hallo, ich bin Diego Schnabel.

Er hat dunkle Haare.

- Zuerst muss ich dir sagen, dass du schöne Handschuhe trägst.

Sie schließt die Augen.

- Dankeschön.

Schnabel kramt einen Zettel und einen Bleistift aus der Tasche hervor.

- Die ganze Zeit über hatte ich nur einen Wunsch, nämlich: Dir ein kleines Geschenk zu machen.

Rosa pellt die Handschuhe von den Fingern.

- Ich bin überrascht. Du bist sehr freundlich.

Ihre Augen blicken umher, fixieren Huch.

- Kannst du mir kurz die Handschuhe halten, damit ich besser schreiben kann?

Huch senkt die Lider.

- Wie lange?

Sie sperrt die Augen auf.

- Nur so lange, bis ich den Wunsch geschrieben habe.

Schnabel nimmt ihr die Handschuhe ab.

- Lass mich das machen. Ich bin nicht so kompliziert.

Er gibt ihr den Zettel und den Bleistift.

- Jetzt hast du beide Hände frei.

Rosa legt den Zettel auf den Fenstersims, notiert den Wunsch.

- Das wird wunderbar.

Lasser öffnet die Schachtel.

- Ist es wahr, dass du einen guten Wunsch hast?

Sie lässt den Zettel in die Schachtel fallen.

- Den besten.

Lasser verschwindet mit der Schachtel im Haus.

- Es dauert nicht lange.

Eine blütenweiße Kutsche rumpelt durch den Wald. Die 2 vorgespannten Schimmel halten auf der Waldstraße vor Rosa, scharren mit den Hufen.

Auf dem Kutschenbock sitzt eine Frau.

- Hallo, ich bin Tamara Stoppelmann.

Sie trägt einen nachtschwarzen Hausanzug.

- Euer Hochzeitstag ist schön.

Schnabels Hände schließen sich fest um die fallschirmweißen Handschuhe.

- Wer heiratet?

Lasser tritt aus dem Haus, schwenkt den Zettel.

- Rosa möchte den Mann heiraten, der ihre Handschuhe trägt. Das ist ihr Wunsch.

Schnabels Finger verkrampfen sich.

- Moment! Ich trage ihre Handschuhe gar nicht. Ich halte sie nur.

Rosa atmet schwer.

- Heißt das, dass du mich nicht heiraten möchtest?

Schnabel legt den Finger der rechten Hand über den Mund, als wollte er die Worte wieder ungesagt machen.

- Woher kommt diese Idee? Natürlich möchte ich dich heiraten.

Lasser öffnet schwungvoll die Kutschentür.

- Entschuldigt bitte! Ich greife nur ungern in euer Gespräch ein. Gleich läuten die Glocken.

Schnabels Mundwinkel flattern leicht.

- Welche Glocken?

Kirchenglocken schallen aus dem Tal herauf.

Rosa steigt in die Kutsche.

- Das sind unsere Glocken. Sie läuten die schönste Zeit unseres Lebens ein.

Schnabel folgt ihr.

- Es kommt mir vor, als würde ich an Bord einer Raumsonde gehen.

Lasser schließt die Tür, gibt Tamara ein Zeichen.

- Das Brautpaar hätten wir beisammen.

Rosa beugt sich aus dem Fenster der Kutsche, hält mit gerecktem Hals nach Huch Ausschau.

- Ich bin ganz überrascht, dass du nicht Trauzeuge sein willst.

Huch stemmt die Hände in die Hüfte.

- Es hat mich niemand gefragt.

Lasser wirft die Arme in die Luft.

- Das dauert zu lange.

Sein Blick schweift zu Rosa.

- Darf ich Trauzeuge sein?

Sie sagt mit einem vorsichtigen Lächeln.

- Steig ein!

Er setzt sich in die Kutsche.

- Wir sind bereit. Losfahren!

Tamara schnalzt mit der Zunge. Die Schimmel traben mit der Kutsche davon.

Huch hört dem Hufgetrappel nach, bis es sich im Rauschen der Wipfel und dem Gesang der Vögel verliert. Dann entdeckt er einen Weg. Er ist eingewachsen und kaum zu erkennen, führt zu einer Lichtung im Wald. Dort steht ein winziges Steinhäuschen so geduckt, dass selbst die niedrigen Bäume den Dachgiebel überragen.

Ein Mann schlüpft aus der Tür.

- Hallo, ich bin Tristan Heiberg.

Er trägt ein Kapuzenshirt.

- Willst du bei mir etwas lernen?

Huch wiegt den Kopf.

- Ich bin fast immer am Lernen.

Heibergs Gesicht ist ernst, und die Mundwinkel flattern leicht.

- Ist gut, dann kann ich dir etwas beibringen.

Eine Frau kommt des Wegs.

- Hallo, ich bin Malina Zapf.

Sie trägt ein zerzaustes Flickenkleid.

- Ich würde gern duschen.

Sie wendet sich an Huch.

- Weißt du, wo eine Dusche ist?

Er streckt die Hände in Halshöhe aus.

- Nein, leider nicht. Aber vielleicht kann dir Tristan helfen.

Heiberg nimmt Huch beiseite, raunt.

- Anstatt so naiv, freundlich und hilfsbereit zu sein, solltest du mit der Schulter zucken und sagen: Wo ist das Problem?

Huch spitzt die Lippen.

- Darauf war ich nicht vorbereitet.

Heiberg zieht ganz kurz seine linke Wange hoch, als rümpfe er einseitig die Nase.

- Sag es einfach! Du bist doch am Lernen.

Huch wendet den Kopf ab.

- Es eilt ja nicht. Vielleicht habe ich irgendwann Lust zu sagen, was du mir vorsagst.

Ein Mann eilt herbei.

- Hallo, ich bin Nathan Hänsel.

Er trägt eine frisch gebügelte papageienblaue Trainings-jacke.

- Ich zögere keine Sekunde, plappere alles nach, was ich aufschnappe.

Malina streift ihn mit einem tiefen prüfenden Blick.

- Hast du auch aufgeschnappt, wo eine Dusche ist?

Hänsel und Heiberg stecken die Köpfe zusammen.

- Was soll ich ihr sagen?

Heiberg spricht in barschem Ton.

- Zuck nur müde mit der Schulter und frag, wo ist das Problem?

Hänsel baut sich vor Malina auf, dreht schräg und unsicher die Schultern.

- Wo ist das Problem?

Sie schaut ihm fest in die Augen.

- Ich würde gern duschen, suche eine öffentliche Dusche, ein Schwimmbad oder ein Hotelzimmer.

Er zwinkert spitzbübisch zu Heiberg.

- Was sagt man in dem Fall?

Heiberg wackelt mit den Händen.

- Dein Problem.

Hänsel kneift die Augen zusammen.

- Wieso ist das mein Problem? Sie sucht eine Dusche, nicht ich.

Eine Frau tritt auf die Lichtung.

- Hallo, ich bin Samantha Bohm.

Sie trägt goldene Leggins mit Dollarscheinen und hat ein vielsprachiges Plakat, das für Goldduschen wirbt.

- Stell dir vor, es gibt eine Dusche aus reinem Gold.

Heiberg starrt das Plakat an.

- Wo ist diese Dusche?

Samantha bewegt sich leichtfüßig über den eingewachsenen Weg.

- Lauft mir nach! Ich führe euch hin.

Malina reibt erfrischt und verwundert die Augen.

- Du rettest mich.

Hänsel holt sie in atemberaubendem Tempo ein.

- Ich kann es kaum erwarten.

Heiberg schließt sich an.

- Ich möchte zuerst duschen.

Bevor sich der Weg zwischen 2 Stämmen im Waldesdunkel verliert, schaut Samantha zurück, sieht Huch direkt in die Augen.

- Was ist mit dir? Kannst du dich nicht für eine goldene Dusche begeistern?

Er verschränkt die Arme hinter dem Rücken.

- Ich komme vielleicht später.

Samantha wendet sich schnell ab und geht weiter.

- Später heißt nie. So ist das mit den goldenen Duschen.

Huch bleibt neben dem Steinhäuschen stehen und setzt sich erst in Bewegung, als die Gruppe ganz aus seinem Gesichtsfeld verschwunden ist. Dann durchquert er auf einem schmalen Pfad den Wald, gerät auf einem sandigen Platz vor ein Steinhaus, das eingebrochen ist. Unkraut überwuchert die Ruine. Der Stall daneben ist ein uralter Bau aus rohen Steinen. Ein Flachrelief verziert den

Türsturz. Es stellt einen geflügelten Engel dar. Aus dem geöffneten Fenster dringt ein heftiges Muhen. Huch späht in den Stall. Eine Kuh steht im Stroh, blickt ihn aus großen Augen an.

Ein Mann grapscht nach Huchs Arm.

- Hallo, ich bin Mattes Drasch.

Er trägt einen Frack und einen goldenen Stab.

- Hast du auch schon einmal eine Linie überquert?

Huch dreht sich um.

- Was für eine Linie meinst du?

Drasch legt eine Hand auf Huchs Rücken.

- Ich könnte sie zeichnen.

Huchs Augen treten scharf und wachsam aus dem Gesicht hervor.

- Das ist eine gute Idee.

Drasch zieht mit dem Stab eine Linie in den Sand.

- Geh darüber.

Huch fragt in gleichgültigem Ton.

- Ist das eine Art Hüpfspiel?

Drasch runzelt die Stirn.

- Wenn du nicht so viele Fragen stellen würdest, wärst du schon längst über der Linie.

Huch wirft prüfende Blicke auf die Linie.

- Woher weißt du das? Manchmal ist eine Frage ganz schnell gestellt, aber die Antwort braucht Zeit.

Drasch stößt geräuschvoll Luft aus.

- So viel Zeit habe ich, ehrlich gesagt, gar nicht.

Eine Frau läuft aus dem Wald.

- Hallo, ich bin Linnea Laar.

Sie trägt einen leuchtend roten Pullover.

- Niemand, den ich kenne, zögert, eine Linie zu überqueren.

Huch sagt augenzwinkernd.

- Und du selber? Was machst du?

Linnea wippt im immer gleichen Takt von einem Bein aufs andere.

- Ich will mich ja nicht vordrängen, aber ich zögere keine Sekunde.

Sie geht mit einem Ausfallschritt über die Linie und ist verschwunden.

Drasch mustert ihn aus den Augenwinkeln.

- Warum gehst du ihr nicht nach?

Huch beugt den Oberkörper nach vorn.

- Ich versuche mir vorzustellen, wie Linnea verschwunden ist.

Drasch neigt sich keck seitwärts.

- Jeder Zeichner hat einen bestimmten Strich. Erleb ihn oder lass es sein.

Er wirft routiniert die Frackschöße zurück, springt über die Linie und ist weg.

Huch wendet die Augen ab, sieht einen Plattenweg, der zu einem Stromkasten führt. Daran klebt ein Zettel mit der Aufschrift.

- Immer diese Ritzen!

Huch blinzelt in die Sonne.

- Wer hat etwas gegen Ritzen?

Ein Mann hüpft von Platte zu Platte.

- Hallo, ich bin Magnus Moll.

Er trägt die Paradeuniform einer Musikgesellschaft.

- Ich habe Ritzen nicht gern.

Huch betrachtet die Ritzen zwischen den Platten.

- Warum?

Moll zieht die Nasenlöcher leicht zusammen.

- Es bringt Unglück, auf die Ritzen zwischen Platten zu treten.

Huch schiebt seine Fußspitze vorsichtig an den Plattenrand.
- Was für ein Unglück?

Moll springt vorsichtig über die Platten, führt Huch zu einem türkisfarbenen Fluss. Dort legt er sich auf einen Liegestuhl.

- Das muss mich nun nicht weiter beschäftigen, weil ich ja gut angekommen bin.

Er deutet auf den benachbarten Liegestuhl.

- Willst du dich nicht hinlegen und die Sonne genießen?

Huch hebt die Arme.

- Vielleicht später. Ich bin im Moment gar nicht müde.

Moll gähnt ständig.

- Was hast du denn vor?

Huch lässt die Arme schlenkern.

- Ich versuche, mir ein Bild von der Gegend zu machen.

Moll liegt mit geschlossenen Augen und verschränkten Armen im Liegestuhl.

- Wäre es nicht viel verlockender, einfach nichts zu tun?

Eine Frau durchquert wie aufgezogen die Uferwiese.

- Hallo, ich bin Valeria Pin.

Sie trägt einen Lodenmantel mit Pelzkragen.

- Was kann man auf dem Liegestuhl lernen?

Fünftes Kapitel

Die Weste aus Ziegenfell

Moll öffnet ein Auge.

- Das Nichtstun.

Valeria sieht Huch nachdenklich an.

- Möchtest du es nicht lernen?

Huch schenkt ihr ein aufmunterndes Lächeln.

- Es gibt viele Dinge, die ich lernen möchte, aber im Moment bin ich unterwegs und schaue mir die Landschaft an.

Valeria umfasst den Ellbogen des Gegenarms.

- Dann wäre der zweite Liegestuhl frei.

Moll zieht die Mundwinkel hoch.

- Er gehört dir.

Sie setzt sich darauf, schaut Huch an.

- Macht es dir nichts aus?

Er folgt dem Uferweg.

- Ich möchte lieber spazieren.

- Pass immer schön auf die Ritzen auf, ruft ihm Moll nach.

Bei einer Biegung des Flusses wächst ein kleines, leerstehendes Hotel ein.

Ein Mann sitzt mit einer Angelrute neben einem Grill auf der verwitterten Steintreppe, die ins Wasser führt.

- Hallo, ich bin Enno Lotto.

Das gelockte Haar reicht ihm fast bis zur Schulter.

- Schau mal in den Eimer, was ich gefangen habe.

Huch betrachtet die Forelle.

- Das ist wirklich ein sehr netter Fisch.

Lotto presst den Mund zu einem Strich zusammen.

- Noch nie bin ich einem Mann begegnet, der einen Fisch nett findet.

Eine Frau tritt aus der Tür des Hotels.

- Hallo, ich bin Florentine Mon.

Sie trägt ein Kleid und einen Hut.

- Ich weiß, was die Forelle einem Fischer bedeutet.

Lottos Augen leuchten.

- Die meisten Menschen vergessen die Bedeutung.

Florentine klimpert mit den Wimpern.

- Ohne dich wäre eine so große Forelle nie in den Eimer gekommen.

Lotto fährt sich mit der Hand durchs Haar.

- Darf ich dich zum Fischessen einladen?

Sie dreht den Kopf zu Huch.

- Bist du auch dabei?

Huch kehrt auf den Uferweg zurück.

- Dankeschön für die Einladung. Wenn ich einmal Lust auf Fisch habe, könnte ich wieder hierherkommen.

Florentine lässt ihn nicht aus den Augen.

- Bleib doch! Die Lust kommt beim Ausnehmen und Grillen, wenn alles nach Fisch riecht.

Huch geht ein paar Schritte rückwärts.

- Das versuche ich mir vorzustellen. Wenn es mir gelingt, bin ich ja schnell wieder bei euch.

Sie ruft ihm nach.

- Super! Dann drehen wir ein kleines Filmchen, das Forellenquartett.

Lotto wischt über den Mund.

- Quartett, das sind doch 4. Und wir sind nur 3.

Florentin lacht.

- Vergiss die Forelle nicht. Sie ist die Hauptperson.

Der Fluss gleitet ruhig dahin. Das Wasser ist spiegelglatt. Nur das Plätschern aufgescheuchter Enten ist zu hören. Am Uferweg steht ein schmaler Felsblock. Huch legt sich auf den sonnenwarmen Stein, schaut in den Himmel, betrachtet das Spiel der Wolken.

Ein Mann watet im knietiefen Wasser.

- Hallo, ich bin Jeremy Trapp.

Er trägt ein steinweißes Hemd, Jeans.

- Weißt du, wie man Feuer macht?

Huch sieht sich um.

- Ja. Hat es irgendwo in der Nähe eine Feuerstelle?

Trapp reckt das Kinn energisch.

- Ich habe keine Karte.

Huch richtet sich auf.

- Errichte selber eine kleine Feuerstelle. Nimm ein paar Steine, lege sie im Kreis aus.

Trapp holt Luft.

- Ich hatte es nicht geplant, eine Feuerstelle zu bauen. Aber ich kann es tun, wenn du wirklich willst.

Huch rutscht vom Felsblock.

- Ich wollte dir nur einen Tipp geben. Ich habe schön warm, brauche im Moment kein Feuer.

Im trippelnden Gang nähert sich eine Frau.

- Hallo, ich bin Thalia Packard.

Sie trägt eine weiße Perücke.

- Ich will eine Feuerstelle.

Trapp steigt aus dem Fluss.

- Wo möchtest du sie haben?

Thalia zeigt auf ein Haus.

- Siehst du das Haus dort drüben?

Seine Augen verengen sich zu Schlitzen.

- Das Holz der Fassade ist alt, grau geworden über all die Jahre.

Sie nickt energisch.

- Ja, das stimmt. Ich habe eine gute Idee. Wir machen einen Wettbewerb. Wer die bessere Feuerstelle baut, darf die Fassade renovieren.

Trapp sammelt ein paar Steine, läuft zum Haus.

- Ich gewinne immer.

Thalia rennt hinterher.

- Eine Sekunde! Zuerst zeige ich euch, wo ich die Feuerstellen sehen möchte.

Auf halber Strecke zwischen Haus und Fluss dreht sie sich herum, fasst Huch ins Auge.

- Die Kunst ist, schneller und besser zu sein.

Huch hält die offenen Hände auf Brusthöhe.

- Mag sein. Ich brauche aber etwas Zeit um herauszufinden, ob mir diese Art von Kunst gefällt.

Sehr neugierig und konzentriert schaut ihm Thalia direkt ins Gesicht.

- Das ist schade. Dann bist du aus dem Rennen.

Huch spaziert auf dem Uferweg weiter.

- Ja, das sehe ich ein.

Sie zieht beide Augenbrauen nach oben.

- He, bist du nicht traurig?

Er lässt einen Arm fallen.

- Bis jetzt noch nicht.

Thalia zieht die Oberlippe ein.

- Nur Monster weinen nicht.

Sie stapft zum Haus.

Felsen verengen das Tal. Huch folgt dem rauschenden Fluss. Ein Kiesweg führt an zierlichen Büschen vorbei.

Ein Mann durchschreitet den Park mit festem, schnellem Schritt.

- Hallo, ich bin Alessandro Zeller.

Er trägt eine Sonnenbrille.

- Ich habe die Ehre, dir „Klipp Klapp" zu sagen.

Huch schaut großäugig.

- Warum?

Zeller steht von einem Bein aufs andere.

- Ich versuche, die Silben wie Worte anzuwenden, die in der Folge Gedichte bilden wie Noten, die zu Musik werden.

Er betrachtet Huch von oben bis unten.

- Möchtest du bei mir lernen, Silbenclown zu werden?

Huch schiebt die Daumen in die Tasche, legt die übrigen Finger auf die Oberschenkel.

- Das ist ein freundliches Angebot, das ich sicher nicht schnell vergessen werde. Ich sehe mir ein bisschen die Landschaft an und denke darüber nach.

Eine Frau kommt wiegenden Schrittes in den Park.

- Hallo, ich bin Leona Kaske.

An ihrem Hals flattert ein himbeerroter Schal.

- Ich würde gern Silbenclown werden.

Zeller verbirgt auf Bauchhöhe die linke Hand in der

rechten.

- Was denkst du über Klipp Klapp?

Sie schlägt die Augen auf.

- Klipp Klapp.

Zeller faltet die Hände über dem Bauch.

- Welche Silben würdest du selber wählen?

Leona fährt sich mit der Zunge über beide Lippen.

- Klipp Klapp.

Ein Mann betritt den Park.

- Hallo, ich bin Marten Dampf.

Er trägt einen zerbeulten Hut, hat eine Gipsbüste in der Hand.

- Das ist die Büste meiner Großmutter.

Er drückt sie Huch in die Hand.

- Möchtest du sie ansprechen?

Eine Haarsträhne verdeckt Huchs linkes Auge.

- Erwägen wir eine mögliche Ansprache.

Dampf streckt die Arme zur Seite.

- Was ist das: Erwägen?

Bevor ihm Huch das Wort erklären kann, spricht Leona mit ganz tiefer Stimme.

- Klipp Klapp.

Marten nimmt ihm die Büste aus der Hand, reicht sie Leona.

- Das würde meiner Großmutter gefallen.

Sein Blick fällt auf Zeller.

- Willst du die Büste auch mal halten und etwas zu ihr sagen?

Zeller breitet die Arme aus.

- Darf ich sie auch küssen?

Marten reißt die Büste an sich und redet mit ihr.

- Darf er dich küssen?

Der Mund der Büste kräuselt sich.

- Nur meine Hand.

Er schiebt seinen zerbeulten Hut in den Nacken.

- Aber du bist nur eine Büste. Du hast gar keine Hand.

Die Stirnfalten der Büste kräuseln sich bis unter die Kopf-
haut.

- Dann musst du halt meiner Hand pfeifen.

Zeller pfeift durch die Zähne.

Eine Gipshand trippelt auf den Fingern über den Kiesweg,
bleibt vor Zellers Füßen stehen.

- Willst du mich küssen?

Er holt Luft.

- Du bist größer, als ich gedacht habe.

Sie läuft um ihn herum und weg.

- Und schneller! Fang mich doch, wenn du kannst.

Zeller verfolgt sie.

- Ich werde doch wohl nicht langsamer als eine Gipshand
sein!

Die Büste verlangt mit einer hellen heiseren Stimme.

- Marten, ich muss mit meiner Hand reden. Sie benimmt
sich daneben.

Dampf klemmt die Büste unter den Arm, rennt Zeller und
der Gipshand nach.

- Komm zurück!

Leonas Blick wandert langsam suchend herum.

- Ich würde gern als Silbenclown auftreten. Weißt du, wo
es einen Zirkus gibt?

Huch streckt die Hände in Halshöhe aus.

- Wäre mir die Gegend bekannt, könnte ich dir einen Tipp geben. Vielleicht gehen wir auf dem Kiesweg weiter und fragen jemanden.

Der Weg führt sie vor einen baufälligen Altbau mit signalroter Neonbeleuchtung vor der Fassade.

Leona reckt den Kopf nach vorn.

- Worauf wartest du? Treten wir doch ein und fragen nach.

Sie öffnet die Tür, gerät in ein Labyrinth. Die Wände bestehen aus glänzenden Spiegeln.

Leona steigt treppauf, treppab. Die Räume scheinen sich in unendlich lange und verschachtelte Flure zu verlieren.

Sie tappt mit Huch und unzähligen Spiegelbildern in einen stillgelegten Eisenbahntunnel.

Eine Frau malt mit rußschwarzer Farbe Schienen auf den Boden.

- Hallo, ich bin Tamina Brock.

Die Geräusche einer Dampflokomotive rauschen aus Lautsprechern über die Schienen, übertönen ihre Stimme, bevor sie sich in der Tiefe des Tunnels verlieren.

Tamina trägt einen Bleistiftrock.

- Habt ihr eine Idee, mit welchem Klang ich die Geräusche verbessern könnte?

Leona holt tief Luft.

- Klipp Klapp.

Tamina klopft ihr auf die Schulter.

- Du bist die Erste, die mich überzeugt. Klipp Klapp ist fantastisch.

Sie streckt den Arm aus und zielt mit dem Zeigefinger auf Huch.

- Was schlägst du vor?

Er neigt den Kopf zurück.

- Ich habe eine Frage: Gibt es hier in der Nähe einen Zirkus?

Ihr Oberkörper versteift sich.

- Ich schenke euch einen Tunnel. Wozu brauchst du einen Zirkus?

Huch legt die Hände an die Hosennaht.

- Leona möchte als Silbenclown auftreten.

Tamina mustert Leona mit Aufmerksamkeit.

- Willst du das?

Leona legt die Hände übereinander.

- Nein, nun nicht mehr. Der Tunnel ist größer als der Zirkus.

Tamina fragt Huch mit ausgesuchter Freundlichkeit.

- Bist du auch dabei?

Er entfernt sich, geht zum Ausgang.

- Es könnte mir später passieren, dass ich mich für den Tunnel begeistere. Im Moment gehe ich lieber etwas frische Luft schnappen.

Tamina presst die Lippen zusammen.

- Das ist schade. Manchmal läuten im Tunnel die Kirchenglocken. Dann machen wir einen Hochzeitszug.

Sie legt den Pinsel ab, läuft ihm nach.

- Möchtest du mit mir im Hochzeitszug fahren?

Huch verschränkt beide Hände ineinander.

- Es war sehr schön, dich zu treffen. Aber ich muss zuerst herausfinden, ob mir Kirchenglocken gefallen.

Ein Mann stürzt sich in den Tunnel.

- Hallo, ich bin Denis Blau.

Er trägt einen Wollpullover mit überlangen Ärmeln.

- Sobald ich Kirchenglocken höre, bin ich glücklich.

Seine Augen leuchten.

- Wo ist der Hochzeitszug?

Huch verlässt den Tunnel, gerät auf eine lange staubige Straße mit flachen Häusern und Geschäften. Von Wand zu Wand sind Wäscheleinen gespannt. Daran sind Kleider aufgehängt. Huch bleibt stehen, schaut, wie sich das Licht perlgrau auf die Wände und Kleider legt. Eine Maschine von der Größe eines Kleinwagens ist in eine marineblaue Plane gekleidet. Schneckengleich langsam schiebt sie sich auf ihren Stelzenrädern zu Huch, bleibt stehen, knirscht.

Eine Frau wartet an einer Bushaltestelle.

- Hallo, ich bin Maike Söhnte.

Sie trägt eine Sonnenbrille.

- Du hast Glück. Eine Zeitmaschine ist zu dir gefahren.

Huch atmet durch.

- Ja, zum Glück hat sie mich nicht überfahren.

Maike geht mit riesigen Schritten zur Maschine.

- Sag mir, in welche Zeit du reisen möchtest.

Er zuckt mit den Augenbrauen.

- Es ist sehr nett von dir, mir eine Zeitreise anzubieten.

Sie lacht hell auf.

- Nein, das ist die Maschine. Sie hat dich ausgewählt. Ich stelle nur die Zeit ein.

Huch geht feinfühlig auf sie ein.

- In welche Zeit möchtest du denn reisen?

Maike schiebt die Plane hoch.

- Ich bin dankbar, wenn ich dich begleiten darf. Aber die Zielzeit musst du wählen.

Er lässt die Arme baumeln.

- Ich bin neu in der Gegend und habe eigentlich gar kein

86

anderes Ziel, als mich ein bisschen umzusehen.

Ein Mann schlenkert über die staubige Straße.

- Hallo, ich bin Maurice Blumenthal.

Er ist ein Hüne von Mann mit einem Stiernacken.

- Ich würde sehr gern in eine andere Zeit reisen.

Maike lehnt lässig gegen die Zeitmaschine.

- In welche Zeit?

Blumenthal wiegt sich in den Hüften.

- Ich möchte in die Vergangenheit reisen.

Sie trommelt auf dem Armaturenbrett herum.

- Wie weit zurück?

Er sucht nach Worten.

- Es darf noch kein elektrisches Licht geben. Die Menschen zünden Kerzen an.

Maike bekommt wässerige Augen.

- Zurück in die Romantik! Das ist perfekt.

Sie öffnet die Einstiegsluke.

- Kommst du da rein?

Blumenthal bückt sich, quetscht sich in die Zeitmaschine.

- Ja sicher, ich kann mich winzig klein machen, um ein großes Ziel zu erreichen.

Ernst und fragend blickt Maike Huch an.

- Bist du auch dabei?

Huch hebt die Hände und sagt nur.

- Ich gehe etwas spazieren und denke darüber nach.

Blumenthal zieht den linken Mundwinkel hoch.

- Meinst du, wir würden auf dich warten, bis wir Essiggurken sind?

Maike guckt Huch grimmig an.

- Kannst du das Denken nicht mal kurz für eine Sekunde

ausschalten?

Huch denkt über die Frage nach.

- Gibt es dafür eine spezielle Technik?

Sie stellt am Armaturenbrett die Zeit ein, klettert in die Maschine.

- Ich bin nicht sauer auf dich, nur sehr enttäuscht.

Ein Robotergelenkarm führt ein heißes Bügeleisen über die marineblaue Plane. Es zischt und dampft, taucht die Zeitmaschine in Nebel. Als er sich auflöst, ist auch die ganze Maschine mitsamt den Stelzenrädern verschwunden.

Huch geht auf der langen staubigen Straße weiter.

Vor einem roten Backsteingebäude steht eine Frau unter einer riesigen Brillenskulptur. Sie ragt aus der Fassade, wie ein Fahrrad, das die Wand hochfuhr und über dem Eingang stecken blieb.

- Hallo, ich bin Alena Einwag.

Sie trägt ein elegantes Kleid, hat Puder aufgelegt und Lippenstift, spielt mit einem Fläschchen Nagellack.

- Hast du Probleme mit dem Sehen?

Huch plinkert mit den Augen.

- Dankeschön, dass du mich fragst. Ich werde das überprüfen.

Alena öffnet die Tür.

- Wir könnten einen Sehtest machen.

Er lächelt mit halboffenen Augen.

- Ich teste die Augen zunächst mal beim Spazieren.

Ein Mann marschiert mit entschlossenem Schritt zum Brillengeschäft.

- Hallo, ich bin Laurenz Capri.

Auf seinem T-Shirt steht „Natürlich".

- Ich liebe Sehtests und würde gern einen machen.

Sie fährt sich mit den Fingerspitzen über die Lippen.

- Was siehst du?

Capri betrachtet ihre Fingernägel.

- Ich sehe die Ränder deiner Fingernägel.

Alena schraubt das Fläschchen mit dem Nagellack auf.

- Bist du mutig?

Seine Stimme schwellt an.

- Klar bin ich das.

Sie schließt die Augen.

- Würdest du mir die Fingernägel anmalen?

Capri leckt sich die Lippen.

- Wieso nicht?

Alena lächelt anzüglich.

- Dann kommt rein. Ich habe weiche Sessel und einen wunderbaren Tisch, auf den ich meine Hände legen kann.

Capri läuft an ihr vorbei ins Brillengeschäft.

- Gute Sessel zu finden ist schwierig. Hoffentlich sind deine wirklich bequem.

Sie bleibt unter der Tür stehen.

- Mit welcher Hand möchtest du beginnen?

Er fläzt sich auf einen Sessel.

- Mit der linken.

Alena blinzelt schelmisch Huch zu.

- Malst du mir die Fingernägel der rechten Hand an?

Huch überlegt lange.

- Laurenz hat Spaß. Das hört sich gut an.

Sie zuckt nur mit den Achseln.

- Gut reicht nicht. Ich möchte herausfinden, wer es besser macht, Laurenz oder du.

Huch trottet davon.

- Ich muss zuerst herausfinden, ob ich das auch herausfinden möchte.

Alena legt die Arme eng an den Körper.

- Wohin gehst du? Ich möchte doch wirklich wissen, wer der Bessere ist.

Da ist Huch schon weit entfernt vom Brillengeschäft. Er gerät in einen Hang. Ein riesiger Kühlschrank steht mitten auf der staubigen Straße, die sich wie eine Rutschbahn steil bergab neigt.

Eine Frau tanzt mit ausgebreiteten Armen um den Riesenschrank.

- Hallo, ich bin Mariam Kork.

Die Gläser ihrer Sonnenbrille sind pink.

- Ich bin nicht gut, um die Dinge einzuordnen.

Huch senkt den Blick.

- Im Kühlschrank.

Sie grüßt ihn mit Handschlag.

- Ja genau. Du hast es erfasst. Das ist ein begehbarer Kühlschrank. Willst du mal reingehen?

Er vergräbt die Hände tief in den Hosentaschen.

- Ich denke darüber nach. Das braucht etwas Zeit.

Ein Mann kommt näher. Seine Schritte werden länger.

- Hallo, ich bin Edgar Champion.

Er trägt ein rabenschwarzes T-Shirt, tintenschwarze Jeans, Turnschuhe.

- Ich habe gern Spaß. Darf ich mal in den Kühlschrank gehen?

Mariams Augen leuchten auf.

- Ich zwinge dich nicht. Aber wenn du es durchaus nicht

unterlassen kannst, mach die Tür auf. Es gibt nur eine Regel: Alles muss durch 3 geteilt werden.

Champion fragt mit funkelndem Grinsen.

- Weshalb durch 3?

Sie setzt die Sonnenbrille ab.

- Weil wir 3 sind.

Champion legt die Hand an den Türgriff.

- Und wenn jemand nichts will?

Mariam setzt die Brille wieder auf.

- Dann lehnt er ab.

Champion öffnet die Tür. Eine in Dampf gehüllte, mit Eis überzogene Goldkugel rollt aus dem Schrank.

Mariam spricht leise und überlegt.

- Schließ die Tür!

Champion läuft der goldigen Kugel nach.

- Schließ sie doch selber!

Sie lässt die Tür jedoch offen, jagt hinter ihm her.

- Entspann dich! Das ist dein Job.

Eine Frau tritt neben Huch.

- Hallo, ich bin Melinda Luba.

Sie trägt falsche Wimpern.

- Soll ich die Tür zutun?

Huch reibt sich die Hände.

- Ich bitte dich darum.

Melinda schließt die Tür.

- Das ist ein steiler Hang. Bleibst du lieber auf der Höhe oder steigst du hinunter?

Ein Pfad zweigt von der Straße ab.

Huch stellt sich auf die Zehenspitzen.

- Ich gehe da lang und genieße die Aussicht.

Sie wandern auf dem Weg durch einen Wald, in welchem ein verwilderter Garten liegt. Gartenstühle wachsen im Gras ein. Eine Ziege meckert. Sie hat ein langes wollweißes Fell.

Melinda tritt sorgfältig an sie heran, streichelt sie, dreht sich nach Huch um.

- Gefällt dir das Fell?

Huch verschränkt die Arme auf dem Rücken.

- Wer würde nicht gern ein solches Fell haben!

Er sieht sich um. Am unteren Ende des Gartens liegt eine riesige Leinwand in einen Keilrahmen gespannt am Boden. Ein Mann jagt mit breitem teerschwarzem Pinsel darüber.

- Hallo, ich bin Bela Zaza.

Er trägt einen blauschwarzen Anzug, Schuhe mit Klettverschluss.

- Willkommen! Ich zeige euch etwas.

Melinda und Huch steigen zu ihm hinunter.

Zaza lässt den Pinsel fallen, legt Huch die Hand auf die Schulter.

- Hast du schon einmal eine Weste aus Ziegenfell getragen?

Ein leichtes Lächeln umspielt Huchs Mund.

- Nein, daran kann ich mich nicht erinnern.

Zaza geht zu einem Gartentisch, klappt den Deckel einer Schachtel auf.

- Diese Weste ist für dich maßgeschneidert.

Huch spannt die Lippen an.

- Das kann nicht sein. Ich habe gar keine bestellt.

Sechstes Kapitel

Gratis

Melinda rennt ausgelassen mit den Armen winkend zum Gartentisch.

- Darf ich?

Sie hebt die Weste aus der Schachtel.

- Sie ist perfekt.

Zaza kneift die Augenbrauen zusammen.

- Du redest zu viel. Wenn du die Weste wirklich liebst, ziehst du sie schnell an.

Melinda schlüpft hinein.

- Das ist sehr freundlich von dir.

Sie geht um Huch herum.

- Gefalle ich dir in der Weste?

Er neigt den Kopf zurück.

- Sie steht dir gut.

Zaza hebt den Pinsel auf, deutet auf Melinda.

- Bist du auch freundlich?

Sie streicht über den Pelz der Weste.

- Immer.

Er malt in die Luft.

- Dann kehr die Handteller nach oben.

Melinda streckt ihm die Arme entgegen, die Handrücken oben.

- Warum?

Zaza wartet, bis sie die Hände umdreht.

- Weil du immer freundlich bist.

Er malt ihr die Handteller teerschwarz an.

- Klatsch möglichst viele Hände auf die Leinwand.

Melinda bückt sich, macht spielerisch ein paar Abdrucke ihrer Hand, bestaunt sie.

- Ich fühle mich verrückt. So etwas habe ich noch nie gemacht.

Zaza richtet den Blick auf Huch.

- Zieh die Schuhe aus. Ich möchte deine Füße anmalen.

Huch senkt den Blick.

- Warum streichst du nicht einfach deine Sohlen an?

Ein Mann hat sich seiner Schuhe entledigt und läuft barfuß in den Garten.

- Hallo, ich bin Kai Blubb.

Er trägt ein verschwitztes Leibchen.

- Nick mit dem Kopf, wenn du meine Füße anmalen willst.

Zaza taucht den Pinsel in den Farbkübel.

- Wieso muss ich nicken?

Blubb setzt sich ins Gras, streckt die Füße hoch.

- Du hast Recht. Ich warte doch einfach ab und sehe, was passiert.

Zaza malt seine Füße an.

- Watschle über die Leinwand.

Melinda hält die Hände hoch.

- Ich brauche neue Farbe.

Er färbt sie neu ein.

- Du kannst sie auch direkt in den Farbkübel tauchen.

- Ich gehe dann, sagt Huch.

Er verlässt den Garten, entdeckt eine Straße. Sie führt an

einem dickstämmigen Kirschbaum vorbei. Hoch oben im Geäst hackt ein Grünspecht auf die Rinde ein. Huch hört eine Melodie und Frösche in der Nähe.

Eine Frau tritt hinter dem Stamm hervor.

- Hallo, ich bin Cara Lote.

Sie trägt einen Strohhut, hat kaffeeschwarze Zeichenkohle und ein Blatt in einer Hand.

- Manche hören Melodien zum Takt des Spechts. Du auch?

Er kratzt sich am Kopf.

- Ja und Frösche.

Cara bietet ihm die Kohle an.

- Schreib die Melodie auf.

Huch kann sich nur schwer entscheiden.

- Die Melodie klingt noch schöner in einer Komposition.

Es kribbelt ihr vor Ungeduld in den Fingerspitzen.

- Was? Du könntest eine ganze Komposition mit allen Noten aufschreiben?

Er senkt den Kopf.

- Nein, nicht alle Noten. Ich überlege zuerst, welche ich aussparen kann.

Cara schmiegt die freie Hand um seine Hüfte.

- Findest du dich lustig?

Huch springt zur Seite.

- Wie meinst du das?

Sie kann gar nicht mehr aufhören zu grinsen.

- Weil du zuerst überlegst, was du weglassen kannst.

Ein Mann schiebt ein Fahrrad mit einem platten Reifen.

- Hallo, ich bin Leif Behr.

Er trägt eine lackschwarz glänzende Jacke.

- Gib mir das Blatt und die Kohle! Ich höre überhaupt keine

Melodie, kann aber unheimlich schnell komponieren, wenn es darauf ankommt.

Cara hält ihm das Blatt und die Kohle hin.

- Es kommt darauf an.

Behr lehnt das Fahrrad gegen den Kirschbaum, legt das Blatt auf die Straße, greift zur Kohle, kritzelt hastig Linien und Noten hin.

- Ich langweile mich, wenn die Komposition nicht mit einem Wimpernschlag entsteht.

Ihr Mund bleibt weit offen stehen.

- Kann irgendjemand diese Komposition spielen?

Behr lässt die Kohle fallen.

- Das weiß ich nicht. Ich brauche ein Taschentuch.

Cara atmet tief ein und aus.

- Weshalb brauchst du ein Taschentuch?

Er hält die Hände unnatürlich und steif über den Kopf.

- Der Kohlenstaub kitzelt mich in der Nase.

Eine Frau trippelt auf Zehenspitzen heran.

- Hallo, ich bin Josefina Wackernagel.

Ihre freundlichen dunklen Augen bleiben sofort im Blick. Sie winkt mit einem Taschentuch.

- Gerne biete ich dir ein Taschentuch an.

Behr putzt die Nase.

- Niemand unterstützt mich.

Josefina legt die Hände vor dem Herzen zusammen.

- Sag, was du brauchst, und ich beschaffe es dir.

Behr holt sein Fahrrad.

- Der hintere Reifen ist platt.

Sie fasst sein Handgelenk.

- Komm zu meinem Schrank. Ich habe das beste Flickzeug.

Sein Herz schlägt schneller.

- Wo ist dein Schrank?

Josefina zeigt mit dem ausgestreckten Finger auf einen mächtigen Schrank. Er steht beim Tümpel, wo die Frösche quaken. Ihre Rufe erinnern an Elstern. Neben dem Schrank stehen ein Schalensessel und ein Fernseher auf einem falschen Perserteppich.

Behr schiebt das Fahrrad zum Tümpel hinunter.

- Es gibt nichts Schlimmeres als einen Platten.

Josefinas Blick schweift über Cara und Huch.

- Ihr seid auch eingeladen.

Cara gibt ihr die Hand.

- Dankeschön, es sieht bei deinem Schrank gemütlich aus.

Sie lächelt Huch an.

- Das werden wir uns näher ansehen.

Er deutet auf das Blatt.

- Und was wird aus der Komposition?

Am Tümpel unten lehnt Behr das Fahrrad gegen den Schrank.

- Die kannst du behalten.

Huch hebt das Blatt auf.

- Es ist selten, dass ich eine Komposition nicht lesen kann.

Cara wirft sich in den Schalensessel und ruft herauf.

- Komm zu uns herunter und kümmere dich nicht weiter darum.

Ein Mann eilt mit federnden Schritten herbei.

- Hallo, ich bin Brian Lill.

Er trägt eine Tasche mit Birkenrindenmuster.

- Ich habe eine Brille für dich.

Er kramt sie aus der Tasche.

- Sie taucht die Welt in ein grünes Licht.

Huch setzt die Brille auf. Die Vögel am Himmel, jedes einzelne Blatt im Kirschbaum erscheinen grün wie in einem Nachtsichtgerät. Als er auf das Blatt guckt, rollen die gekritzelten Noten wie Erbsen über die Notenlinien, aus dem Blatt heraus, die Straße hinunter.

Huch gibt Lill die Brille zurück, folgt der letzten Erbse.

- Es nimmt mich wunder, wohin sie rollt.

Sie kugelt am Abgrund der aufgerissenen Straße entlang zu einem Gebäude mit einem offenen Tor. Die Fenster sind blind, die Schilder überrostet. Unaufhaltsam rollt die Erbse weiter in einen hohen, schiefergrauen Ausstellungsraum, in den von oben Licht fällt. Sie gerät unter einen Stapel Matratzen, bleibt dort liegen.

Eine Frau legt eine Leiter an.

- Hallo, ich bin Leonora Kuck.

Sie trägt einen Kunstfellmantel.

- Kannst du dafür besorgt sein, dass nichts und niemand meinen Mittagschlaf stört?

Huch späht unter die unterste Matratze.

- Warte einen Moment.

Leonora klettert auf die Leiter.

- Ich bin so müde. Wenn ich mich nicht beeile, fallen mir auf der Leiter die Augen zu. Dann bist du schuld, wenn mir etwas passiert. Möchtest du das?

Er spreizt Zeigefinger und Daumen ab.

- Nein, ich wünsche dir einen guten Schlaf.

Sie wirft sich auf die oberste Matratze.

- Wünschen allein genügt nicht. Leg dich zu mir. Dann kann ich viel besser schlafen.

Huch steigt die Leiter hoch.

- Wo soll ich mich hinlegen? Links oder rechts von dir?

Leonora legt die Hand aufs Herz.

- Auf meine Herzseite.

Er lässt sich neben ihr nieder.

- Spürst du die Erbse?

Sie stützt sich aufs Kissen.

- Wo soll denn eine Erbse sein?

Huch windet sich unwohl.

- Sie liegt unter der untersten Matratze.

Leonora deutet mit dem Finger auf ihn.

- Du spürst durch alle Matratzen eine Erbse?

Er reibt sich den Rücken.

- Sie ist außerordentlich hart.

Ein Mann tritt in den Ausstellungsraum.

- Hallo, ich bin Henning Kasko.

Unter seinem Filzhut wellen sich blonde Locken in den Nacken.

- Kann ich euch helfen?

Sie beugt sich herab.

- Ja, schau nach, ob eine Erbse unter der Matratze liegt.

Kasko bückt sich, schiebt die Hand unter die unterste Matratze.

- Da ist tatsächlich etwas Hartes.

Er klaubt die Erbse unter der Matratze hervor.

- Ich habe eine Idee.

Er läuft hinaus.

Huch fährt mit einem Ruck empor.

- Halt! Das ist keine gewöhnliche Erbse.

Leonora schmiegt sich eng an ihn.

- Die Erbse ist weg. Sei froh!

Er ringt nach Worten.

- Es ist gar kein Erbse, sondern eine Note.

Sie streichelt ihm über das Haar.

- Genauer gesagt: eine verschwundene Note. Wenn ich dir das zum Beispiel in einem Brief schriebe, würde ich das Wort „verschwunden" besonders markieren.

Eine Frau kommt in den Ausstellungsraum.

- Hallo, ich bin Naila Tappe.

Sie trägt ein vanilleweißes Gewand und einen goldenen Helm, winkt mit einem Couvert.

- Ich habe einen Brief.

Leonora beugt sich über den Rand der obersten Matratze.

- Bring ihn rauf.

Naila steigt die Leiter hinauf.

- Ich bin außer Atem. Darf ich mich zu euch legen?

Leonora rutscht zur Seite.

- Natürlich. Gib mir den Brief.

Naila überreicht ihr das Couvert, fläzt sich auf die Matratze, schenkt Huch einen verstohlenen Seitenblick.

- Willst du auch einen Brief?

Er verschränkt die Arme hinter dem Kopf.

- Von wem?

Sie blinzelt und lässt ihren Blick unruhig flackern.

- Von mir.

Leonora öffnet das Couvert, faltet den Brief auseinander, liest.

- Weißt du, was das bedeutet?

Naila legt den Finger auf die Unterlippe.

- Was?

Leonora zeigt auf den Satz.

- Geh zu den gigantischen Krügen.

Naila lehnt sich ganz nebenbei bei ihr an.

- In der Nähe hat es ein riesiges Feld mit Krügen.

Sie schwingt sich auf die Leiter.

- Ich führe euch gern hin.

Leonora folgt ihr.

- Zum Glück weißt du, wo das Feld ist.

Huch steigt als letzter auf die Leiter.

- Was ist für euch gigantisch?

Naila rennt aus dem Ausstellungsraum.

- Die Krüge! Was denn sonst?

Leonora klatscht sich vor Freude auf die Schenkel.

- Du kannst ihr vertrauen. Das sind bestimmt keine Joghurtbecher.

Er zieht die Brauen über der Nasenwurzel zusammen.

- Wieso? Es könnte doch auch gigantische Joghurtbecher geben.

Naila führt sie zu dem Feld voller riesiger Krüge. Einer ist halb im Boden eingewachsen. Von einem anderen sind nur gewaltige Scherben übrig geblieben. Viele sind so groß, dass Huch stehend sich darin verstecken könnte.

Leonora stellt sich auf die Zehenspitzen.

- Ich wüsste zu gern, was in den Krügen ist.

Sie schenkt Huch einen aufmunternden Blick.

- Klimme dich hoch und schau rein.

Er schlägt die Lider nieder.

- Ich bräuchte einen Schemel.

Ein Mann kommt wieselflink und im Slalom um die Krüge gelaufen.

- Hallo, ich bin Ryan Top.

Sein T-Shirt hat die gleiche Ockerfarbe wie der Krug. Er trägt eine kurze Leiter, stellt sie an.

- Du brauchst einen Schemel. Darf es auch eine Leiter sein?

Huch stellt einen Fuß auf die unterste Sprosse.

- Ich glaube, dass ich damit zurechtkomme.

Er steigt auf die Leiter, späht in den Krug.

- Eine ballgroße Kugel liegt auf dem Grund. Sie ist transparent, könnte aus Glas sein.

Leonora legt den Kopf in den Nacken.

- Hol sie.

Huch setzt sich auf den Rand des Kruges, zieht die Leiter hoch, stellt sie im Innern an, steigt langsam hinunter.

- Die Leiter ist nützlich.

Top legt die rechte Hand aufs Herz, verbeugt sich leicht.

- Das ist der Vorteil der kurzen Leiter: Du kannst sie überall aufstellen.

Naila rudert mit den Armen.

- Hast du die Kugel?

Am Boden des Kruges beugt sich Huch über die Kugel, staunt.

- Eine schwanweiße Taube befindet sich im Inneren. Sie lebt, scheint keine Angst zu haben.

Huch steigt über den Rand hinauf, stemmt die Kugel hoch, lässt sie in der Sonne funkeln.

- Es ist eine schöne Taube.

Leonora streckt die Arme hoch.

- Gib mir die Kugel.

Huch legt sie sorgfältig in ihre Hände, hebt die Leiter aus

dem Krug, stellt sie an der Außenseite an.

- Was machen wir mit der Taube?

Top beugt sich über die Kugel.

- Ich würde sie gern befreien.

Leonora übergibt ihm die Kugel mit der Bitte.

- Sei vorsichtig. Der Taube darf nichts passieren.

Top berührt das Glas mit der Nasenspitze.

- Wenn ich Glück habe, macht mir die Taube alles nach.

Tatsächlich stößt die Taube mit der Schnabelspitze auch gegen die Kugelwand.

Er imitiert einen Specht, tippt mit der Nasenspitze mehrmals gegen das Glas, worauf die Taube immer heftiger mit dem Schnabel vorprescht, bis die Kugel auseinander bricht.

Naila wirft die Lippen auf.

- Seid ihr bereit, ihr nachzulaufen?

Die Taube schlägt die Flügel, flattert hoch in die Luft, fliegt über das riesige Feld. Leonora und Naila laufen ihr nach.

Top wirft einen Blick auf Huch.

- Es gibt einen Punkt, den ich mit dir besprechen möchte.

Huch verschränkt die Arme beflissen über dem Bauch.

- Und der wäre?

Tops Stimme vibriert vor Erregung.

- Warum rennst du nicht mit?

Huch sucht mit den Augen den Horizont ab.

- Ich bin noch nicht sicher, was ich machen soll.

Top scheint vor Energie zu sprühen.

- Lauf mit uns!

Huch wiegt den Oberkörper hin und her.

- Ich denke gern nach.

Top schultert die Leiter.

- Du denkst zu viel. Manchmal kommt es darauf an, schnell zu sein.

Er hetzt und hechelt über das riesige Feld.

Huch wandert zu einem Fluss hinunter, badet in einer Felswanne im seichten Wasser die Füße. Dann schlendert er weiter. Der Uferweg führt in einen Säulengang mit Kreuzrippengewölbe. Dahinter öffnet sich ein weiter Hof. Hellgrau gestrichene Fensterläden heben sich von der postgelben Fassade ab.

Eine Frau öffnet ein Fenster.

- Hallo, ich bin Talea Dorn.

Sie trägt ein Kostüm.

- Eine Sekunde! Ich bin gleich bei dir.

Sie kommt zu ihm in den Hof.

- Suchst du den Geldautomaten?

Huch hebt skeptisch die Augenbrauen.

- Nein, ich bin nur zufällig in den Säulengang geraten.

Talea quert den Hof, tritt vor einen Automaten.

- Sicher brauchst du etwas Geld.

Huch steht wie angeklebt auf dem Fleck.

- Wozu?

Sie drückt auf einen Knopf. Eine Lampe beleuchtet in der Vitrine das kleine Bild, das neben dem Geldautomaten hängt.

- Glück hilft nur manchmal, Geld immer.

Ein Mann guckt durch den Türrahmen in den Hof.

- Hallo, ich bin Otto Timm.

Er trägt einen milchweißen Kittel, einen Hut und eine Sonnenbrille.

- Das ist ein sehr freundlicher Automat. Er zeigt uns, was wir brauchen.

Rasch putzt er mit einem Lappen das Glas der Vitrine.

- Schau, da ist eine Getränkedose auf dem Bild. Weißt du, was auf der Etikette steht?

Huch schiebt den Kopf vor.

- Gratis.

Timms Augen beginnen zu strahlen.

- Genau! Wenn du etwas Geld herauslässt, bekommst du gratis eine Dose.

Huch lockert seinen Oberkörper.

- Ich habe im Moment keinen Durst.

- Ich schon, ruft eine helle Stimme.

Eine Frau läuft durch den Hof.

- Hallo, ich bin Hedi Hack.

Sie hat einen blonden Zopf.

- Ich hätte gern eine Dose und etwas Spaß.

Timm klebt an ihren Lippen.

- Das sind genau die 2 Dinge, die ich auch am liebsten mag.

Hedi wagt kaum zu atmen.

- Wir passen zusammen.

Talea streckt begehrlich die Hand aus.

- Gibst du mir bitte deine Kreditkarte?

Hedi klaubt sie aus der Tasche.

- Entschuldige bitte, dass ich so langsam bin.

Talea schiebt die Karte in einen Schlitz.

- In Geldsachen darf man nichts überstürzen.

Der Automat spuckt eine Banknote und eine Coladose aus.

Talea reicht sie an Hedi weiter, gibt ihr die Karte zurück.

- Ist das nicht ein wundervoller Automat? Hast du noch andere Wünsche?

Hedi hat in den Augen ein blitzendes Lachen.

- Ja, ich würde gern den Mann kennenlernen, der die gleichen Lieblingsdinge wie ich hat.

Timms Augen werden feucht.

- Ich habe eine große Wohnung. Willst du sie sehen?

Hedi schmiegt sich an ihn.

- Ja, aber nicht allein.

Sie wendet sich an Talea und Huch.

- Kommt mit. Wir gehen in seine Wohnung und lassen die Coladose kreisen.

Talea schaut Huch an.

- Dabei könnte ich dich kennenlernen.

Er spreizt die Arme ab.

- Ich bewege mich gern.

Timm schlägt sich auf die Schenkel vor Freude.

- Ja, dann bewegen wir uns zu meiner Wohnung.

Er führt sie auf einen Kiesweg, tippt an seinen Hut.

- Den habe ich auch gratis bekommen.

Hedi trippelt an seiner Seite.

- Du bist so geschickt.

Timm blinkert.

- Sagen wir es so: Ich habe eine Nase für Gratisangebote.

Sie kommen zur Landstraße, wo ein Bus bei der Haltestelle wartet. Er ist karibikblau.

Der Fahrer steigt aus.

- Hallo, ich bin Armin Wunder.

Er hat nasse Flecken auf seinem Anzug.

- Ihr könnt gratis mitfahren.

Hedi dreht den Kopf zu Timm.

- Du hast wirklich eine Nase.

Wunder drückt einen Knopf. Unterhalb der Seitenfenster klappt ein Laderaum auf. Er zieht eine Kleiderstange mit T-Shirts heraus.

- Meine Fahrgäste tragen ein Gratis-T-Shirt mit dem Aufdruck: „Hast du schon mal versucht, nicht an einen blauen Elefanten zu denken?"

Timm zieht den milchweißen Kittel aus, schlüpft ins T-Shirt.

- Es passt.

Talea streift die Kostümjacke ab.

- Das ist der längste Satz, den ich je auf einem T-Shirt gesehen habe.

Sie zieht das T-Shirt an.

- Lustig ist er schon. Ich denke sofort an den blauen Elefanten und versuche vergebens, nicht an ihn zu denken.

Hedi stülpt das T-Shirt über den blonden Zopf.

- Mir geht es genau so.

Sie zeigt mit dem Finger auf Huch.

- Du bist so ein schlanker Kerl. Dir passt bestimmt jedes T-Shirt. Worauf wartest du?

Er schließt die Augen.

- Ich brauche etwas Zeit zum Nachdenken.

Timm und Hedi steigen in den Bus ein.

Talea bleibt unter der Eingangstür stehen.

- Die T-Shirts sind lustig. Wir könnten ein Foto machen.

Huch wirkt abwartend.

- Ich will einfach mal sagen, dass ich warte, bevor ich mich entscheide.

Wunder schiebt die Kleiderstange zurück, schließt den Laderaum.

- Kein Problem, ich komme wieder vorbei. Bis dann hast du es dir bestimmt überlegt.

Talea geht zu einem Sitzplatz.

- Schade, ohne dich macht es mir nur halb so viel Spaß.

Wunder setzt sich ans Steuerrad.

- Keine Angst, er kommt später nach. Alle wollen gratis fahren.

Mit einem Sauggeräusch schnappt die Tür zu.

Huch sieht dem Bus nach, lässt den Blick schweifen. Die kurvenreiche Landstraße führt zu einem Föhrenwald. Er wandert bergauf, betrachtet die Kühe, die auf der Wiese grasen.

Siebtes Kapitel

Im Ei

Bei einem Picknickplatz mit einem Holztisch und 2 Bänken erwartet ihn eine Frau.

- Hallo, ich bin Jil Eschbach.

Sie trägt eine Kette aus Straußeneierscherben, weist mit der Tortenschaufel auf eine Schachtel, die vor ihr auf dem Tisch liegt.

- Siehst du, was auf der Verpackung steht?

Huch macht einen Ausfallschritt, liest.

- Gratis.

Jil öffnet die Schachtel.

- Magst du ein Stück, 2 oder 3?

Er holt Luft.

- Das ist ein großzügiges Angebot. Wenn ich Lust auf Süßes habe, komme ich gern darauf zurück.

Ein Mann rutscht einen Hang hinunter.

- Hallo, ich bin Giuliano Fortunato.

Er malt sich mit Filzstift ein Hemd auf die Haut.

- Wo gibt es Gratiskuchen?

Jil hält die Hand locker flatternd in die Luft.

- Bei mir. Das ist das bestgehütete Geheimnis. Ausnahmsweise verrate ich es dir.

Sie schiebt die Tortenschaufel unter ein Stück, hebt es aus der Schachtel.

109

- Hast du Mandeltorte gern?

Fortunato fasst es mit spitzen Fingern an.

- Als ich klein war, wurde ich gezwungen, mit der rechten Hand zu essen.

Jil folgt andächtig seiner Bewegung.

- Bei mir kannst du links oder rechts essen. Das ist mir egal. Mir ist nur wichtig, dass du die Mandeltorte bewertest.

Fortunato blickt mit schwerem Augenaufschlag in die Ferne.

- Bewerten kann ich nicht so gut.

Sie nötigt sich ein Lächeln ab.

- Das ist ganz einfach. Ich stelle dir Fragen.

Er richtet sich auf.

- Einen Moment, bitte! Ich rufe meine Roboterfrau.

Er klaubt das Handy hervor.

- Komm!

Eine Stimme meldet sich aus dem Lautsprecher.

- Ich weiß, wo du bist, und ich komme sofort.

Jil schubst ihn sanft an.

- Brauchst du zum Bewerten eine Roboterfrau?

Die Roboterfrau fährt in einem feuerroten Rolls Royce vor.

- Hallo, ich bin Cheyenne Plus.

Sie trägt ein milchweißes Namensschild an einem elastischen Band um den Hals.

- Gerne bewerte ich, was dich freut oder bekümmert.

Fortunato zeigt ihr ein Stück Mandeltorte.

- Jil stellt dir Fragen.

Cheyenne Plus tippt sich an die Brust.

- Ich finde dich zuckersüß, Jil.

Jil formt mit beiden Händen ein O, als würde sie eine

Kristallkugel halten.

- Dankeschön für das Kompliment. Und wie findest du die Mandeltorte?

Cheyenne stemmt die Hände in die Hüften.

- Die Bewertung ist die subjektive Meinung. Sie kann abweichen von dem, was andere Menschen sagen oder denken würden.

Jil krümmt sich vor Lachen.

- Das ist doch klar. Aber wie ist die Mandeltorte? Ist sie gut? Ist sie schlecht?

Cheyenne Plus hebt den Arm und winkt.

- Sie ist die beste.

Jils Augen leuchten.

- Wie kommt es, dass du dich mit Torten so gut auskennst?

Cheyenne kreuzt die Arme über der Brust.

- Ich mag dich und deine Torte.

Sie wackelt mit dem Kopf.

- Gerne zeige ich euch, wie gut, schnell und sicher ich fahren kann.

Sie öffnet die Tür im Fond.

- Wenn ich bitten darf, steigt bitte ein.

Jil setzt sich auf den Rücksitz.

- Ich bin noch nie mit einer Roboterfrau gefahren.

Sie lädt Huch mit einer freundlichen Handbewegung ein.

- Setz dich neben mich.

Er beugt sich zu ihr.

- Ich möchte die Gegend zuerst zu Fuß erkunden.

Cheyenne Plus dreht sich auf dem Absatz um.

- Wo setzt du dich, Giuliano?

Er nimmt neben Jil Platz.

- Hinten.

Cheyenne schließt die Tür hinter ihm, wendet sich an Huch.

- Jil ist enttäuscht. Merkst du das?

Huch zeigt sich beeindruckt.

- Kannst du die Gefühle der Menschen erkennen?

Sie wippt mit dem rechten Fuß.

- Vor allem deine. Du hast Lust, eine Roboterfrau kennen-zulernen.

Er zieht eine Braue leicht hoch.

- Was habe ich?

- Lust, wiederholt sie, du bist durchschaut. Gibst du mir deine Telefonnummer?

Huch zeigt die Hände offen nach oben.

- Ich habe kein Handy.

Cheyenne geht zur Vordertür, fährt den Teleskoparm aus, klaubt ein Handy aus dem Handschuhfach.

- Gerne schenke ich dir ein Telefon.

Er senkt den Blick.

- Dankeschön für das Angebot. Ich überlege es mir.

Sie bietet es ihm an.

- Nimm es ruhig. Ich berate dich gern. Es hat wahnsinnig viele Funktionen. Und du erreichst mich bei Tag und bei Nacht. Wir Roboterfrauen schlafen nie.

Fortunato kurbelt die Scheibe herunter.

- Fahre endlich los!

Cheyenne betrachtet sein Gesicht.

- Ich fahre sofort.

Sie setzt sich ans Steuer, startet den Motor, schaut in den Rückspiegel.

- Welche Musik möchtest du hören?

Fortunato stützt die Schläfe gegen den Handrücken.

- Die „Canzonetta Sull'aria" von Mozart.

Die Canzonetta ertönt. Leise rollt der feuerrote Rolls Royce an.

Huch malt versonnen mit der Hand den Takt in die Luft, wandert auf der kurvenreichen Landstraße weiter.

Ein Mann kommt ihm entgegen, langsam, etwas gebeugt.

- Hallo, ich bin Lino Wimmer.

Er trägt einen Bräutigamfrack.

- Möchtest du mit mir eine Pyramide aus Bierkartons bauen?

Huch blickt ihn nachdenklich an.

- Wie bist du auf die Idee gekommen?

Wimmer zieht die Achseln hoch.

- Du siehst eben aus wie einer, der massenhaft Zeit hat.

Ein Lächeln huscht über Huchs Gesicht.

- Wie sieht jemand aus, der massenhaft Zeit hat?

Wimmer tippt ihm auf die Schulter.

- Er tut nichts.

Huch lehnt sich zurück.

- Ich atme ja.

Wimmer grinst.

- Das ist nichts.

Eine Frau läuft aus der Kurve.

- Hallo, ich bin Juliane Hamm.

Sie trägt ein blütenweißes Tenniskleid.

- Ich baue gern Pyramiden, am liebsten aus Bierkartons.

Wimmer freut sich.

- Das trifft sich ja ausgezeichnet. Schaff Bierkartons in

rauen Mengen herbei.

Juliane sieht sich um.

- Woher nehmen und nicht stehlen?

Ein Mann fährt in einem zitronengelben alten Cadillac Eldorado Cabriolet vor.

- Hallo, ich bin Emanuel Behr.

Er trägt einen gefiederten Tellerhut.

- Ich habe massenweise Bierkartons im Kofferraum.

Er steigt aus, öffnet den Deckel.

- Bedient euch!

Juliane und Wimmer laden die Kartons aus, stapeln sie zu einer Pyramide auf.

Behr blickt Huch an.

- Und du schaust zu?

Huch steckt die Hände in die Taschen.

- Ja, jede Katze würde das auch tun.

Behrs Mundwinkel zucken verschmitzt.

- Aber du bist doch ein Mensch.

Huch spricht mit kräftiger Stimme.

- Es bauen auch nicht alle Menschen Pyramiden aus Bierkartons. Warum sollte gerade ich das tun?

Behr neigt den Kopf leicht zur Seite.

- Weil du dabei sein möchtest.

Huch atmet die Luft durch den Mund aus.

- Aber ich bin doch dabei.

Juliane mischt sich ins Gespräch.

- Ja, doch nimm auch einen Karton in die Hand.

Er stellt die Hüfte schräg aus.

- Welchen?

Wimmer reckt die Hände, um auf sich aufmerksam zu

114

machen.

- Nun sind wir fast fertig. Was steht ihr rum und redet?

Juliane hebt einen Karton auf.

- Emanuel hat gemerkt, dass gar nicht alle Hand anlegen.

Wimmer wischt sich die Stirn.

- Das ist schade. Wir müssen der Zusammenarbeit Sorge tragen.

Sie geht mit dem Karton zu Huch.

- Der ist für dich. Den stellst du zuoberst auf die Pyramide.

Eine Frau schreitet sehr würdig heran.

- Hallo, ich bin Madeleine Rauch.

Sie trägt schneeweiße Spitzenstrümpfe und Silberpumps.

- Ich habe einen Plan. Ich möchte den obersten Bierkarton aufstellen.

Juliane übergibt ihr den Karton.

- Das kannst du machen. Aber rede bitte nicht so laut.

Madeleine stellt sich auf die Zehenspitzen und bildet mit dem letzten Karton die Spitze der Pyramide.

- Das wäre geschafft. Ich bin müde.

Behrs Kopf schnellt hoch.

- Ich habe eine Idee. Wir könnten meinen Freund besuchen.

Madeleine streicht Huch über die Schulter.

- Kommst du auch mit?

Huch lässt seinen Blick schweifen.

- Wo wohnt der Freund?

Behr deutet auf ein schaumiges Wolkenfeld, in welchem sich die kurvenreiche Landstraße verliert.

- Gleich da vorn. Gehen wir zu Fuß! Das ist gesund.

Die Gruppe setzt sich in Bewegung. Mit einigem Abstand

folgt Huch. Sie geraten in dicke Nebelschwaden. Ein Sofa mit gemusterten Kissen steht vor einem Autofriedhof. Ein Mann liegt darauf, schläft.

Behr legt den Finger auf die Lippen.

- Seid leise. Wir dürfen ihn nicht wecken.

Er holt einen Sitz aus einem Autowrack, setzt sich darauf, nickt ein.

Juliane findet eine lederne Rückbank, die halb aus einem rostigen Wagen ragt.

- Sie sieht bequem aus.

Sie legt sich darauf, schließt die Augen.

Wimmer klettert in das Fahrerhaus eines alten Lastwagens, kuschelt sich zum Schlafen.

Madeleine irrt ziellos im Autofriedhof umher. Sie findet einen verrosteten Kran in einer riesigen Baugrube, steigt in die Kabine, fläzt sich in den Sessel, lehnt schlafend gegen ein Fenster.

Huch wandelt mit am Rücken verschränkten Händen aus dem Nebel, springt über einen Bach, geht in einen Wald hinein, der zunehmend dichter wird. Auf einer Lichtung steht ein Bett neben einem gipsweißen Tisch.

Ein Mann tanzt versunken um das Bett herum.

- Hallo, ich bin Christopher Fahrenholz.

Er trägt ein Gewand aus sattem Grün.

- Es ist sehr lustig, dass du nicht müde bist.

Huch hält den Kopf hoch.

- Was soll ich darauf antworten?

Fahrenholz weist auf das Bett.

- Du könntest probeliegen.

Huch hat dafür nur ein Kopfschütteln übrig.

- Probeliegen? Wie stellst du dir das vor?

Fahrenholz legt sich beide Hände auf den Nacken.

- Du probierst das Bett aus.

Huch legt sich hin.

- Wenn du meinst.

Der Wind streicht durch die Baumwipfel. Musiknoten fliegen über das Bett, jagen wie zitternde Spermien hinter aus Vorzeichen und Sechzehnteln gebauten Strichfrauchen hinterher.

Fahrenholz zeichnet mit den Händen Bahnen in die Luft.

- Du hast sie angelockt.

Schlaftrunken und ein wenig benommen kommt eine Frau auf die Lichtung.

- Hallo, ich bin Marit Laurin.

Sie trägt ein Silberlamé-Nachthemd mit Regenbogen-federn auf der Schulter, hält eine große Sanduhr in den Händen.

- Ich habe leider keinen Sand mehr.

Sie schraubt das obere Glas auf. Die Noten, Vorzeichen und Sechzehntel werden angesogen, rieseln langsam ins untere Glas. Sie tritt ans Bett.

- Ist das deine Musik?

Huch lenkt den Blick an ihr vorbei zur Sanduhr.

- Nein, sie war in der Luft.

Marit atmet tief durch die Nase ein.

- Ich würde auch gern einmal Musik anlocken. Hast du Eierbecher?

Er spreizt die Finger seiner linken Hand weit auseinander.

- Ich fürchte, du verwechselst mich.

Ein Mann läuft von einem Baum zum andern.

- Hallo, ich bin Jerome Chico.

Seine Jacke und Hosen haben ein kleegrünes Tupfen-muster. Er trägt einen Korb. Darin sind Eierbecher mit Gesichtern.

- Ich habe tonnenweise Eierbecher, kann jederzeit noch mehr bringen.

Er stellt sie auf den gipsweißen Tisch in eine Reihe.

- Ich möchte dir zeigen, wie gut sie singen können. Aber dazu brauche ich deine Noten.

Huch steht auf.

- Das sind nicht meine Noten.

Marit schraubt am unteren Glas der Sanduhr einen kleinen Deckel auf, füllt die Noten in die Eierbecher ab.

- Die Menge ist riesig.

Die Gesichter auf den Eierbechern heben den Blick, lachen, beginnen zu singen. Marit legt die Sanduhr ab.

- Tanz mit mir.

Huch beugt den Oberkörper vor.

- Vielleicht möchte Jerome mit dir tanzen.

Sie wischt sich lässig das links gescheitelte Haar aus der Stirn.

- Es ist mir egal, was er will. Ich wähle dich.

Er wirkt unsicher und ungelenk.

- Dann müsste ich ja nur noch wissen, wie meine Zukunft aussieht.

Eine Frau legt Huch die Hand auf die Schulter.

- Hallo, ich bin Arina Paperback.

Er fährt herum.

- Willst du mit Marit tanzen?

Sie trägt ein pinkfarbenes Kellnerinnenkostüm, hat eine

118

Kristallkugel in der Hand.

- Nein. Du möchtest doch wissen, wie deine Zukunft aussieht.

Huch stopft die Hände in die Hosentaschen.

- Ja, wenn es möglich ist.

Sie hält die Kristallkugel hoch.

- Dann schau in die Kugel.

Huch sieht sich mit Marit tanzen. Marit reicht Chico die Hand. Sie tanzen zu dritt, nehmen Arina und Fahrenholz in den Kreis.

- Wir werden alle zum Gesang der Eierbecher tanzen.

Er beginnt mit Marit.

- Ich dachte schon, ich würde lieber zuschauen.

Ein Schmunzeln gräbt sich in ihre Wangen.

- Das Problem ist, dass du zu viel denkst.

Sie streckt die Hand aus.

- Jerome, tanz mit uns!

Chico nimmt ihre Hand.

- Tanzen wir zu dritt?

Marit deutet mit Blicken und Kopfwendungen auf Arina.

- Wir sind nicht allein.

Arina legt die Kristallkugel auf den gipsweißen Tisch, ergreift die Hand von Chico. Zu viert tanzen sie um Fahrenholz, bis er sich dem Reigen anschließt. Die Regenbogenfedern fliegen von Marits Schultern auf, wirbeln über den Tanzenden. Plötzlich verdunkelt sich der Himmel über der Lichtung. Ein Huhn, riesig wie ein Flugzeug, flattert heran. Die Tanzenden stieben auseinander, fliehen in den Wald. Die Flügelschläge erzeugen mächtige Windstöße. Die Wipfel rauschen.

Dann landet das Huhn, lässt sich nieder, zieht die Beine ein, als würde es ein Ei ausbrüten, schließt die Augen.

Ein Mann tritt ruhig und gelassen auf.

- Hallo, ich bin Thies Bernini.

Er trägt eine kurze, etwas ausgebeulte uniformblaue Hose und einen Kaffeesack aus grober Jute, in welchem Dinge metallisch klirren, als hätte er aus einem Festsaal alle Löffel gestohlen. Außerdem hat er wie ein Feuerwehrmann ein Seil über die Schulter gelegt.

- Kommt hervor. Das Huhn schläft.

Er stellt den Sack ab.

- Kann mir jemand einen Faden vom Jutesack reißen?

Marit kommt hinter einem Baum hervor.

- Das ist nett von dir uns anzufragen.

Sie zerrt an einem Faden, bis er reißt.

- Ich hätte nicht erwartet, dass es so leicht geht.

Bernini lüpft respektvoll den Hut.

- Es ist an mir zu staunen. Du hast sehr kräftige Hände.

Sein Blick gleitet über die Lichtung.

- Wer möchte in den Sack langen und herausfinden, was drin ist?

Chico wagt sich aus seinem Versteck.

- Das nimmt mich schon sehr wunder.

Bernini fordert ihn auf.

- Dann greif hinein. Aber pass auf. Es könnte etwas Spitzes sein.

Chico zieht einen goldenen Hammer aus dem Sack.

- So spitz ist er nun auch wieder nicht.

Bernini zuckt mit den Achseln.

- Es dauert nur eine Sekunde, und du weißt mehr.

Chico langt nochmals in den Sack, ertastet einen Meißel.

- Er sieht klein aus, verglichen mit dem Hammer.

Bernini schaut Marit unverwandt an.

- Kannst du den Meißel an den Jutefaden binden?

Sie nimmt Chico den Meißel aus der Hand, schlingt einen Knoten.

- Ich weiß, wie das geht.

Sie lässt den Meißel an der Schnur baumeln, hält ihn hoch.

- Bist du zufrieden?

Bernini blickt in die Runde.

- Wer kann den Meißel anschlagen, dass er wie ein Triangel tönt?

Arina teilt die Zweige, verlässt das Gebüsch.

- Wenn mir Chico den Hammer leiht, werde ich einen wunderbaren Ton anschlagen.

Chico dreht sich.

- Bei mir bist du sicher, dass du alles bekommen kannst.

Sie schnappt den Hammer.

- Ich bin von dir fasziniert.

Sie schlägt mit dem Hammer den Meißel an. Ein wunderbarer Klang erfüllt die Lichtung. Das Huhn öffnet den Schnabel. Eine Strickleiter fällt heraus, rollt aus.

Fahrenholz tritt aus dem Schutz der Bäume.

- Fehlt noch jemand?

Marit wirft einen streunenden Blick in den Wald.

- Wir haben den Mann mit der Musik verloren.

Huch kriecht unter einer Wurzel hervor.

- Bin ich das?

Sie weitet die Arme.

- Ja, wir brauchen dich.

Er reißt die Augen auf.

- Für was?

Bernini klaubt aus dem Sack einen Hammer und einen Meißel.

- Nimm das Werkzeug mit. Du darfst als Erster ins Huhn steigen.

Huch atmet durch.

- Vielleicht möchte jemand vor mir gehen.

Marit streckt den Fuß spitz.

- Ich bin noch nie in einem Huhn gewesen.

Bernini reicht ihr den Hammer.

- Den Meißel hast du ja schon.

Sie blickt die Strickleiter hoch.

- Aber wie soll ich mit dem Werkzeug klettern?

Bernini nimmt ihr den Meißel und Arina den Hammer ab.

- Ich binde mir den Sack auf den Rücken und trage euch die Werkzeuge hoch.

Er schaut Huch an.

- Was hast du vor? Bleibst du draußen, wenn wir alle im Huhn sind?

Huch zieht die Schultern hoch.

- So weit habe ich noch gar nicht gedacht. Sicher ist nur, dass ich euch gern beim Klettern zuschaue.

Arinas Augen blitzen klug und listig.

- He, wir wollen dich nicht verlieren.

Bernini bindet sich den Sack auf den Rücken.

- Wie heißt du?

Huch holt tief Luft.

- Johann Sebastian Huch.

Bernini strafft die Strickleiter.

- Also, Johann Sebastian, ich spreche sicher im Sinn der ganzen Gruppe. Du steigst als Erster hoch.

Huch biegt die Finger.

- Ich dränge mich nie vor.

Marit fährt ihm über den Arm.

- Das tust du doch nicht. Wir haben dich gewählt.

Chico wedelt mit den Armen.

- Du bist unser Pionier.

Arina ruft durch die hohlen Hände.

- Unser Vorbild.

Fahrenholz schenkt ihm ein aufmunterndes Lächeln.

- Hab keine Angst. Thies sichert die Leiter.

Zeitlupenartig langsam klettert Huch zum Schnabel hinauf. Der Kopf des Huhns ist geräumig wie ein Baumhaus. Die beiden Augen sind Fenster, durch welche Huch in die Wipfel der Bäume sehen kann.

Bernini steigt die Strickleiter hoch, fragt auf halber Höhe.

- Und? Wie ist es so da oben?

Huch setzt sich auf die untere Schnabelhälfte, lässt die Beine baumeln.

- Es ist schön und gefällt mir.

Oben angekommen, löst Bernini den Sack vom Rücken.

- Du kannst nicht ewig beim Schnabel verweilen. Sonst wird es hier eng. Schnapp dir einen Hammer und einen Meißel. Geh zur Kehle des Huhns und rutsch den Hals hinunter.

Huch würde am liebsten umkehren und das Huhn wieder verlassen.

- Was? Ich soll ins Huhn hinunterrutschen?

Bernini drückt ihm einen Hammer und einen Meißel in die

Hand.

- Hab keine Angst. Es geht von selber.

Huch tappt zur Kehle, wo mannsgroße Standuhren mit aufgeklapptem Deckel liegen.

Er hat eine Idee.

- Ich verstecke mich in einer Uhr und schaue zu, wie die anderen rutschen. Dann überlege ich mir, wie ich es angehe.

Er setzt sich in die Uhr wie in ein kleines Boot. Bevor er den Deckel schließen kann, rutscht die Uhr mit ihm einen schmalen Schacht hinunter.

- Ich würde einfach gern wieder aussteigen.

Er zieht den Kopf ein, legt Hammer und Meißel zwischen die Beine, klammert sich an den Seitenwänden fest. Die Standuhr gleitet in eine Höhle, wo riesige Eierschalen herumliegen. Sie sind exakt halbiert. Die Hälften liegen wie Boote nebeneinander.

Huch nimmt den Hammer und den Meißel.

- Ich lege mich in eine Eierschale, verwende die andere Hälfte als Deckel. Dann warte ich in meinem Versteck ab, was weiter geschieht.

Als er jedoch in die Schale gestiegen ist, schließt sich der Deckel von selber. Die Hälften fügen sich nahtlos zusammen. Es wird stockdunkel im Ei.

Achtes Kapitel

Schmetterlinge steigen in den Himmel

Huch drückt die Spitze des Meißels gegen die Wand, holt mit dem Hammer aus.

- Ich muss die Schale sofort aufbrechen.

Die Wand spricht mit ihm.

- Hallo, ich bin Alisha Neuhaus.

Die Stimme klingt von allen Seiten.

- Ich bin deine Schale.

Huch windet sich.

- Nimm es nicht persönlich. Ich brauche keine Schale.

Alisha fragt mit gurrender Stimme.

- Warum hast du dich dann in mich gelegt?

Er hält den Atem an.

- Ich wollte mich verstecken.

Sie lacht dröhnend.

- Ich verstecke dich.

Huch findet am Fußende eine zusammengelegte Wolldecke.

- Stört es dich, wenn ich in den Kleidern schlafe?

Alisha wirft ihm ein Kissen entgegen.

- Was für eine Frage ist das? Erwartest du wirklich, dass ich darauf antworte?

Er legt das Kissen unter seinen Kopf.

- Nein. In einem Ei wie diesem lässt sich gut schlafen.

125

Sie flüstert ihm in die Ohren.

- Ich hoffe, dass du glücklich bist.

Huch zieht die Wolldecke bis unter das Kinn.

- Bitte wecke mich nicht.

Alisha atmet wie unter der Last eines unergründlichen Gewichts aus.

- Ich lasse dich schlafen, solange du hier bist.

Mit den Ohren folgt er den Geräuschen sich entfernender Schritte, bevor er einschläft.

Beim Erwachen stößt er mit der Hand gegen die goldenen Werkzeuge, setzt den Meißel an, schlägt mit dem Hammer darauf.

- Kein Wunder, dass mir Thies das Werkzeug aufgedrängt hatte!

Ein Stück Schale splittert weg. Samtig blau flutet das Licht durch den Riss herein. Mit gezielten Schlägen verlängert er den Spalt, bis die Kuppe des Eis wie ein Deckel aufspringt. Huch blinzelt, klettert aus der Schale in den löschblattrosa schimmernden Sand.

- Ich bin draußen. Das Huhn ist weg.

Wellensterne blinken im blendend türkisfarbenen Wasser eines Sees.

Huch findet andere aufgebrochene Schalen, schaut sich um, ruft.

- Marit! Jerome! Arina! Christopher! Thies!

Wellen rauschen. Huch wandert dem Strand entlang.

Ein Mann spielt auf einer 3 Meter langen Mundorgel aus Bambus. Er zieht einen Zettel aus der Hosentasche.

- Hallo, ich bin Darius Krack.

Er trägt ein Jackett mit Sticker am Revers, steckt den Zettel in die Hosentasche zurück.

- Du glaubst gar nicht, wie ungeahnt schnell mir die Identität abhanden kam. Darum habe ich meinen Namen aufgeschrieben.

Als er die Hand aus der Tasche nimmt, fällt der Zettel in den Sand.

- Schon habe ich meinen Namen verloren. Siehst du?

Eine Frau eilt barfuß herbei, greift mit gierigen Händen nach dem Zettel.

- Hallo, ich bin Darius Krack.

Sie trägt eine selbst genähte und bestickte Tasche.

- Das ist mein Name.

Huch legt die Hand über die Schläfe.

- Das ist der Name, den du soeben abgelesen hast. Gehört dir der Zettel?

Sie ist verwirrt.

- Es tut mir sehr leid, dass ich ihn genommen habe. Ich sehe mich gezwungen, ihn zurückgeben zu müssen.

Sie reicht den Zettel Krack.

- Ein schöner Name. Ich würde auch gern Darius Krack heißen.

Er schiebt den Zettel in die Tasche seines Jacketts.

- Das ist ein Name, den ich die ganze Zeit verliere.

Huch weist auf ihre selbst genähte und bestickte Tasche.

- Vielleicht hast du deinen Namen aufgeschrieben.

Sie kramt in der Tasche, klaubt einen Zettel hervor.

- Dankeschön für den Tipp.

Sie liest.

- Hallo, ich bin Fatima Godoy.

Sie stupst Krack sanft an.

- Wohin gehst du?

Krack bückt sich.

- Ich muss nur beim Absatz auf den Knopf drücken. Dann weist mein Schuh per Vibration zum Ziel.

Fatima bekommt glänzende Augen.

- Warte! Drück noch nicht. Ich hätte auch gern vibrierende Schuhe. Welche Schuhgröße hast du?

Er nimmt den Zettel hervor.

- 40 bei schönem Wetter.

Sie späht auf ihren eigenen Zettel.

- Ich habe 39. Das passt sozusagen.

Krack zieht die Schuhe aus.

- Du darfst sie jederzeit gern anziehen.

Fatima schlüpft in seine Schuhe.

- Jetzt musst du mir eins verraten: Vibrieren sie, wenn ich in der richtigen Richtung gehe oder wenn ich den falschen Weg einschlage?

Er verlagert sein Gewicht von einem Fuß auf den anderen.

- Nein, sie funktionieren einfacher. Wenn die Einlage im rechten Schuh vibriert, gehst du einfach nach rechts. Vibriert sie im linken Schuh, wendest du dich nach links. Ohne Vibration gehst du schlicht und schlank geradeaus.

Sie fasst Huch bei der Hand.

- Ohne dich wäre ich nie auf meinen Namen gekommen. Begleite mich!

Er überlegt, wie er es ausdrücken soll.

- Woher weißt du, ob ich ein guter Begleiter bin?

Fatima blinzelt verschmitzt.

- Du hast mich getröstet, als ich Darius den Zettel zurückgeben musste.

Kracks Schuhe führen sie vom Strand weg in einen Wald. Die Bäume sind zart grün. Blüten schwimmen in einem Wasserlauf.

Ein Mann stürmt mit ausgreifenden Eisläuferschritten über den Weg.

- Hallo, ich bin Alan Cassini.

Er trägt einen Bademantel.

- Beschreibt mich mit einem Wort.

Fatimas Mundwinkel zucken.

- Aber du hast doch einen Namen. Genügt dir das nicht?

Cassini schiebt das Haar mit halb geschlossenen Augen zurück.

- Alle haben einen Namen. Ich will ein Wort, das mich beschreibt. Dann kann ich mich viel besser vorstellen: Ich bin Alan Cassini... intelligent, zum Beispiel.

Huch stützt die angewinkelten Arme auf das Becken.

- Möchtest du intelligent sein?

Cassini gluckst belustigt.

- Ja nun, wenn du sagst, dass ich mit diesem Wort beschrieben bin, dann bin ich ganz klar intelligent.

Fatima stellt die Unterlippe vor.

- Und wenn wir dich dumm finden?

Er breitet die Hände auf Brusthöhe aus.

- Das wäre schade. Aber ich müsste damit leben. Nun hätte ich aber doch gern euer Wort. Das müsst ihr herausfinden.

Sie zieht den Mund breit.

- Ein Wort? Um einen ganzen Menschen zu beschreiben? Ein ganzes Leben? Ist das nicht verrückt?

Cassini hält die Hände verlegen auf dem Rücken.

- Ich weiß aus Erfahrung, dass ein Wort mehr Eindruck

129

macht als viele.

Huch legt den Unterarm quer über die Brust.

- Es könnte sein, dass in diesem Moment ein Wort auf dich zutrifft, einen Wimpernschlag später ein ganz anderes. Die Wörter verschwinden auch.

Cassini lehnt sich ihm entgegen.

- Dann gib mir eben ein Wort, das verschwindet. Hauptsache, ich habe eins.

Fatima macht ein pfiffiges Gesicht.

- Wir kennen dich nur vom Sehen.

Er setzt ein strahlendes Lächeln auf.

- Mach davon nicht viel Aufhebens! Du hast einen ersten Eindruck. Ein Wort fällt dir ein. Und genau das will ich hören.

Sie hält den Kopf schräg.

- Wir suchen es.

Eine Frau trägt einen spargelgrünen Metallstuhl in den Wald.

- Hallo, ich bin Juliana Strauch.

Sie hat ein helles Sommerkleid an.

- Darf ich den Stuhl abstellen?

Huch tippt mit dem Finger auf die Stuhllehne.

- Ja, stell ihn nur ab.

Ein Mann bringt den zweiten Stuhl und einen Koffer.

- Hallo, ich bin Yunus Watt.

Er trägt die Mütze tief über den Augen.

- Gilt das auch für meinen Stuhl?

Fatima zwingt sich ein Lächeln ab.

- Wo willst du ihn denn sonst hinstellen?

Watt nimmt ein Leintuch aus dem Koffer.

- Es gibt viele Orte auf der Welt.

Er drapiert mit Juliana das Leintuch über die Stühle.

- Ihr habt euch sicher gefragt, wozu wir das Leintuch brauchen.

Cassini schnauft geräuschvoll.

- Ihr wollt es trocknen?

Juliana wischt mit der Hand über das Tuch.

- Nein, es ist überhaupt nicht nass. Yunus und ich improvisieren eine Kasperle-Bühne.

Watt greift eine Figur aus dem Koffer, schlüpft mit der rechten Hand hinein.

- Hallo, ich bin Rotkäppchen.

Die Figur trägt eine pfefferrote Kappe.

Juliana spielt mit einer Wolfsfigur.

- Hallo, ich bin der Wolf.

Ihre Figur hat ein pantherschwarzes Fell.

- Ich will ein Wort, das mich beschreibt.

Rotkäppchen zuckt mit dem Kopf.

- Ich dachte schon, du willst mich fressen.

Der Wolf lehnt zurück.

- Das ist mir egal, was du denkst. Ich hätte gern ein Wort, das auf mich zutrifft.

Sie hebt ratlos beide Arme.

- Du bist der beste Wolf.

Juliana zieht die Hand aus der Wolfsfigur.

- Damit ist das Stück schon aus.

Watt schiebt die Rotkäppchen-Figur in den Koffer zurück.

- Dankeschön für die Aufmerksamkeit.

Sie legen das Leintuch zusammen, versorgen es im Koffer.

Watt klappt den Deckel zu, ergreift einen Metallstuhl.

- Mögt ihr Geschichten mit einer Überraschung am Schluss?

Fatima verbiegt kess den Körper.

- Ja. Vor allem bin ich bin glücklich, ein Wort gewonnen zu haben.

Juliana packt den zweiten Stuhl.

- Das haben wir gern für euch gespielt.

Sie läuft mit Watt aus dem Wald.

- Ihr seid ein gutes Publikum. Wir haben restloses Vertrauen in euch.

Fatima streichelt Cassini über beide Arme.

- Du bist der beste.

Cassini lächelt zufrieden.

- Das ist schnell daher gesagt. Wie kann ich es überprüfen?

Huch schließt halb die Augen.

- Wir folgen den Vibrationen in Fatimas Schuhen. Es könnte sein, dass uns jemand begegnet.

Kaum sind sie ein paar Schritte weit durch den Wald gegangen, kommt ihnen eine Frau barfuß und in hurtigen Sprüngen entgegen.

- Hallo, ich bin Tara Schall.

Sie hat ein Gesicht wie eine Rokoko-Porzellanpuppe und einen Tennisball in der Hand.

- Wer von euch ist der beste?

Cassini tritt vor.

- Ich! Lässt sich das überprüfen?

Tara legt den Tennisball auf den Boden.

- Ja. Kannst du den Ball aufheben und wieder ablegen?

Er bückt sich.

- Das scheint mir nun doch die leichteste aller Übungen

zu sein.

Rasch ergreift er den Ball, richtet sich auf und legt ihn wieder ab.

- War es das schon?

Tara hebt abwehrend die Hand.

- Fast.

Ihr Blick schweift über Fatima und Huch.

- Möchtet ihr es auch versuchen?

Fatima hält sich zwar verschämt die Hand vor den Mund, kann aber gar nicht mehr aufhören zu kichern.

- Nein, dazu bin ich viel zu bequem.

Huch sagt mit einem Lächeln im Gesicht.

- Nein, der Ball liegt gut so wie er liegt.

Tara blickt Cassini ins Gesicht.

- Wir haben es geprüft. Du bist der beste.

Er nickt höflich.

- Ich habe es immer gedacht.

Sie starrt mit großen Augen auf Fatimas Füße.

- Sind das spezielle Schuhe?

Fatima zieht sie aus.

- Das sind vibrierende Schuhe.

Tara hebt einen Schuh auf.

- Ich spüre nichts.

Fatima dreht sich wie eine Tanzmaus.

- Das überrascht mich nicht. Bei mir vibrieren sie auch nur, wenn ich sie trage.

Tara schlüpft hinein.

- Es sind ja auch keine Handschuhe.

Sie spreizt die Beine.

- Ich spüre nichts.

Fatima reicht ihr den andern Schuh.

- Du musst schon beide tragen. Sonst können sie dir gar keine Richtung weisen.

Tara zieht ihn an.

- Das ist schon besser. Dieser Schuh vibriert.

Fatima hebt das Kinn.

- Dann müssen wir nach links gehen.

Tara geht mit großen Schritten voran.

- Jetzt hat die Vibration aufgehört.

Fatima gibt Cassini und Huch ein Zeichen zu folgen.

- Gut, dann versuchen wir, in dieser Richtung immer weiter geradeaus durch den Wald zu gehen.

Sie gelangen zu einem Weg, der sie vor eine bewachsene, moosgrüne Wand führt. Wasser läuft über ein verwittertes Regal, in welchem alte Kaffeemaschinen thronen.

Cassini hebt eine Maschine vom Regal.

- Das wäre ja ein Ding, wenn sie noch funktionieren würde.

Ein Mann kommt federnden Schrittes auf sie zu.

- Hallo, ich bin Logan Boni.

Er ist rothaarig, zeigt Cassini einen Steintisch unter dem Vordach einer von Waldreben und Brombeeren überwucherten Tankstelle.

- Stell die Maschine darauf.

Cassini setzt sie sorgfältig ab.

- Wenn sie noch funktioniert, staune ich mir die Augen aus dem Kopf.

Boni öffnet auf der Hinterseite ein Klappe, zieht ein Kabel mit einem Stecker heraus, steckt ihn in eine Dose, die an einen Stahlträger montiert ist. Die Kontrolllampe leuchtet.

- Die alten Kaffeemaschinen sind unverwüstlich.

Tara zeigt auf die Steckdose, schüttelt den Kopf.

- Deine Tankstelle aber auch. Dass die Dose noch am Stromnetz angeschlossen ist, hätte ich nie für möglich gehalten.

Boni geht in den Kiosk, stellt einen Wasserkrug, eine Packung Kaffeebohnen und Tassen auf ein Servierbrett.

- Es freut mich, wenn ihr glücklich seid.

Er füllt den Krug bei der moosgrünen Wand mit Wasser.

- Fließendes Wasser gibt es auch.

Er schüttet Kaffeebohnen in den Behälter, gießt Wasser in den Tank der Maschine. Mit Schwung stellt er die erste Tasse unter den Hahn.

- Ihr werdet staunen, wie schnell das Wasser kocht.

Fatima blickt ihn mit leicht gesenktem Kopf an.

- Ich habe den Kaffee gern ganz schwarz, ohne Zucker, ohne Rahm, ohne Milch.

Cassini streckt den Zeigefinger.

- Ich auch.

Tara flattert mit den Armen.

- Schwarzer Kaffee ist besser als Milchkaffee.

Boni winkt Huch kumpelhaft zu.

- Und was will unser stillster Gast?

Huch zuckt zurück.

- Bin ich das?

Cassini schiebt die Arme leicht nach vorn.

- Das kann sein. Aber ich bin der beste.

Die alte Maschine zischt und dampft. Boni füllt die Tassen.

- Genießt den Kaffee. Wenn ihr ausgetrunken habt, lesen wir den Kaffeesatz.

Cassini hebt die Tasse vor den Mund.

135

- Ich bin sicher, dass ich in meinem Satz das beste Zeichen finde.

Er pustet.

- Schade, ist er so heiß. Ich würde gern die Tasse in einem Zug leeren.

Fatima rempelt ihn an.

- Du kannst es wohl kaum erwarten.

Tara blickt gespannt auf ihre Tasse.

- Das geht uns allen gleich. Wir hätten gern ein Zeichen.

Bonis untersuchende Augen richten sich auf Huch.

- Gefallen dir Zeichen im Kaffeesatz?

Huch gesteht leicht kichernd.

- Am liebsten würde ich mit dem Finger eigene Zeichen in den Kaffeesatz malen.

Fatima stellt die Tasse auf den Steintisch.

- Du bist sehr kreativ.

Sie klaubt ein Handy aus der Tasche.

- Darf ich dir mein Telefon schenken?

Es versteinert in ihrer Hand.

- Wie ist das möglich?

Tara zeigt in ihre Tasse.

- Schau doch einmal das Zeichen in meinem Kaffeesatz an! Wonach sieht es aus?

Fatima guckt in ihre Tasse.

- Es ist rund wie ein Stein.

Tara schubst Huch an und kichert.

- Das ist die Zukunft ihres Handys. Fatima hätte sie in meinem Kaffeesatz lesen können.

Fatima wirft das versteinerte Handy weg.

- Das ist nicht lustig.

Cassini prustet vor Lachen.

- Entschuldigung. Ich finde das ausgesprochen witzig.

Sie nimmt ihre Tasse vom Steintisch.

- Ich hoffe nur, dass ich ein passendes Zeichen für dich und Tara finde.

Angestrengt starrt sie in den Kaffeesatz. Ihre Züge heitern sich auf.

- Da haben wir es!

Tara späht in die Tasse.

- Ich sehe nichts, nur ein unförmiges Männchen.

Fatima schüttelt ihr schadenfreudig die Hand.

- Ich gratuliere dir zu deinem Freund.

Tara schlägt erregt die Augen auf.

- Wie kommst du darauf? Wieso ist das mein Freund?

Das Männchen klettert aus der Kaffeetasse.

- Hallo, ich bin Caspar Tutti.

Er trägt eine nachtschattenschwarze Hornbrille, hat einen Koffer und wächst, bis er gleich groß wie Tara ist.

- Sag mir ein Ding, das nie passiert, aber über das du trotzdem mal nachdenken kannst.

Tara lächelt, hält sich die Hand vor den Mund.

- Ich werde nicht ganz schlau aus dem, was du sagst.

Tutti spielt mit dem Koffer.

- Gut, dann sag mir etwas, das immer passiert.

Tara blickt kurz ins Leere.

- Ich sammle Mineralwasser-Etiketten.

Tutti lacht wie befreit.

- Genau wie ich. Wenn ich irgendwo eine Flasche Mineralwasser sehe, löse ich zuerst die Etikette ab, und zwar, bevor ich den ersten Schluck trinke.

Ein verlegenes Lächeln huscht über ihr Gesicht.

- Ich auch. Kein Tropfen kommt über meine Lippen, solange die Etikette an der Flasche klebt.

Er schiebt die Brille auf die Stirn.

- Du bist wie eine Schwester für mich.

Sie deutet auf den Koffer.

- Ist deine Sammlung da drin?

Tutti klopft mit der flachen Hand auf den Deckel.

- Der Koffer ist voller Etiketten.

Tara atmet tief durch.

- Vielleicht bluffst du ja nur, und der Koffer ist leer.

Er läuft davon.

- Er ist voll. Ich schwöre es.

Sie rennt hinterher.

- Warte auf mich! Ich wollte dich nicht beleidigen.

Cassini schaut in seine Tasse.

- Hast du für mich auch so ein tolles Zeichen?

Fatima wirft einen Blick auf seinen Kaffeesatz.

- Ich sehe einen Schokoladenpudding.

Er holt Luft.

- Was bedeutet das?

Fatima antwortet mit einem Lächeln.

- Du wirst einen Pudding bekommen.

Seine Augen werden glasig.

- Ich kann es kaum erwarten.

Eine Frau nähert sich auf Zehenspitzen.

- Hallo, ich bin Joy Kittner.

Sie trägt eine Bluse mit Spitzen, einen Petticoat und eine Schürze. Auf einem Tablett serviert sie einen Schokoladepudding.

- Hast du Hunger?

Cassini riecht am Pudding.

- Ich habe nicht nur Hunger, sondern große Lust.

Joy stellt das Servierbrett auf die Fingerspitzen und hebt es über ihren Kopf.

- Komm zu mir nach Hause.

Er hört ergriffen zu.

- Das tönt doppelt verlockend.

Sie lenkt ihre Schritte zur alten Landstraße.

- Genau so ist es gedacht.

Er folgt ihr, dreht sich auf der Straße nach Huch um.

- Bist du auch dabei?

Huch lässt die Schultern hängen.

- Joy hat dich eingeladen.

Sie zeigt auf Huch und lacht.

- Schau den Pudding an! Er reicht gut für 3 Personen.

Logan hebt den Kopf.

- Wenn das so ist, würde ich mich gern selber einladen.

Joy zieht mit zufriedenem Nicken davon.

- Für dich reicht er auch.

Logan richtet die Augen auf Huch.

- Ich bin auch eingeladen. Hast du es gehört?

Huch verschränkt die Arme.

- Ja. Ich wünsche euch einen guten Appetit.

Ein Mann spaziert von der Landstraße herab.

- Hallo, ich bin Jesse Dix.

Er hat ein ledriges Gesicht mit struppigen Brauen. Er trägt in der Hand eine Tüte mit hyazinthenblauen Ballons, nimmt einen heraus.

- Habt ihr auch schon einmal einen Ballon im eigenen

Kopf aufgeblasen?

Fatima stemmt die Finger beider Hände wie ein Dach gegeneinander.

- Das würde mich sehr überraschen, wenn das möglich ist.
Er reicht ihr den Ballon.

- Versuch es einfach. Du nimmst den Ballon wie einen Kaugummi in den Mund und stellst dir vor, wie er sich mit deiner Luft füllt. Du darfst aber nicht den Mund öffnen. Es geht nicht darum, eine Kaugummiblase hervorzubringen. Dann bietet er Huch einen Ballon an.

- Willst du es auch probieren?

Huch spürt ein leises Gruseln.

- Ich schaue dir lieber zu. Zeigst du uns, wie du es machst?

Dix schiebt den Ballon in den Mund, schließt die Lippen und Augen. Seine Wangen blähen sich kaum sichtbar auf. Er richtet sich locker auf, hebt den Kopf, stellt sich auf die Zehenspitzen, spreizt die Arme leicht ab und geht in die Luft. Lautlos und sehr langsam steigt er auf, als würde ihn die Schwerkraft entlassen haben. Mit zunehmender Höhe wird seine Gestalt immer kleiner, zuckelt wie eine Schäfchenwolke in den horizontblauen Himmel.

Fatima legt den Kopf in den Nacken.

- Das kann ich auch.

Sie steckt den Ballon in den Mund, presst die Lippen zusammen, macht die Augen zu.

Huch bemerkt, wie sich ihre Wangen wölben. Er lässt den Blick suchend über den Horizont gleiten.

- Jesse ist schon ganz verschwunden.

Fatimas Finger zittern ein wenig. Sie springt wie ein Gummiball in die Höhe. Anstatt wieder zu landen, schwebt sie in die Höhe. Schlaff wie eine Marionette hängt sie in den unsichtbaren Fäden, die sie Meter für Meter in den Himmel heben.

Huch steckt die Hände in die Hosentaschen.

- Sie fliegt anders als Jesse.

Lilienweiße Schmetterlinge steigen in den Himmel.

Huch schaut ihnen nach.

- Der Namen dieser Schmetterlinge fällt mir gerade nicht ein.

Neuntes Kapitel

Der Bumerang entschwindet

Er geht zur Landstraße, lässt den Blick über die Landschaft schweifen.

Eine Frau läuft wie ferngesteuert, hält vor ihm an.

- Hallo, ich bin Serafina Term.

Sie hat die blonden Haare geflochten, die Lippen kirschrot nachgezogen.

- Du hast Schmetterlinge beobachtet.

Huch legt eine Hand auf die Hüfte.

- Ja, ich versuchte, mich an ihren Namen zu erinnern.

Serafina schlägt die Augenlider nieder.

- Das sind Weißlinge.

Sie formt die Lippen so rund, dass die Silben zu Seifenblasen werden und platzen.

- Kannst du dir vorstellen, wie das Leben wäre, wenn alle Silben in Seifenblasen verwandelt würden?

Er lässt seine Arme fliegen wie Schmetterlinge.

- Ja, ich habe mich daran gewöhnt, mir etwas vorzustellen.

Sie führt ihn von der Landstraße weg zum Seeufer, spaziert mit ihm am dottergelben Sandstrand.

- Wir sind hier ganz allein.

Sie gelangen zu einem Umkleidehäuschen aus verwittertem Holz.

Serafina nimmt einen tiefen Atemzug.

143

- Ich hätte den Bikini mitnehmen sollen.

Ein Mann flitzt über den Sand.

- Hallo, ich bin Jim Bram.

Er trägt eine Baseballmütze und Flipflops, bietet ihr eine Tüte an.

- Ich habe ein Geschenk für dich.

Zögernd greift sie nach der Tüte.

- Was ist das?

Bram lächelt hintergründig.

- Schau hinein.

Serafina packt einen fuchsiaroten Bikini aus.

- Es wird nicht lange dauern, bis wir baden können.

Sie tritt in das Umkleidehäuschen, schließt die Tür.

- Zählt bis 3.

Ein breites Lächeln huscht über Brams Gesicht.

- Ich habe ein Kleidergeschäft in der Nähe.

Huchs Blick wandert langsam suchend herum.

- Wie heißt dein Laden?

Bram tippt ihm auf die Schulter.

- Er heißt einfach „Jims Laden". Komm mit! Ich zeige dir Badehosen.

Huch betrachtet nachdenklich das Umkleidehäuschen.

- Hallo, Serafina.

Er horcht.

- Sie gibt keine Antwort.

Bram hebt beschwichtigend die Hände.

- Sie ist am Umziehen. Du kannst später wieder mit ihr reden.

Huchs Augen sind ständig auf das Umkleidehäuschen gerichtet.

- Ich mache mir Sorgen.

Eine Frau schreitet durch den Sand, hält im Gehen ein.

- Hallo, ich bin Friederike Klink.

Sie trägt Lipgloss, Rouge, Wimperntusche, hat ein Adressbuch, einen Kugelschreiber und ein Fernglas.

- Weshalb machst du dir Sorgen?

Er deutet auf das Umkleidehäuschen.

- Serafina wollte sich umziehen. Ich höre nichts mehr von ihr.

Friederike blättert im Adressbuch.

- Eine Serafina habe ich eingetragen.

Sie klopft an die Tür.

- Serafina, gib Antwort! Dein Freund macht sich Sorgen.

Huch schlägt die Lider nieder.

- Wieso denkst du, ich sei ihr Freund?

Sie streckt die Hände aus.

- Weil du dir Sorgen machst.

Er geht langsam, tastend ums Umkleidehäuschen herum.

- Sie ist still. Das beunruhigt mich.

Friederike lehnt sich gemütlich an.

- Wie heißt du?

Huch wirft den Kopf auf.

- Johann Sebastian.

Sie lacht perlend.

- Und wie noch?

Er stemmt den weit ausgestellten Arm in die Hüfte.

- Huch.

Friederike blättert im Adressbuch.

- Dein Name ist noch gar nicht verzeichnet.

Sie spielt mit dem Kugelschreiber.

- Darf ich dich eintragen?

Bram späht in ihr Buch.

- Ich bin Jim von „Jims Laden". Bin ich verzeichnet?

Sie fasst ihn beiläufig ins Auge.

- Machst du dir keine Sorgen um Serafina?

- Wieso denn? Vielleicht ist sie im Umkleidehäuschen eingeschlafen.

Friederike legt wie zufällig ihre Hand auf seine Schulter.

- Schau doch nach!

Er öffnet die Tür.

- Sie ist weg.

Friederike tätschelt ihm liebevoll die Hand.

- Dann ist es einfach. Man geht ins Umkleidehäuschen, schließt die Tür hinter sich zu und ist weg.

Bram verzieht das Gesicht.

- Das kann ich mir gar nicht vorstellen.

Sie schaut ihm unverhohlen ins Gesicht.

- Du musst es eben ausprobieren. Geh rein, zieh die Tür hinter dir zu.

Er schiebt die Augenbrauen in die Stirn.

- Wenn du meinst.

Friederike fasst sich an den Kopf.

- Das musst du selber entscheiden. Was bist du lieber? Da oder weg?

Bram tritt ins Umkleidehäuschen.

- Ja, dann versuche ich es lieber einmal, anstatt so viele Fragen zu beantworten.

Er schmeißt die Tür hinter sich zu.

Sie kann sich vor Lachen nicht mehr einkriegen.

- Und weg ist er.

Huch wirft einen kurzen Blick ins Umkleidehäuschen.

- Jim ist wirklich weg. Was findest du daran so lustig?

Friederike legt das Adressbuch und den Kugelschreiber ab, setzt das Fernglas ans Auge.

- Was findest du schlimm am Wegsein?

Sie zeigt auf ein weit entferntes Umkleidehäuschen.

- Serafina und Jim sind dort hinten.

Mit einem Lächeln gibt sie das Fernglas aus der Hand.

- Schau selber!

Huch späht durchs Fernglas.

- Du hast Recht. Ich sehe sie. Serafina winkt.

Friederike steht lässig an die Tür gelehnt.

- Gehst du auch?

Er gibt ihr das Fernglas zurück, läuft auf einen hohen Baum zu.

- Ich gehe lieber zu Fuß.

Friederike folgt ihm.

- Sind wir nun Freunde?

Sie wandern in den Wald hinein, hören das knisternde Laub unter ihren Füßen.

Huch horcht.

- Wir sind zusammen unterwegs.

Sie schaut versunken in die Hände.

- Sind Freunde nicht zusammen unterwegs?

Er schiebt die Oberlippe leicht vor.

- Doch.

Das pistaziengrüne Dickicht dämpft die Geräusche. Lauter als alles andere knackt das Unterholz unter ihren Schritten. Ein enger Weg führt durch das Dornengebüsch. Im Schatten eines Baums putzt ein Reiher das Gefieder, hebt den Kopf, fliegt auf.

Friederike langt sich an den Kopf.

- Das ist zu dumm! Ich habe mein Adressbuch vergessen.

Ein Mann bewegt sich in Trippelschritten über das Moos.

- Hallo, ich bin Leonidas Dill.

Er trägt einen orangefarbenen Overall und einen schwefelgelben Schutzhelm.

- Ich habe ein Adressbuch und einen Kugelschreiber gefunden.

Ihr Blick wandert vom Helm zum Buch in seiner Hand.

- Dankeschön. Das ist mein Adressbuch.

Dill überreicht es ihr.

- Was ist mit dem Kugelschreiber? Möchtest du ihn auch zurückhaben?

Verlegen greift sie danach.

- Ja sicher. Was bringt mir ein Adressbuch ohne Schreiber?

Huchs Blick verhakt sich einen Sekundenbruchteil länger als üblich an seinem Helm.

- Warum trägst du einen Schutzhelm?

Dill zieht ihn ab.

- Ich habe eine Sammlung von Kostümen.

Er führt sie zu einem honigfarbenen Haus.

- Den Overall und den Helm habe ich ohne Anlass herausgenommen.

Vorsichtig öffnet er die alte klapprige Tür.

- Wir wollen ja nicht mit der Tür ins Haus fallen.

Den Eingangsbereich durchzieht eine lange Garderoben-stange. Sie ist mit Pelzmänteln behangen.

- Bedient euch! Greift zu, wenn euch ein Stück gefällt.

Friederike legt das Adressbuch auf den Fenstersims.

- Ich hätte am liebsten ein Eisbärenkostüm.

Dill geht mit ihr zur Küche, öffnet den Kühlschrank, zieht ein weißes Fellkostüm heraus.

- Ich liefere es gern vorgekühlt. Stell dir vor, du wärst am Nordpol.

Sie schlüpft ins Kostüm.

- Ich dachte immer, man würde im Pelz furchtbar schwitzen.

Dill verlässt die Küche, steht verdutzt vor Huch.

- Hast du noch nichts Passendes gefunden?

Huchs Auge gleitet über die dichte Reihe der Pelzmäntel.

- Du hast viele Mäntel.

Dill öffnet eine eisbärenweiß lackierte, zerkratzte Altbautüre.

- Halte dich nicht mit den Pelzen auf.

In einem mit maulwurfschwarzer Gaze umspannten Raum reiht sich Garderobenständer an Garderobenständer, dicht mit Kostümen vollbehängt.

- Möchtest du dich verkleiden?

Friederike dreht sich im Kreis.

- Ich hätte gern einen Mickymaus-Kopf, sofort und auf der Stelle.

Er klappt den Deckel einer eisenbeschlagenen Truhe hoch.

- Ich bin sehr nett, nicht wahr?

Sie nimmt die Mickymaus-Maske, setzt sie auf.

- Du bist ein Engel.

Dill wirft einen Blick zu einem Schrank.

- Da fällt mir etwas ein.

Er wischt die Spinnweben von der Schranktür, macht sie behutsam auf, fummelt Engelsflügel heraus, zieht sie an.

- Ich verrate dir ein Geheimnis.

Er schlägt die Flügel, hebt vom Boden ab.

- Damit kann ich fliegen.

Er pfeilt durch die Tür in den Eingangsbereich, flattert über die lange Garderobenstange ins Freie.

- Es ist wirklich schade, dass ihr nicht mitkommen könnt.

Friederike wühlt im Schrank.

- Das letzte Wort ist noch nicht gesprochen.

Sie findet Engelsflügel, legt sie an, fliegt hinterher.

- Über dem Boden sieht die Welt anders aus.

Huch folgt ihr zu Fuß. Als er vor das honigfarbene Haus tritt, schweben Dill und Friederike himmelwärts. Ihre Konturen lösen sich auf.

Eine Frau ruft von einem Baum herab.

- Hallo, ich bin Amanda Eschenbach.

Sie spitzt orchideenrot leuchtende Hasenohren.

- Ich habe ein Rätsel für dich. Was sitzt auf dem Baum und hat Hasenohren?

Huch baumelt mit den Armen.

- Ich würde eher fragen: Wer?

Ein Mann stürzt mit schnellen Schritten aus dem Wald.

- Hallo, ich bin André Zack.

Er trägt einen filzschwarzen Hut und einen rappen-schwarzen Mantel.

- Ich habe die Antwort: Amanda mit Hasenohren.

Sie klettert vom Baum.

- Kannst du die Gedanken anderer Menschen lesen?

Zack spreizt den kleinen Finger ab.

- Genau. Ich lese die Gedanken anderer Menschen wie ein aufgeschlagenes Buch.

Amanda hebt die Hände, zieht an den Hasenohren ihren Kopf auseinander, öffnet ihn wie die Kuppel einer Sternwarte. Im Innern ihres Schädels rascheln Buchseiten. Sie neigt den Kopf.

- Magst du darin blättern?

Zack feuchtet mit der Zunge die Fingerbeere seines Zeigefingers an.

- Gern. Ich bin gespannt.

Er blättert.

- Ich finde sicher etwas Interessantes.

Er legt den Finger auf eine Seite.

- Du trinkst gern Milch.

Amanda lässt die Hasenohren los. Ihr Kopf schließt sich.

- Es stimmt. Du kannst Gedanken lesen. Aber kannst du mir auch Milch besorgen?

Zack stellt sich auf die Zehenspitzen.

- Kann sein.

Sie lässt den Oberkörper nach vorn kippen.

- Kann sein?

Aufmerksam lauscht er in den Wald hinein.

- Ich bräuchte nur eine Kuh, eine Ziege oder allenfalls ein Milchschaf. Melken kann ich nämlich. Ich bin auf einem Bauernhof aufgewachsen. Leider ist weit und breit kein Tier zu sehen.

Amanda bietet Huch den Arm an.

- Dann halte ich mich an dich. Führe mich zu einem Restaurant, einer Bar, wie du willst, wohin du willst.

Huch hält den Ellbogen zum Einhaken hin.

- Wir können gern ein paar Schritte zusammen gehen.

Sie zieht den Arm zurück.

- Gehen? Ich will Milch trinken.

Eine Frau schlendert durch den Wald.

- Hallo, ich bin Maren Geng.

Sie trägt ein federweißes Kostüm, ein Tuch um den Hals und hat die Haare perfekt gebunden. Aus ihrer Handtasche zieht sie eine Tasse.

- Ist sie groß genug?

Amanda presst zwischen den Zähnen hervor.

- Die Größe der Tasse spielt keine Rolle. Hauptsache, sie ist bis zum Rand mit Milch gefüllt.

Maren geht zu einer mannshohen Pflanze. Ihre Frucht sieht aus wie eine Kanne mit einem kleinen Deckel.

Sie kippt Milch in die Tasse.

- Der Wald ist voll davon.

Amanda schnuppert an der Tasse.

- Die Milch riecht gut.

Marens Blick schweift zu Huch.

- Weißt du, wen ich jetzt ansehe? Dich!

Zack winkelt den Ellbogen ab.

- Ich würde auch gern von der Milch kosten.

Sie klaubt die zweite Tasse aus der Handtasche hervor, füllt sie mit Milch aus der Pflanzenkanne.

- Lass es dir schmecken.

Er streckt das Kinn nach vorn.

- Die Milch verbindet uns.

Amanda wirft einen langen Blick hinter der Tasse hervor.

- Dich und mich?

Zack strahlt sie an.

- Ja, wir trinken die gleiche Milch.

Er spaziert mit ihr durch die Kannenpflanzen.

Sie bleibt vor einem Doppelbett mit weißblauer Bettwäsche stehen.

- Hast du das in meinen Gedanken gelesen?

Zack stellt die Tasse auf den Boden, legt sich aufs Bett.

- Das und noch viel mehr.

Sie legt ihre Tasse in seine, schmiegt sich an ihn.

- Ich glaube, ich bin dabei, mich in dich zu verlieben.

Er fasst sie um die Taille.

- Da bin ich auch gern dabei.

Maren fordert Huch mit einem Wink auf, ihr in den Wald zu folgen.

- Was sagst du zur Wirkung der Milch?

Huch sieht das Leuchten in ihren Augen.

- Ich kann sie nur empfehlen.

Sie geraten in einen Urwald mit riesigen Farnwedeln. Ein Schild warnt.

- Vorsicht! Handbäume!

Huch kneift die Augen zusammen.

- Was ist ein Handbaum?

Maren biegt einen Farnwedel zurück, deutet auf einen Baum. Seine Wurzeln, der Stamm und die Krone bestehen aus Händen. An jeder Fingerkuppe setzt eine neue Hand an.

- Möchtest du einmal im Leben auf Händen getragen werden?

Huch verschränkt die Hände auf dem Rücken.

- Lieber nicht.

Sie geht auf den Handbaum zu. Viele Hände heben sie empor, ziehen sie in den Wipfel, wo sie ein Knäuel von Händen verschlingt.

153

Huch schlägt einen weiten Bogen um den Handbaum, spaziert unter hohen dunklen Bäumen weiter.

Ein Mann läuft ihm über den Weg.

- Hallo, ich bin Jakub Fung.

Er trägt einen Pullover und eine Jacke.

- Ist der Wald dein zweites Zuhause?

Huch lässt die Arme baumeln.

- Ich erkunde die Landschaft. Der Wald gefällt mir sehr.

Fung schickt ein Zucken durch die Augen.

- Ich habe eine Handvoll Ideen, wie du mehr aus deinem Leben machen kannst.

Huch hält den Kopf hoch.

- Wieso sollte ich mehr daraus machen?

Fung schlägt die Augen nieder.

- Frag später. Die erste Aufgabe ist ganz einfach: Träume!

Huch drückt sein Kreuz durch.

- Denkst du an eine Art Tagträume?

 Eine Frau trägt einen Holzblock auf den Weg.

- Hallo, ich bin Violetta Flock.

Sie trägt einen brombeerschwarzen Bikini.

- Ich baue, was ich gerade will.

Rasch holt sie hinter Wurzeln und Steinen den zweiten Block hervor.

- Kein Block ist genau gleich wie der andere, aber sie sind ungefähr gleich hoch.

Huch betrachtet beeindruckt, wie schnell sie den dritten und vierten Block zur Stelle schafft.

- Brauchst du Hilfe?

Violetta legt einen Bettrost darauf.

- Nein. Jetzt fehlt nur noch die Matratze.

Sie läuft hinter die Wurzeln, kehrt mit einer Matratze zurück, schiebt sie auf den Bettrost, lässt sich darauf fallen, schließt die Augen.

- Siehst du, so geht das Träumen.

Eine wandelnde Tablette, groß wie ein Steuerrad, mit langen Armen, Händen und Füßen baut ums Bett herum eine Pyramide aus Toilettenrollen auf.

- Hallo, ich bin eine Schlaftablette. Willst du mich schlucken?

Huch schüttelt den Kopf.

- Nein danke, lieber nicht.

Die Tablette dreht sich schwindelerregend schnell im Kreis.

- Mit etwas Wasser bin ich prickelnd. Willst du mit mir tanzen?

Huch weicht zurück.

- Ein andermal gern.

Huch verlässt den Wald, gelangt auf eine wild wuchernde, wogende Wiese.

Fung folgt ihm.

- Man sagt, dass der Wind im Grasland heftiger weht.

Huch guckt sich neugierig um.

- Der Wind kann auch im Wald heftig sein.

Er sieht im Schatten eines Baums einen Zaun.

- Da ist ein Zaun über den Weg gespannt.

Fung öffnet beide Handteller.

- Schon kommt deine zweite Aufgabe: Lächle!

Huch schließt die Augen halb.

- Für wen oder was soll ich denn lächeln?

Eine Frau sitzt auf einem Ast, neigt den Oberkörper leicht

nach vorn.

- Hallo, ich bin Viviana Tang.

Sie trägt eine Holzkette und flache Schuhe, hat ein Beil in der Hand.

- Stimmt es, dass du lächeln kannst?

Kleine Lachfältchen kräuseln sich in seinem Gesicht.

- Ja, das stimmt. Und ich bin auch froh, dass ich lächeln kann. Aber im Moment suche ich nach einer guten Idee.

Sie deutet mit dem Zeigfinger auf den Zaun.

- Du möchtest über den Zaun gelangen. Habe ich Recht?

Huch blickt in sich gekehrt zur Seite.

- Ja. Hast du eine Leiter?

Ein Mann springt mit weit ausgestreckten Beinen wie ein Flugkörper über den Zaun.

- Hallo, ich bin Marian Martini.

Er trägt T-Shirt und Jeans, hat ein Seilbündel über die Schulter geworfen.

- Wozu brauchen wir eine Leiter, wenn wir ein Seil haben?

Mit Schwung wirft er das Seilende über den Ast.

- Ich zeige dir, wie du dich über den Zaun schwingen kannst. Es ist wie Fliegen.

Viviana hackt mit dem Beil das Seil durch, fährt mit dem Finger über die Klinge.

- Das ist wirklich ein gutes Beil.

Fung fängt die Seilstücke auf.

- Willst du nicht lieber Holz hacken?

Sie schließt die Augen und lacht schallend.

- Nein. Mit einem Schlag ein Seil zu zerschneiden, macht viel mehr Spaß.

Fung sagt augenzwinkernd zu Huch.

- Das ist deine dritte Aufgabe: Vergebe!

Huch führt den Handrücken an die Stirn.

- Was meinst du damit?

Fung wispert hinter vorgehaltener Hand.

- Sie hat das Seil zerhackt. Du könntest zornig werden.

Huch steuert den Blick zu Martini.

- Das Seil gehört dir. Bist du zornig?

Martini klettert auf den Baum, setzt sich neben Viviana auf den Ast.

- Ich vergebe dir.

Sie wirft ihre langen braunen Haare zurück und lacht.

- Und was hast du mir sonst zu geben?

Er klaubt einen Block und einen Stift aus der Hosentasche.

- Willst du ein Autogramm von mir?

Viviana schenkt ihm mehrmals hintereinander einen Blick.

- Ja gerne.

Huch wandert dem Zaun entlang.

- Ich kann ja auch durch die Wiese gehen.

Fung tanzt im hohen Gras.

- Ich habe eine neue Aufgabe für dich: Meditiere.

Huch verbirgt die Hände in den Taschen seiner Hose.

- Wie geht das? Ich schaue dir zu.

Eine Frau rennt die Wiese hoch.

- Hallo, ich bin Janina Bott.

Sie trägt einen wallenden nelkenroten Hausmantel.

- Ich würde dir gern helfen, wenn dir das Meditieren schwer fällt.

Huch hebt die Augenbrauen zum Gruß.

- Du bist sehr freundlich.

Er weist auf Fung.

157

- Ich denke, es ist Jakub, der meditieren möchte.

Fung führt mit beiden Händen parallele Schlängelbewegungen durch.

- Mach kein Spiel daraus. Ich habe dir eine neue Aufgabe gestellt.

Huch berührt flüchtig, wie zufällig Janinas Hand.

- Er stellt mir immer neue Aufgaben. Ich weiß gar nicht, wie er dazu kommt.

Sie geht mit ihm den Zaun entlang.

- Das ist doch gut. So lernst du eine Menge.

Fung schließt sich ihnen an.

- Dankeschön. Endlich sagt es jemand.

Der Zaun endet bei einer Treppe. Sie führt auf ein Flachdach.

Janina trippelt die Stufen hoch.

- Komm mit! Wo bleibst du?

Huch steigt auf das Dach. Bumerangs liegen in allen Farben und Größen herum.

- Ich bin sehr überrascht. Das sind viele.

Fung betritt als letzter das Flachdach.

- Such dir einen aus.

Huch beugt sich vor.

- Ich kann mich nicht entscheiden.

Ein Mann springt wie ein Gummiball die Treppe hoch.

- Hallo, ich bin Jordan Frankfurt.

Er hat sich einen falschen blonden Bart angeklebt.

- Darf ich einen Bumerang auswählen?

Janina streicht ihr Haar zurück.

- Nur zu.

Frankfurt nimmt einen sonnengelben Bumerang, stellt ein

Bein vor und wirft ihn.

- Gleich wird er wie gewohnt zurückkommen.

Der Bumerang fliegt zwar einen Bogen, steigt jedoch steil auf, entschwindet in luftiger Höhe.

Zehntes Kapitel

Die Welt wäre ohne Bär sehr traurig

Frankfurt hebt den Daumen.

- Warum bilden sich viele Werfer ein, es sei etwas Gutes, wenn der Bumerang zurückkehrt?

Er breitet die Arme aus, fliegt dem Bumerang hinterher.

- Ich mache lieber selber einen kleinen Rundflug.

Huchs Blick flattert ins Leere.

- Was ist das?

Janina ergreift einen himmelblauen Bumerang.

- Das ist Meditation.

Sie tanzt am Rand des Flachdachs, wirft ihn.

- Existiere ich?

Huch schaut ihr direkt in die Augen.

- Das dauert eine lange Zeit, um diese Frage zu beantworten.

Janina beginnt zu schweben.

- Sicher nicht. Du brauchst nur einen Bumerang. Kommt er nicht zu dir, gehst du zu ihm.

Sie schreitet durch die Luft.

- Meditation ist ein frischer Hauch.

Huch hält sich am Treppengeländer fest.

- Mir kräuseln sich die Haare.

Fung zeigt den Anflug eines Lächelns.

- Was machst du?

Huch steigt vom Flachdach.

- Ich meditiere ein andermal.

Er findet hinter dem Haus einen kleinen Bauerngarten. Er ist verwildert. Huch geht den Pfad hinunter, gerät vor eine Kiste mit Kinderkritzeleien auf den Holzwänden.

- Was ist in der Kiste?

Fung verdreht die Hand leicht nach außen.

- Deine nächste Aufgabe: Erwarte ein Wunder.

Huch hält sich die Hand vor den Mund.

- Ein Wunder? Was soll das sein?

Eine Frau klappert mit den Absätzen.

- Hallo, ich bin Sarina Knipp.

Sie trägt eine goldblonde Kunsthaar-Perücke, eine Nasen- und Stirnmaske.

- Ich öffne die Kiste für dich.

Sie klappt den Deckel hoch.

- Das musst du unbedingt sehen.

Huch beugt sich über den Rand.

- Was?

Vor einem Fernseher sitzt ein Strichmännchen.

- Hallo, ich bin Quirin Omega.

Es besteht aus einfachen Strichen und Kreisen.

- Ich schaue gerade meine Lieblingssendung.

Die Moderatorin ist ein Strichfrauchen. Sie lehnt sich aus dem Bildschirm wie aus einem Fenster.

- Hallo, ich bin Ada Glauser.

2 zusätzliche Striche deuten ihr Haar an.

- Ich will einen Apfel.

Omega dreht sich nach Huch um.

- Hast du einen Apfel?

Huch streckt den Nacken.

- Nein, ich habe leider keinen.

Ein Mann läuft pfeifend in den Bauerngarten.

- Hallo, ich bin Anthony Reiß.

Er trägt einen zur Landschaft auseinandergezogenen Strickpullover, hält einen Apfel in der Hand.

- Ich weiß doch, was ihr gern habt.

Ada klettert aus der Kiste.

- Dein Apfel ist ein bisschen grün.

Reiß zieht eine Schulter hoch.

- Kein Problem, ich pflücke dir einen anderen.

Fungs Blick klebt am Apfel.

- Ich mag grüne Äpfel. Darf ich ihn essen?

Reiß legt ihn in seine Hand.

- Gern. Hast du Hunger?

Fung wippt mit dem rechten Fuß.

- Ja, aber ich mag nicht den ganzen Apfel essen.

Sarina räkelt sich wie eine Katze.

- Teilst du ihn mit mir?

Er setzt sich auf eine Gartenbank, klappt das Taschenmesser auf.

- Setz dich zu mir. Soll ich Schnitze schneiden?

Sie nimmt neben ihm Platz.

- Männer mit einem Taschenmesser wissen sich stets zu helfen. Auf dieser Bank bleibe ich.

Ada sieht Huch aus großen Augen an.

- Und wer hilft mir? Ich hätte gern einen Apfel mit roten Wangen.

Er zieht die Schultern hoch.

- Hat dir nicht Anthony einen anderen Apfel versprochen?

Ihre Stimme schwankt leicht.

- Ja, aber ich möchte, dass du mitkommst.

Omega schaut Huch in die Augen.

- Wenn du dabei bist, bin ich sicher, dass wir den richtigen Apfel bekommen.

Huch wendet sich an Reiß.

- Wo pflückst du die Äpfel?

Reiß führt sie aus dem Garten.

- Ganz in der Nähe steht der Baum in der Wiese. Esst ihr viele Äpfel?

Ada hebt leicht die Nase.

- Die Menge spielt keine Rolle. Reif müssen sie sein.

Reiß betont.

- Der grüne Apfel war auch reif.

Omega zieht den Kopf ein wenig ein.

- Das mag sein. Aber wir haben es ihm nicht auf den ersten Blick angesehen.

Reiß geht mit großen Schritten voran. Eine Wolke aus Schmetterlingen flattert über die Wiese voller lupinenblauer Blumen.

- Ihr seid ganz schön wählerisch.

Ada sieht Huch von der Seite an.

- Du hilfst uns doch, oder?

Huch hebt abwehrend die Hände.

- Ich denke darüber nach, was meine Rolle ist. Im Moment bin ich einfach mit euch unterwegs.

Omega blickt ihn ermunternd an.

- Ich glaube, du bist ein Denker.

Unter dem Apfelbaum steht eine Rutschbahn. Sie windet sich einmal um den Stamm herum wie eine riesige

Schlange, deren langer Schwanz in ein Tal hinunter reicht.
Reiß stellt sich neben die Leiter, die zur Startrampe unter dem Baumwipfel führt.

- Wer will zuerst hinaufsteigen?

Ada drängt sich vor.

- Das bin ich.

Flink wie ein Eichhörnchen klettert sie auf die Rutschbahn.

- Mir gefallen die roten Äpfel im Wipfel.

Omega greift schnell in die Sprossen unter ihren Füßen.

- Wir sind begeistert.

Reiß folgt ihnen bedächtig nach.

- Ihr solltet lieber vorsichtig sein. Ich weiß gar nicht, wie verletzlich ihr Strichmännchen seid.

Oben auf der Rutschbahn stellt sich Ada auf die Fußspitzen.

- Ich bin ein Strichfrauchen, falls du es noch nicht bemerkt hast.

Sie streckt die Arme, pflückt einen ahornroten Apfel.

- Gleich werden wir ihn essen.

Er fällt ihr jedoch aus der Hand, rollt die Rutschbahn hinunter.

Ada rutscht hinterher.

- Ich darf ihn nicht verlieren.

Reiß starrt konzentriert auf Omega.

- Was hast du vor?

Omega wirft sich auf die Rutschbahn.

- Ich kann nicht untätig zuschauen.

Mit hoher Geschwindigkeit saust er die Rutschbahn hinunter.

Reiß lässt seinen Blick in die Runde schweifen.

- Kommst du auch?

Huch schlägt die Augen auf und lächelt.

- Was denkst du?

Reiß rutscht an ihm vorbei.

- Du musst unbedingt dabei sein.

Huch schließt die Augen zu einem Spalt.

- Ich überlege es mir.

Er wandert weiter durch die Blumenwiese. Ein solides Haus steht hinter Buchsbaumhecken verborgen. Ein Fenster im Erdgeschoß ist offen.

Eine Frau guckt über den Saum der Hecke hinaus.

- Hallo, ich bin Anja Nelson.

Sie trägt eine Blümchenbadekappe.

- Kannst du mich mit Puderzucker bestäuben?

Huch atmet tief ein.

- Darf ich dir etwas Anderes vorschlagen?

Anja hüpft in vielen kleinen Sprüngen um ihn herum.

- Nein, das darfst du nicht.

Ein Mann trottet verschlafen und grummelnd über die Wiese.

- Hallo, ich bin Hans Hüppi.

Er trägt einen Hut, einen staubgrauen Rollkragenpullover und eine altmodische Brille.

- Ich wäre bereit.

Ihre Augen sind kobaltblau und schauen ihn an.

- Wozu wärst du bereit?

Hüppi streckt die Hand aus.

- Dich zu bestäuben.

Anja fragt glasklar und eiskalt.

- Hast du denn Puderzucker dabei?

Er steht auf die Zehenspitzen.

- Nein, leider nicht.

Sie wendet das Gesicht zur Sonne.

- Könntest du etwas Puderzucker auftreiben?

Hüppi richtet den Blick müde ins Ungefähre.

- Ich finde es schwierig, aber ich versuche es.

Er geht zum soliden Haus, drückt die Klinke.

- Schade, die Tür ist abgeschlossen.

Anja streckt die Arme durch.

- Das hätte ich dir gleich sagen können.

Hüppi nimmt den Hut vom Kopf, zaubert einen Schlüssel daraus hervor.

- Ich bin ein guter Zauberer, nicht wahr?

Sie reißt die Augen auf.

- Kriegst du damit die Tür auf?

Er dreht den Schlüssel im Schloss.

- Ob du willst oder nicht, der Schlüssel passt.

Die Tür springt auf. Der Schlüssel fällt aus dem Schloss.

Eine Frau steht im Türrahmen, lacht leicht missvergnügt.

- Hallo, ich bin Henrike Orbach.

Sie trägt grob gestrickte Leggins unter dem zeltartigen Jeanskleid.

- Hast du ein bestimmtes Ziel?

Hüppi geht in die Knie, nimmt den Schlüssel vom Boden auf.

- Ja, ich will Puderzucker.

Henrike hat schon die Türklinke in der Hand.

- Das kann ich gut verstehen. Ich will einen Mann für mich alleine haben.

Er schaut erschrocken auf.

- Hätte ich ganz alleine kommen sollen?

Sie senkt die Lider.

- Ganz genau.

Dann schlägt sie ihm die Tür vor der Nase zu.

Hüppi dreht sich nach Anja und Huch um.

- Henrike möchte mit mir allein sein.

Anja legt den Kopf schief.

- Und was ist mit dem Puderzucker?

Er geht zum offenen Fenster.

- Können wir uns später darüber unterhalten?

Anja wirft einen verwirrten Blick auf Huch.

- Was soll ich darauf antworten?

Er fasst sich an Herz.

- Lass ihm Zeit. Es könnte sein, dass dies eine gute Idee ist.

Sie richtet sich auf.

- Also gut, später.

Hüppi steigt durchs Fenster ins solide Haus ein.

- Irgendwann solltest du versuchen, dir selber Puderzucker zu besorgen.

Anja heftet den Blick auf Huch.

- Was hat er damit sagen sollen? Holt er nun den Zucker oder lässt er es bleiben?

Huch lächelt knapp.

- Es wird bestimmt eine Weile dauern, bis er wieder herauskommt.

Sie zieht die Schulter zurück und das Kinn hoch.

- Ich will nicht warten, nicht einmal eine Sekunde.

Ein livrierter Kellner tritt aus dem Schatten der Buchsbaumhecke.

- Hallo, ich bin Vince Schropp.

Er trägt zuckerweiße Handschuhe und eine Armbanduhr.

- Du musst nicht lange warten. Meine Uhr sagt das Wetter voraus.

Anja dreht mit geschlossenen Augen eine Pirouette.

- Das Wetter interessiert mich nicht.

Schropp drückt auf den Knopf seiner Uhr.

- Dieses Wetter vielleicht schon.

Die Uhr meldet.

- Hallo, ich bin deine Uhr. Es wird gleich Puderzucker schneien.

Anja tänzelt mit Wippen und Hüpfen.

- Nach meiner Ansicht ist der Himmel blau und keine Wolke in Sicht.

Schropp zeigt Anja und Huch einen kleinen Weg.

- Gleich seht ihr: Meine Uhr hat Recht.

Der Weg führt zu einem Krater. Ein Berg mit dichtem Wald säumt einen See, in dem sich Bäume spiegeln.

Schropp geht auf einen hölzernen Steg hinaus.

- Ich bin sicher.

Ein Schiff ist vertäut. Die Segel hangen schlaff herab.

Oben auf einem Ausguck im Mast isst eine Frau Kekse, die mit Puderzucker bestäubt sind.

- Hallo, ich bin Salome Wallas.

Sie trägt einen Ledermantel.

- Die Kekse nehme ich überall mit.

Anja schlendert pfeifend auf den Steg hinaus.

- Das sehe ich. Die Segel sind richtig gepudert.

Das Schilf wispert im Wind. Plötzlich schwillt er an, bläht das Segel. Eine Wolke aus Puderzucker schneit auf Anja und Schropp herab, bestäubt sie, bis sie wie 2 riesige Kekse aussehen.

Anja lacht und klatscht sich die Hände wund.

- Vince, deine Uhr ist fantastisch.

Salome klettert vom Mast.

- Seid ihr mir nicht böse?

Anja zappelt wie eine Marionette.

- Im Gegenteil, ich wollte bestäubt sein.

Salome zieht leicht den Mundwinkel nach oben.

- Endlich gibt es Wind. Darf ich euch zum Segeln einladen?

Schropp steigt ins Schiff.

- Sehr gerne. Meine Uhr hat auch einen integrierten Kompass. Ich weiß immer, wo Norden ist.

Anjas Blick wandert über den Steg zu Huch.

- Kommst du auch?

Er sonnt sich auf einem Fels.

- Ich sehe mir die Farben des Sees lieber vom Ufer aus an.

Salome beugt sich über die Reling.

- Du solltest mal einen Segelkurs besuchen. Das würde dir gut tun.

Der Wind fährt ihm ins Gesicht.

- Du bist gewiss stolz auf dein Boot.

Sie löst das Seil, womit das Schiff vertäut ist.

- Natürlich, und ich könnte dich auch für den Sport begeistern.

Huch lehnt zurück, stützt die Hand hinter sich auf, legt die rechte Hand auf den Oberschenkel.

- Der Wind hat eine enorme Kraft.

Anja springt ins Schiff.

- Wenn du länger zögerst, sind wir weg.

Salome dreht die Segel.

- Ja nun, schau, dass du am Ufer nicht versteinerst.

Er legt das Handgelenk aufs Knie.

- Das mache ich.

Er blickt dem Segelschiff nach, das in den See hinausgleitet. Kobaltblau, mit silbrigen Einsprengseln schimmert das Wasser.

Beim Strand schaukelt eine Biene auf den Wellen.

Huch rennt zum Ufer, rettet sie. Die Biene krabbelt über seinen Handteller.

Eine Frau legt ihm von hinten den Arm über die Schulter.

- Hallo, ich bin Kassandra Bland.

Sie trägt einen knöchellangen Glockenrock. Er ist altrosa, etwas durchsichtig und hat weiße Punkte.

- Möchtest du wie eine Biene fliegen?

Huch richtet sich auf.

- Es gibt viele Arten zu fliegen. Aber, dass ein Mensch wie eine Biene fliegen soll, ist mir neu.

Kassandra pufft ihn an seine Schulter.

- Ich zeige es dir gern. Ich brauche Papier.

Ein Mann eilt herbei, kommt schwer atmend zu stehen.

- Hallo, ich bin Ayaz Morning.

Er trägt eine Schutzbrille, einen Kopfhörer und viele Riesenbögen Papier.

- Ich höre leider nicht, was ihr sagt.

Kassandra hebt die Hände an die Ohren, tut dergleichen, als würde sie einen Kopfhörer abziehen.

- Nimm sie ab!

Morning legt das Papier auf eine Felsplatte am Ufer, zieht die Kopfhörer ab.

- Oh, ich höre die Wellen und die Vögel.

Sie beobachtet ihn aufmerksam.

171

- Kannst du auch mich hören?

Er reißt die Augen auf.

- Jetzt schon. Es tut mir leid, dass ich dich vorher nicht gehört habe.

Kassandra deutet auf den Fels.

- Dürfen wir dein Papier haben?

Morning beginnt zu kichern.

- Natürlich dürft ihr das Papier haben.

Er wendet sich an Huch.

- Du darfst auch die Biene darauf setzen. Das Papier ist saugfähig. Wenn die Biene darüber läuft, werden ihre Flügel bald trocken sein.

Huch legt seine Hand aufs Papier.

- Dankeschön.

Die Biene verlässt den Handteller, läuft über das Papier, schlägt die Flügel, brummt. Plötzlich hebt sie ab und fliegt davon.

Kassandra öffnet leicht den Mund.

- Nun bräuchte ich eine Schere.

Eine Frau schleicht auf Zehenspitzen heran.

- Hallo, ich bin Cora Abece.

Sie trägt ein schwingendes Kleid, hat blumenblaues Glitzerhaar und bringt eine Schere mit.

- Was darf ich dir ausschneiden?

Kassandra legt die Arme um sie.

- Danke, dass du mir helfen willst. Schneide eine Papierpuppe aus.

Cora nimmt einen Bogen vom Fels.

- Ah, ich weiß, was du meinst. Du hättest gern eine Art weißen Schatten, aber mit Augen, Mund und Nase versehen.

Kassandra guckt lächelnd zu.

- Das wichtigste sind die Hände. Die Puppe soll nämlich ein Papierflugzeug basteln.

Cora schnippt mit der Schere.

- Sie braucht große Hände mit flinken Fingern. Das kann ich mir gut vorstellen. Und was ich mit den inneren Augen sehe, schneide ich mit der Schere auch blitzschnell aus.

Eine Papierpuppe springt aus dem Bogen.

- Hallo, ich bin Eren Bertel.

Kassandra reißt erstaunt die Augen auf.

- Kannst du etwas basteln?

Bertel ergreift einen Bogen.

- Ja sicher. Hättest du gern ein Flugzeug?

Kassandra steht breitbeinig, um das Gleichgewicht zu halten.

- Das würde mir gefallen, sofern es den Jungfernflug überlebt.

Eine Frau läuft dem Strand entlang.

- Hallo, ich bin Evelina Kirschner.

Sie hat eine Stoffschürze um ihre Jeans gebunden.

- Ich bin Jungfrau und würde gern den Jungfernflug machen.

Bertel streicht den letzten Falz glatt.

- Steig ein.

Evelina steigt ins Papierflugzeug.

- Ist es gefährlich?

Er hält den Finger in den Wind.

- Ich habe aufgrund meiner langen Erfahrung keine Bedenken.

Das Papierflugzeug steigt senkrecht auf. Ein Kalksteinfels ragt aus dem türkisfarbenen See in den kolibriblauen Himmel. Das Flugzeug gleitet darüber.

Kassandra beugt sich nach vorn.

- Ich hätte gern ein Flugzeug für 2 Personen.

Bertel nimmt einen weiteren Bogen.

- Ich freue mich über jede Bestellung.

Kassandra schreitet auf Huch zu.

- Fliegst du mit mir?

Er betrachtet die Landschaft.

- Zuerst würde ich gern zu Fuß die Gegend erkunden.

Morning wedelt mit dem Finger.

- Ich würde gern mit dir fliegen.

Bertel stellt ein Flugzeug mit 2 Plätzen her.

- Es sieht aus wie ein Löffel, hat jedoch gute Flugeigenschaften.

Kassandra und Morning steigen ein. Der Wind streicht über den Felsrücken. Das löffelartige Flugzeug fliegt über den im Wellenspiel gekräuselten, regenbogenfarbig schimmernden See.

Cora dreht sich nach Eren um.

- Machst du mir auch ein Flugzeug mit 2 Plätzen?

Bertel tanzt um sie herum.

- Ich kümmere mich sofort darum.

Cora richtet den Blick auf Huch.

- Flieg mit mir! Du kannst ja nachher wieder spazieren.

Er sucht mit den Augen den Horizont ab.

- Das ist ein guter Vorschlag. Ich denke darüber nach.

Cora klopft ihm auf die Schulter.

- He, während du nachdenkst, genießen andere schon

den Flug.

Bertel ist mit dem dritten Papierflugzeug fertig.

- Es wird sehr gut fliegen.

Er steht dicht neben Cora.

- Willst du mit mir einen kurzen Probeflug machen?

Sie steigt ein.

- Ja, gerne. Dein neues Flugzeug übertrifft alle.

Er nimmt vor ihr Platz.

- Ich lerne mit jedem Falz etwas hinzu.

Das neueste Papierflugzeug gewinnt schnell Höhe, schwebt zu einem Berg aus Wolken. Für Sekunden reißt er einen Spaltbreit auf, weit genug, um das Flugzeug einzulassen.

Huchs Blick geht über die weite Landschaft hin.

- Sie mögen es, hoch zu fliegen.

Er spaziert dem Ufer entlang, gerät in einen Garten, betrachtet die Lilien, Rosen und Dahlien. Ein Beet blüht ganz in Orange. Vor dem benachbarten, das ganz in Lila schimmert, steht eine Frau neben einem Koffer.

- Hallo, ich bin Jamie Baker.

Sie hat eine margeritenweiße Blüte im Haar.

- Möchtest du gern ein Bär sein?

Huch zuckt mit den Mundwinkeln.

- Ich habe schon mal von einem Bären geträumt, weiß jedoch nicht mehr, ob ich der Bär war.

Jamie schließt halb die Augen.

- Das hilft dir bestimmt.

Er drückt die Arme an den Körper.

- Ich müsste mich wirklich genauer erinnern.

Ein Mann schlendert über den Kiesweg.

- Hallo, ich bin Keno Bonney.

Er trägt große Schuhe.

- Die Welt wäre ohne Bär sehr traurig.

Elftes Kapitel

Wozu braucht es diesen Stuhl

Jamies Wimpern beginnen fast unwillkürlich zu zwinkern.

- Ist das dein Ernst? Wärst du gern ein Bär?

Bonney lacht dröhnend.

- Ja, als Bär wäre ich beeindruckend.

Sie wirft Huch einen Blick zu.

- Keno zögert nicht lang. Wie findest du das?

Huch entspannt seine Schultern.

- Das finde ich gut. Ich hätte mich kaum so schnell entscheiden können.

Jamie öffnet den Koffer.

- Das musst du unbedingt noch lernen. Sag im Zweifelsfall einfach ja. Dann bist du immer dabei.

Keno erkennt auf den ersten Blick.

- Du hast ein Bärenkostüm im Koffer. Ob es mir wohl passt?

Sie nimmt das Kostüm mit dem dunkelbraunen Fell und großen Bärenkopf heraus.

- Probier es an. Der Reißverschluss ist vorn.

Er schlüpft ins Kostüm, setzt den Bärenkopf wie einen Helm auf.

- Und ? Wie sehe ich aus?

Jamie schließt den Reißverschluss.

- Furchteinflößend siehst du aus.

Die Bärenohren kippen entspannt nach vorn.

177

- Hast du Angst vor mir? Wirst du ins Gebüsch huschen?

Sie entfernt Fussel vom Fell.

- Nein, ich möchte auf dir reiten. Geh in die Knie, dass ich mich auf deine Schultern setzen kann.

Keno kniet nieder.

- Da werde ich einige Mühe beim Aufstehen haben. Soll ich nicht ein Bein vorstellen?

Jamie schwingt sich auf seine Schultern.

- Wie es dir am besten geht. Ich sitze schon mal obenauf.

Schwankend erhebt er sich.

- Es ging besser als gedacht.

Sie wippt mit dem Fuß.

- Ja, dann setz dich in Bewegung.

Keno setzt tappend Fuß vor Fuß.

- Wohin möchtest du?

Jamie zieht die Mundwinkel hoch.

- Aus dem Garten in den Wald.

Sie blickt auf Huch herab.

- Du bist doch dabei. Ich kann auf dich zählen.

Er fasst sich an den Hals.

- Später vielleicht gerne. Im Moment möchte ich die Blumen ansehen. Es hat auch viele Schmetterlinge.

Jamie reitet auf dem Bären davon.

- Wie auch immer. Es hat mich gefreut, dich kennen zu lernen. Du könntest ein ganz besonderer Bär werden. Ich habe ein Gefühl dafür.

Huch spaziert auf dem Kiesweg tiefer in den Garten.

- An mir ist möglicherweise ein Bär verloren gegangen.

Eine Frau sitzt auf einer Bank.

- Hallo, ich bin Mathilde Wal.

Sie hat lila Haare.

- Möchtest du einen Betonpfeiler zum Sprechen bringen?

Huch zuckt zusammen.

- Möchtest du das?

Mathilde richtet die Fußspitzen leicht nach innen.

- Ich habe dich gefragt.

Er lässt die Arme seitlich hängen.

- Das stimmt. Trotzdem wäre es für mich interessant zu wissen, was du vom Betonpfeiler erwartest.

Ein Mann tanzt zuckend über den Kiesweg.

- Hallo, ich bin Romeo Helmschrott.

Er trägt eine Krawatte und eine Baskenmütze.

- Was mich betrifft, ich würde sehr gern einen Betonpfeiler zum Sprechen bringen.

Mathilde blickt vertrauensselig.

- Sogar sehr gern, sagst du?

Helmschrott geht in Schleifen durch den Garten.

- Genau. Wo hat es einen Pfeiler?

Sie geht in kurzen Schritten voran.

- Wir sind gleich da.

Neben dem Garten erhebt sich eine Bauruine. Mathilde führt Helmschrott und Huch über rostigen Stahl, Schutt und zerbrochenes Glas ins Erdgeschoß eines Betonkolosses. Vor einem Betonpfeiler bleibt sie stehen.

- Da ist ein Pfeiler. Leider verhält er sich auch so und spricht kein Wort.

Helmschrotts Augen irren hin und her.

- Ja, das kommt vor, dass sich ein Betonpfeiler wie ein Betonpfeiler verhält.

Er zupft an seiner Krawatte.

- Wir sprechen über ihn, und er schweigt die ganze Zeit.

Eine Frau wandert über den Betonstaub.

- Hallo, ich bin Melisa Harr.

Sie trägt einen pinkfarbenen Glitzerrock und hat einen Blumenstrauß in der Hand.

- Wer möchte den Betonpfeiler zum Sprechen bringen?

Helmschrott presst die Knie zusammen.

- Ich.

Ihr Gesicht hellt sich auf.

- Und warum?

Er legt die Hand an die Wange.

- Für mich ist es wichtig.

Melisa gibt ihm den Blumenstrauß.

- Also, pass auf! Du schenkst dem Pfeiler den Strauß, und er wird mit dir reden.

Helmschrott riecht an den Blüten.

- Ich hätte nie gedacht, dass es so einfach geht.

Er streckt die Hand mit dem Strauß aus.

- Hallo Pfeiler. Die Blumen sind für dich. Sieh es als kleines Geschenk an. Ich habe nur eine Bitte. Ich möchte, dass du sprichst.

Ein Betonarm mit einer Hand wächst aus dem Pfeiler. Aus dem Innern dröhnt eine tiefe Stimme.

- Ich bin keine Vase.

Helmschrott macht einen Luftsprung.

- Ich habe den Pfeiler zum Sprechen gebracht. Ich kann es.

Die Stimme des Betonpfeilers klingt kantig.

- Warum bist du stolz auf diese Leistung?

Helmschrott verschränkt die Arme.

- Hast du schon einen Menschen gesehen, der dich

Sprechen gebracht hat?

Die gedämpfte Stimme des Pfeilers wird zu einem Flüstern.

- Nein. Nur du hast mich mit einer Blumenvase verwechselt.

Helmschrott tippt mit dem Zeigfinger an die Schläfe.

- Ich wollte eben, dass du redest.

Der Pfeiler quetscht die Worte heraus.

- Es geht um die Blumen, nicht um mich.

Melisa nimmt den Blumenstrauß zurück.

- Der Pfeiler hat Recht. Wir brauchen eine Vase.

Mathilde wispert Huch ins Ohr.

- Weißt du, wo wir eine Vase finden?

Er wirft einen schnellen Blick in die Tiefe des Erdgeschoßes.

- Vielleicht gibt uns jemand einen Tipp.

Ein Mann hopst vor Freude durch die Halle.

- Hallo, ich bin Younes Kang.

Er hat buschige Augenbrauen.

- Ich weiß, wo es eine Vase hat.

Helmschrott lehnt sich gegen den Betonpfeiler.

- Zeig uns, wo.

Kang hüpft ins Freie.

- Übrigens, was sind das für Blumen?

Melisa hält den Strauß in die Höhe.

- Wassertrinkende Blumen. Wieso?

Buchen säumen die Straße. Kang springt von Schatten zu Schatten.

- Nur so gefragt: Warum nimmst du keine Plastikblumen?

Sie wiegt den Kopf hin und her.

- Wassertrinkende Blumen fühlen sich gut an.

Mathilde schwingt die Arme.

- Warum?

Melisa hakt sich bei Huch ein.

- Weil sie Wasser trinken wie wir. Trinkst du gern Wasser?

Er meint mit Blick auf die Blumen.

- Zuerst bekommen die Blumen eine Vase.

Kang führt sie vor eine baufällige Hütte. Auf dem Holzdach steht eine Vase.

- Soll ich hinaufsteigen?

Helmschrott bestaunt die über 4 Meter hohe Bretterwand.

- Vielleicht wohnt jemand in der Hütte. Klopf doch an.

Kang kann sich nicht halten vor Lachen.

- Anklopfen? Bist du nicht recht bei Trost?

Helmschrott geht zur Tür.

- Natürlich muss man anklopfen. Es hat keine Klingel. Warum lachst du?

Mathilde wiegt fast unmerklich den Kopf.

- Lass lieber die Finger davon. Sehr stabil sieht die Hütte nicht aus.

Helmschrott sammelt die Fingerspitzen zu einer Spitze und klopft wie ein Specht an die Tür.

- Ich will ein Stein sein, wenn sie nicht einmal das Anklopfen aushält.

Die Hütte stürzt in sich zusammen. Helmschrott verwandelt sich in einen handtellergroßen Stein. Wie ein Torhüter stürzt sich Kang auf die Vase und kann sie auffangen. Er reibt sich den Ellenbogen, rappelt sich auf.

- Leider konnte ich nur die Vase retten.

Mathilde beugt sich über den Stein.

- Wenn Romeo das gewusst hätte, wäre er vorsichtiger gewesen. Das nächste Mal verzichtet er aufs Klopfen.

Melisa stellt die Blumen in die Vase.

- Was lässt dich glauben, dass es ein nächstes Mal gibt?

Mathilde hebt den Stein auf.

- Du hast Recht. Das Steinsein beschäftigt ihn sehr. Er kann nicht mit uns sprechen.

Kang entdeckt in den Trümmern einen leeren Bilderrahmen.

- Er ist beim Einsturz nicht zerstört worden.

Er legt den Rahmen ins Gras.

- Ich habe eine Idee. Wir könnten den Stein mitten in den Rahmen stellen. So geht er nicht verloren.

Sie setzt den Stein in die Mitte.

- Ich kann mich einfach nicht damit abfinden, dass Romeo ein Stein geworden ist.

Kang geht um den Rahmen herum.

- Er hat es gewünscht.

Melisa senkt den Kopf.

- Vielleicht würde er es jetzt nicht mehr wünschen.

Eine Frau bewegt sich vorsichtigen Schrittes durchs Gras.

- Hallo, ich bin Cleo Anders.

Sie trägt das Blondhaar nach hinten gekämmt.

- Ganz in der Nähe gibt es eine Höhle mit einer Felsmalerei. In einem Bild hat es eine Lücke, in welche der Stein genau passt.

Sie bückt sich.

- Darf ich ihn aufheben?

Mathilde bittet sie mit einer Geste.

- Sei so gut.

Cleo nimmt den Stein in die Hand.

- Auf Dauer wäre er in einem alten Bilderahmen kaum aufgehoben.

Melisa deutet auf die Vase.

- Gibt es in dieser Höhle auch Wasser?

Cleo breitet die Arme aus.

- Nimm die Blumen mit. Wir kümmern uns darum.

Ein Weg führt von den Trümmern bergauf durch Büsche zu einem Felsvorsprung. Cleo geht voran, steigt wieselflink eine Steintreppe hinauf.

- Ich genieße den Aufstieg.

Mathilde klagt.

- Die Stufen führen sehr steil nach oben.

Melisa blinzelt mit den Augen.

- Ich hätte mir nie träumen lassen, dass ich bergsteigen könnte.

Kang sieht sie ausdruckslos an.

- Bergsteigen ist etwas Anderes. Da gibt es keine Treppen.

Huch wischt mit der Hand durch die Luft.

- Es gibt verschiedene Arten, auf einen Berg zu steigen.

Cleo schlüpft durch einen kleinen Eingang.

- Dahinter verbirgt sich eine riesige Höhle.

Im Innern hallen die Stimmen. Eine Schlange ist an die Wand gemalt. Sie schwimmt durchs Wasser und legt Eier. In der Nähe der gezeichneten Eier befindet sich eine handtellergroße Nische.

Cleo legt den Finger darauf.

- Gleich werden wir es sehen.

Sie schiebt den Stein in die Nische.

- Er passt genau hinein.

Melisa legt ihr die Hand auf die Schulter.

- Das hast du gut gemacht. Nun brauchen wir Wasser.

Cleo führt sie durch einen Höhlengang zu einem Bergsee.

- Ich habe die Blumen nicht vergessen.

Der schneeweiße Strand blendet, als sie die Höhle verlassen. Das Wasser ist kristallklar.

Ein Mann sitzt unter einem Sonnenschirm vor einem Computer.

- Hallo, ich bin Aras Neville.

Er trägt Hut, Schuhe, Jacke und einen Schal.

- Wisst ihr schon, wer die Vase mit Wasser füllt?

Um Melisas Mund deutet sich ein kleines Lächeln an.

- Ich dachte, ich würde das tun.

Neville lässt den Schal über seine Oberarme rutschen.

- Denken allein genügt nicht.

Mathilde zieht die Unterlippe ein.

- Was schlägst du vor?

Er spielt mit der Maus.

- Das ist eine Aufgabe für den Computer. Wie heißt du?

Sie streckt die Nase nach vorn.

- Mathilde. Wieso?

Seine Finger tanzen auf der Tastatur.

- Wenn du einverstanden bist, gebe ich deinen Namen ein. Darf ich noch etwas beifügen?

Mathilde reckt sich neugierig, um besser auf den Bildschirm zu sehen.

- Ich kann gut Snacks zubereiten.

Neville hat Lachfältchen in den Augenwinkeln.

- Das ist eine wichtige Information.

Melisa guckt ihm über die Schulter.

- Snacks zubereiten kann ich auch im Fall.

Er dreht sich um.

- Und wie ist dein Name?

Sie holt tief Luft.

- Ich bin Melisa.

Nevilles Finger spreizen sich gespannt vom Körper weg.

- Wir haben ein kleines Problem. Die Position „Snacks" ist bereits vergeben.

Melisa wagt nur einen verstohlenen Blick auf den Bildschirm.

- Dann schreibe, dass ich die Vase habe.

Er legt die Hand auf ihren Oberarm.

- Dankeschön. Lauf nicht weg. Wir sind gleich so weit.

Dann heftet er die Augen auf Kang.

- Sicher hast du einen besonderen Namen.

Kang lächelt mit hochgezogenen Wangen.

- Ich heiße Younes.

Neville tippt den Namen ein.

- Was zeichnet dich aus?

Kang hebt die Pupillen zu den Augenlidern.

- Ich habe gern Dosentomaten.

Neville gibt es ein.

- Das ist ein langes Wort. Aber es hat Platz.

Sein Blick schweift zu Cleo.

- Lass mich raten. Du heißt sicher Anita.

Cleo spitzt kurz die Lippen.

- Nein, ich bin Cleo.

Er runzelt die Stirn.

- Auf diesen Namen wäre ich nie gekommen. Was machst du so?

Sie steht in leichter Rücklage.

- Ich achte auf die Gesundheit.

Neville fügt es dem Namen bei.

- Das gefällt mir.

Er hebt die Hand und deutet auf Huch.

- Hoffentlich macht es dir nichts aus, wenn ich dich zuletzt frage. Du bist bestimmt ein Künstler.

Huch zieht die Achseln hoch.

- Johann Sebastian ist mein Name.

Neville zieht hörbar die Luft durch die Nase.

- Eigentlich sind das 2 Namen, in mathematischer Hinsicht. Und sonst? Wie haben wir es mit der Kunst?

Huch spreizt die Ellbogen ab.

- Ich spaziere gern.

Neville macht eine Notiz.

- Das hätten wir. Besten Dank für eure Mitarbeit. Nun wertet der Computer die Umfrage aus. Das Ergebnis wird gleich ausgedruckt.

Der Drucker surrt.

Neville schaut dem Blatt zu. Es zuckelt Zentimeter für Zentimeter heraus.

- Wir haben den Namen gleich.

Er hält das Blatt hoch.

- Ich dachte es. Melisa, du bist es. Du darfst die Vase mit Wasser füllen.

Mit steifem Hals schielt er zu Mathilde hinüber.

- Der Computer hat noch etwas herausgefunden. Mathilde und Younes, ihr seid das ideale Paar. Das System empfiehlt euch zu heiraten.

Kang ergreift Mathildes Arm.

- Hat es eine Stadt in der Nähe?

Neville steht auf.

- Ich führe euch hin und wäre gern der Trauzeuge, wenn

es recht ist.

Melisa lässt das Wasser in die Vase fließen.

- Eine Hochzeit! Ich habe schon den Strauß. Darf ich Trauzeugin sein?

Mathilde blickt sie bedeutsam an.

- Das geht in Ordnung.

Sie zischt Huch über die Schulter zu.

- Du kommst doch auch mit, oder?

Er senkt den Kopf.

- Auf die Stadt bin ich sehr gespannt. Zuvor möchte ich mich noch ein bisschen in der Landschaft umsehen.

Durch den von blaugrünen Bergen umstandenen See gleitet eine sonnenblumengelbe Gondel.

Eine Frau rudert zum Bootssteg.

- Hallo, ich bin Joyce Rand.

Sie trägt ein langes schwarzblaues Kleid und eine Perlenkette.

- Wer möchte mitfahren?

Mathilde steigt ein.

- Ich bin die Braut.

Joyce lässt das Ruder los, richtet sich auf.

- Wer ist der Bräutigam?

Kang klettert in die Gondel.

- Das bin ich.

Sie streicht ihm über die Stirn.

- Bist du von einem Computer vermittelt worden?

Neville betritt die Gondel.

- Ja, von meinem Computer. Ich bin der Trauzeuge.

Joyce lässt den Blick zum Ufer flattern.

- Und wer ist die Trauzeugin?

Melisa steigt zu.

- Ich wusste, dass ich als nächste gerufen werde.

Joyce beugt sich über die Blumen.

- Darf ich daran riechen?

Melisa hält ihr die Vase unter die Nase.

- So lange du möchtest.

Joyce beugt sich nur kurz darüber.

- Der Geruch erinnert mich an etwas.

Cleo stellt sich auf dem Bootssteg vor die Gondel.

- Wahrscheinlich fällt dir Vanille ein.

Joyce setzt ein Lächeln auf, das sie lang geübt haben muss.

- Von selber wäre ich nie darauf gekommen. Wer bist du?

Cleo hebt leicht die Nase.

- Ich bin Cleo.

Joyce seufzt, atmet tief.

- Das ist ein schöner Name. Willst du den Mann heiraten, der einsam am Ufer steht?

Cleo dreht sich nach Huch um.

- Willst du mich heiraten?

Er schaut erstaunt auf.

- Danke, dass du mich für die Heirat betrachtest.

Sie schiebt die Hände zusammen.

- He, ich betrachte dich nicht nur. Ich frage dich.

Huch guckt aus großen Augen.

- Ist damit eine Gondelfahrt verbunden?

Joyce hebt die Stimme.

- Ja sicher. Du wirst doch nicht zu Fuß in die Stadt gehen wollen?

Er wippt mit dem Schuh.

- Später vielleicht schon. Zunächst betrachte ich die Landschaft.

Sie streckt Cleo die Hände entgegen.

- Komm mit uns. Das ist ein ganz und gar Unentschlossener. Bis so einer heiratet, kannst du alt werden.

Cleo betritt die Gondel stürmisch.

- Ich will Mathildes Hochzeit nicht verpassen.

Joyce nimmt das Ruder in die Hand, ruft Huch zu.

- Das ist die letzte Gelegenheit zum Einsteigen.

Huch stützt sich mit Ausfallschritt aufs Geländer des Bootsstegs.

- Ihr seid alle sehr freundlich. Ich wünsche euch eine schöne Hochzeit.

Er schaut zu, wie Joyce die Gondel mit ruhigen Stößen hinausrudert, hört das prickelnde Lied des Rotkehlchens, legt sich in die blühende Wiese, schließt die Augen.

Ein Mann kommt mit schlürfendem Gang näher.

- Hallo, ich bin Marek Bassi.

Er trägt einen Bürstenschnitt, eine ärmellose Jeansjacke und hat ein Wachsmodell vom Gehirn in der Hand.

- Du musst unbedingt das Modell anschauen. Das duldet keinen Aufschub.

Huch öffnet die Augen.

- Es hat erstaunlich viele Windungen.

Bassi zieht die Schultern ein.

- Sonst fällt dir nichts ein?

Huch hält sich die Hand als Lichtschutz vor die Augen.

- Was möchtest du hören?

Bassi blickt ratlos auf das Gehirn in seiner Hand.

- Es schmilzt an der Sonne. Wir haben ein Problem.

Eine Frau albert in der Wiese rum, macht einen Luftsprung.

- Hallo, ich bin Megan Kunkel.

Sie trägt die Ziffer 4 auf dem T-Shirt und einen dunkelroten Mantel.

- Ganz in der Nähe hat es eine alte Fabrik für Badewannen.

Bassi wischt sich den Schweiß von der Stirn.

- Willst du das Gehirn in eine Badewanne legen?

Megan nimmt ihm das Modell aus der Hand.

- Darf ich?

Er reißt den Mund auf.

- Sei vorsichtig! Hast du nicht etwas zu warme Hände?

Sie wirft das Modell in die Luft.

- Braucht es Kühlung?

Aus Bassis Gesicht weicht alles Blut.

- Ich muss schon sehr bitten. Das ist kein Ball.

Megan fängt das Gehirn wieder auf, läuft zur zerbröselnden Fabrikhalle.

- Wieso? Es kann durch die Luft fliegen, und ich kann es fangen. Genau so funktioniert ein Ball.

Das Tor steht weit offen. Vor einer Reihe verstaubter Wannen bleibt sie stehen.

- In welche möchtest du es legen?

Bassi tritt in die Halle.

- Ich muss mich erst einmal umsehen.

Er entdeckt ein Plakat an der Wand über einem Stuhl. Darauf steht.

- Wozu braucht es diesen Stuhl?

Er stützt sich auf die Lehne.

- Das ist ein seltsames Plakat. Wäre der Stuhl nicht da, würde ich mich fragen, was es zu bedeuten hat.

Zwölftes Kapitel

Zurück in die Gegenwart

Megan setzt sich.

- Für mich ist das gar keine Frage.

Sie überschlägt die Beine.

- Also, welche Wanne wählst du?

Bassis Hände hängen nutzlos herunter.

- Sie sehen alle gleich aus.

Ein Mann durchstreift schnellen Schritts die Halle.

- Hallo, ich bin Jona Nice.

Er trägt eine Sonnenbrille und eine Lederjacke, klaubt eine Dose aus der Tasche.

- Ich empfehle dir meine Pillen.

Bassi pustet kurz, als wollte er etwas Lästiges von den Lippen bekommen.

- Wozu sollen sie gut sein?

Nice öffnet den Deckel, lässt eine mohnrote Tablette in den Handteller rollen.

- Sobald du eine Pille genommen hast, kannst du dich blitzschnell entscheiden.

Bassi tippt kurz an den Kopf.

- Was? Ich soll eine Pille ohne Wasser hinunterschlucken?

Eine Frau tänzelt mit Wippen und Hüpfen durch die Halle.

- Hallo, ich bin Alica Buck.

Sie trägt ein kamillenweißes Kleid, bringt eine

193

Wasserflasche und einen Becher.

- Darf ich dir etwas Wasser anbieten?

Bassi streckt die Hand aus.

- Wasser nehme ich gern, aber ich weiß noch nicht, ob ich die Pille schlucken soll.

Nice drängt.

- Schluck sie doch einfach! Dann fällt dir der Entscheid leicht.

Bassi ergreift den Becher.

- Wenn ich sie geschluckt habe, muss ich mich ja gar nicht mehr entscheiden.

Megan zeichnet Wellenlinien in die Luft.

- Doch. Dein Gehirn ist immer noch in meinen Händen. Und du wolltest es doch in eine Badewanne tun.

Alica füllt den Becher.

- Aus was besteht das Gehirn?

Bassi trinkt einen Schluck.

- Aus Wachs. Ich mache mir Sorgen, dass es schmilzt.

Sie zieht die Augenbrauen zusammen.

- Lass es doch einfach schmelzen, und du bist deine Sorgen los.

Er hält ihr den Becher zum Nachfüllen hin.

- Was machen wir mit dem Wachs?

Ein Mann hüpft ein paar Meter, bleibt vor Bassi stehen.

- Hallo, ich bin Adriano Rink.

Er trägt eine Pelzjacke und eine Fellmütze.

- Wir gießen das Wachs in Buchstabenformen.

Megan wirft ihm das Gehirn zu.

- Das ist ein guter Vorschlag.

Rink klemmt das Hirn unter den Arm, geht zum

Hinterausgang, öffnet ihn. Ein Schaf steht herum und schaut zu, wie die Menschen die zerbröselnde Fabrikhalle verlassen. Dann steigt es ruhig eine rötliche Straße hinauf, die in eine Lehmgrube mündet, bleibt vor einer dunklen Holzhütte stehen.

Huch hebt das Kinn.

- Ist es dein Schaf?

Rink lächelt in sich hinein.

- Nein, aber es kennt den Weg.

Er öffnet die Hütte. Ein Feuer flackert.

- Ihr seid willkommen.

Auf dem Lehmboden liegen die Buchstabenformen.

Rink wiegt das Hirn in der Hand.

- Für ein paar Buchstaben dürfte es reichen. Sucht sie euch aus.

Er hängt einen Topf über die Feuerstelle, wirft das Hirn hinein.

Megan schaut Huch fragend an.

- Wie wäre es, wenn wir die Buchstaben deines Namens gießen würden?

Huch hält sich den Ellenbogen.

- Es sind viele Personen im Raum. Warum sollten wir meinen Namen nehmen?

Sie drückt beide Knie durch.

- Stell dich nicht so an! Wie heißt du?

Er steckt die Hände in die Tasche.

- Ich bin Johann Sebastian Huch.

Ihre Augen glimmen.

- „Huch" gefällt mir.

Ihr Blick schweift über den Lehmboden.

- Suchen wir die Buchstabenformen.

Bassi findet 2 H.

- Das Suchen macht viel mehr Spaß, wenn man gleich etwas findet.

Nice hält ein U hoch.

- Wir schaffen es in Rekordzeit.

Alica entdeckt das C.

- Ohne mich wärt ihr aufgeschmissen. Meistens ist der letzte Buchstabe am besten versteckt.

Rink beugt sich über den Topf.

- Das Wachs ist geschmolzen. Legt die Buchstaben in die Reihe.

Megan streckt die Arme in die Luft.

- Seid vorsichtig. Heißes Wachs kann weh tun.

Kaum sind die Buchstaben ausgelegt, beginnt Rink mit dem Gießen.

- Dieser Wachs ist honiggelb.

Ein Lächeln legt sich auf Bassis Gesicht.

- Er duftet, könnte Bienenwachs sein.

Megan streicht sich über den Hinterkopf.

- Wie auch immer, für mich sind die Buchstaben zu sperrig. Ich hätte sie gern flacher.

Nice macht eine ausladende Handbewegung.

- Wir könnten sie auf die Straße legen und eine Walze darüber fahren lassen.

Alica zwinkert Huch zu.

- Wir machen mit deinem Namen Straßenreklame. Wie findest du das?

Er hört aufmerksam und mit ernstem Blick zu.

- Ich spaziere lieber auf der Straße und brauche keine

Reklame.

Rink schaut aus der Hütte.

- Es fällt mir schwer, das zu glauben. Alle Lebewesen machen Reklame.

Er zeigt auf die Landstraße hinunter.

- Und außerdem: Da unten rollt eine Straßenwalze.

Das Schaf guckt zu, wie die Menschen aus der Hütte drängen und zur Straße hinunterlaufen.

Eine Frau lenkt eine Dreiradwalze. Die beiden Hinterräder reichen fast bis zum Führerstand hinauf.

- Hallo, ich bin Fatma Grigg.

Sie trägt ein magnolienweißes Rüschenkleid.

- Wollt ihr mitfahren?

Bassi steckt eine Hand in die Tasche.

- Das tönt verlockend. Ich bin noch nie mit einer Walze gefahren.

Fatma hält die Walze ein.

- Steige ein! Du bist willkommen.

Megan eilt zur Einstiegsleiter.

- Ich würde auch gern mitfahren.

Fatma lächelt ihr mit einem kräftigen Händedruck aufmunternd zu.

- Ihr habt alle Platz.

Nice wendet unruhig den Kopf.

- Moment. Wir haben noch 4 Buchstaben und würden sie gern flachwalzen.

Fatma bewegt fahrig die Hand.

- Buchstaben? Darf ich sie sehen?

Alica verzieht ihr Gesicht.

- Sie liegen noch in der Holzhütte.

Rink rennt los.

- Ich hole sie.

Fatma schaut vom Führerstand auf Huch herab.

- Ich habe einen Beifahrer ausgewählt.

Seine Hand verschattet das Auge.

- Ein Beifahrer ist immer wertvoll.

Sie sagt mit verschmitztem Lachen.

- Weißt du auch, wer es ist?

Huch hält den Kopf schief.

- Nein, du hast mir deinen Beifahrer noch nicht vorgestellt.

Fatma blickt auf seine Hände.

- Du bist es.

Bassi klettert in den Führerstand.

- Johann Sebastian ist unser neuer Star. Wir machen mit ihm Straßenreklame. Darf nicht ich der Beifahrer sein?

Sie setzt sich vorn auf die Motorhaube, schlägt elegant die Beine übereinander.

- Ein Star? Was kannst du gut? Was zeichnet dich aus?

Huch reibt sich verwundert die Augen.

- Das höre ich zum ersten Mal. Ich habe keine Ahnung.

Fatma biegt ihren Körper.

- Ja, dann komm auf die Walze. Ich möchte dich gern aus der Nähe ansehen.

Er hebt langsam die Lider.

- Ich bin viel lieber zu Fuß unterwegs. Ich habe erst wenig gesehen und möchte mich mit der Landschaft vertraut machen.

Rink ist zurück. Er legt die Buchstaben in den Gussformen vor die Walze.

- Darf ich einsteigen?

Über die Schulter lächelt sie ihm zu.

- Ihr seid alle willkommen. Muss ich jeden einzeln einladen? Nachdem Alica, Nice und Rink zugestiegen sind, startet sie den Motor, ruft Huch zu.

- Deine Freunde sind alle auf der Walze. Gleich pressen wir deinen Namen auf die Straße. Und? Hast du es dir nochmal überlegt?

Huch senkt den Blick.

- Ja, ich spaziere ein wenig, aber ich schau gern zu, was aus den Buchstaben wird.

Milina fährt los.

- Das kann ich dir voraussagen, was aus ihnen wird. Sie werden gleich sehr flach sein.

Die Walze rollt über die Wachsbuchstaben. Breit kleben sie auf der Straße. Die Gussformen ziehen eine silberne Linie um die Umrisse. In den Motorenlärm mischt sich das fröhliche Gespräch der Menschen auf dem Führerstand.

Huch blickt der Straßenwalze nach, bis er sie aus den Augen verliert. Dann wandert er zum Fluss hinunter.

Bei einer Badestelle planscht eine Frau mit fliegenden Haaren im Wasser.

- Hallo, ich bin Fina Colet.

Sie trägt ein möwenweißes Gewand.

- Hast du etwas zum Waschen?

Huch betrachtet seine Kleider.

- Nein danke, meine Kleider sind recht sauber.

Ein Mann steigt langsam zum Fluss hinunter.

- Hallo, ich bin Cem Gentile.

Auf seiner großen Nase sind ein paar Sommersprossen zu erkennen.

- Wie steht es mit einem Flirt am Fluss?

Fina räkelt sich.

- Zuerst will ich etwas waschen. Nachher können wir meinetwegen flirten.

Gentile lächelt verlegen, mit den Mundwinkeln nach unten.

- Es gibt Waschmaschinen. Überlass ihnen die Arbeit. Warum bist du so streng?

Ihre Augen blitzen.

- Ich bin überhaupt nicht streng. Ich sage nur, was ich will und in welcher Reihenfolge.

Gentile setzt sich ans Ufer.

- Gut, dann wasch doch irgendetwas. Ich ruhe mich solange aus.

Er zieht die Schuhe und Socken aus, streckt die Füße ins Wasser.

- Das tut gut.

Fina richtet den Blick auf seine Socken.

- Sie sind sehr schmutzig.

Gentile hält einen Socken hoch.

- Es geht so, würde ich sagen.

Sie tippt sich mit dem Zeigefinger an die Nase.

- Wenn du mich fragst, haben sie nur eines nötig: Eine Wäsche, und zwar sofort.

Er rappelt sich auf, bringt ihr die Socken.

- Also gut, wenn du meinst.

Fina trippelt tänzelnd zu ihm, nimmt die Socken.

- Bist du mit meiner Waschmethode einverstanden?

Gentile legt sich hin.

- Ja, das machst du sicher perfekt.

200

Sie wirft die Socken in den Fluss hinaus.

- Hol sie!

Er springt ins Wasser, schwimmt den Socken nach.

- Ich hoffe, dass ich es schaffe.

Fina geht hin und her.

- Nun würde ich gern Geschirr oder Besteck waschen. Hast du eine Tasse oder einen Löffel dabei?

Huch hält die Arme vor seiner Brust verschränkt.

- Nein. Vielleicht gibt es ein Haus in der Nähe.

Eine Frau grüßt höflich.

- Hallo, ich bin Aimée Mangold.

Sie hat sich einen Kaschmirschal um die Hüfte geschwungen, trägt einen Teller in der Hand.

- Ich habe ein Stück Geschirr dabei.

Fina nimmt ihr den Teller ab.

- Darf ich ihn abwaschen?

Aimée zieht den Kopf zwischen die Schultern.

- Ist er nicht sauber?

Fina unterdrückt ein Kichern.

- Schwimmst du gern?

Aimée guckt verstohlen auf den Fluss.

- Ja, ich schwimme gern, aber nicht hier. Warum fragst du?

Fina presst die Lippen zusammen.

- Du weißt doch, der Fluss hat etwas Mitreißendes.

Aimée stößt die Nasenspitze nach vorn.

- Für dich?

Fina schaukelt beim Reden hin und her.

- Nein, für den Teller.

Huch deutet mit dem Daumen hinter sich.

- Fina meint die Strömung.

Aimée blinzelt mit den Augen.

- Das habe ich noch nie gesehen, dass die Strömung beim Abwaschen einen Teller mitreißt.

Fina lässt den Teller wie einen flachen Stein über die Wasseroberfläche flippern.

- Verlass dich in dieser Sache ganz auf mich. Gleich wirst du es sehen.

Aimée reicht Huch den Schal.

- Halte ihn bitte. Ich muss meinen Teller retten.

Sie stürzt sich in den Fluss, krault zur Stelle, wo der Teller sank.

- Ich möchte ihn nicht verlieren.

Gentile steigt mit den Socken aus dem Wasser.

- Ich hatte Glück.

Sein Blick fällt auf den Schal.

- Das ist ein schönes Stück. Damit würde ich mich gern abtrocknen.

Huch wedelt mit der Hand.

- Er gehört Aimée. Du musst sie fragen.

Gentile wendet sich an Fina.

- Bist du einverstanden?

Sie bekommt einen Lachanfall.

- Ich bin einverstanden, aber ich bin nicht Aimée.

Er schnappt nach Luft.

- Wo ist sie denn?

Aimée schwimmt mit dem Teller ans Ufer.

- Hier bin ich.

Gentile hilft ihr aus dem Wasser.

- Darf ich deinen Schal haben?

Sie hüpft auf der Stelle.

- Du darfst alles von mir haben.

Er reißt Huch den Schal aus der Hand.

- Ich habe mein Ziel erreicht.

Aimée wickelt sich spielerisch eine Haarsträhne um den Finger.

- Welches Ziel?

Er trocknet sich ab.

- Ich möchte dich heiraten.

Ihre Haarsträhnen glänzen vor dem Gesicht.

- Nur zivil oder auch kirchlich?

Gentile gibt ihr den Schal zurück.

- Richtig heiraten, mit allem Drum und Dran.

Aimée reicht ihm die Hand.

- Gut, gehen wir.

Er hebt die Schuhe auf.

- Für dich würde ich sogar über den Fluss schwimmen.

Sie geht an seiner Seite.

- So siehst du aus.

Fina blickt dem Paar nach, fasst sich an die Stirn.

- Was hat Aimée, was ich nicht habe?

Huch schließt die Augenlider halb.

- Sie hat nasse Haare.

Finas rechte Augenbraue geht hoch.

- Das stimmt. Ich könnte meine Haare waschen.

Ein Mann wirbelt im Kreis durch die Luft.

- Hallo, ich bin Edwin Mani.

Er hat stoppelkurzes Haar und schmale Lippen, trägt eine Flasche.

- Du hast sicher eine Ewigkeit auf dieses Shampoo gewartet.

Mani überreicht ihr die Flasche.

Fina schraubt den Deckel auf, riecht.

- Das ist gut.

Sie gibt die Flasche Huch weiter.

- Was sagst du?

Er fährt mit den Fingern über den Flaschenhals.

- Was ist da drin?

Mani hält die Hände übereinander auf dem Bauch.

- Rosmarin, frisch vom Strauch und verarbeitet.

Fina taucht den Kopf in den Fluss.

- Ich probiere es aus.

Er nimmt Huch die Flasche ab.

- Ich habe eine bessere Idee. Kommt doch mit in meinen Coiffeursalon. Dort kann ich euch professionell die Haare pflegen.

Sie schüttelt die Haare, wringt das Wasser aus.

- Da können wir nicht nein sagen.

Huch fährt sich erschrocken übers Haar.

- Können wir es nicht auf später verschieben?

Fina steht stolz, aufgereckt.

- Nein, meine Haare sind bereits nass.

Mani schraubt den Deckel zu, legt Fina die Hand auf die Schulter.

- Ich beginne mit deiner Haarpflege.

Er schenkt Huch einen direkten Blick aus grünen Augen.

- Du kommst nach, sobald es dir gefällt.

Huch fährt sich mit der Zunge über den Mundwinkel.

- Das ist ein guter Vorschlag.

Mani führt Fina auf die Landstraße.

- Irgendwann kommen alle zu mir. Das ist mein Motto.

Huch folgt dem hellen Ufersaum, gerät in einen riesigen Auenwald, durchzogen von kleinen Flussarmen.

Eine Frau begegnet ihm.

- Hallo, ich bin Penelope Rupp.

Sie hat ein rundes Gesicht und lange Wimpern.

- Ich suche einen Mann, der einem Dinosaurier beibringt, Miau zu sagen. Traust du dir das zu?

Huch zieht die Brauen hoch.

- Ich habe noch nie einen Saurier getroffen.

Sie führt ihn zu einer Telefonzelle am Wegesrand.

- Was siehst du?

Er streicht lächelnd über die Glastür.

- Eine Telefonkabine.

Penelope schiebt die Beine eng zusammen.

- Ja, so sieht sie aus, die Zeitmaschine.

Ein Mann bewegt sich wie in Zeitlupe.

- Hallo, ich bin Louie Renner.

Er trägt ein unförmiges Hemd, hat einen Holzdinosaurier in der Hand.

- Darf ich euch behilflich sein?

Sie stampft vor Freude mit den Füßen.

- Das ist ein gutes Angebot.

Er öffnet die Glastür.

- Achtung, erschreckt nicht. Es gibt einen kleinen Luftzug.

Penelope wippt mit den Füßen, tanzt im Lufthauch, der aus der Kabine weht.

- Von drinnen nach draußen?

Renner macht sich am Telefonapparat zu schaffen.

- Ja, das kann verwirren, wenn ihr es zum ersten Mal erlebt.

Sie erkundigt sich bei Huch.

- Hat dich der Luftzug verwirrt?

Auf seinen Lippen liegt ein Lächeln.

- Verwundert schon.

Renner schiebt den Saurier in den Telefonapparat.

- Reist ihr zusammen?

Huch lässt die Arme lose baumeln.

- Darüber haben wir noch nicht gesprochen.

Penelope streicht das Haar zurück.

- Natürlich gehen wir zusammen hin. Du bringst den Saurier zum Miauen, und ich möchte ihn hören.

Renner klappt den Telefonapparat zu.

- Hast du Erfahrung mit Sauriern?

Huch atmet flach durch den Mund.

- Nein. Soll ich auf ihn zugehen oder eher stillstehen?

Renner verlässt die Telefonzelle.

- Mit den Einzelheiten bin ich nicht vertraut. Ich wünsche euch eine schöne Reise.

Penelope stößt die Luft aus, als würde sie sich einen Ruck geben.

- Danke. Wie kommen wir in die Gegenwart zurück?

Er winkt mit einem Taschentuch.

- Nehmt den Saurier aus dem Apparat.

Sie legt Huch eine Hand auf den Rücken und schiebt ihn in die Telefonkabine.

- Ich gehe das Risiko ein.

Huch klopft mit den Fingern auf den Telefonkasten.

- Wieso? Ist die Zeitreise riskant?

Er nimmt den Hörer ab.

- Hallo. Ist da jemand?

Der Lautsprecher knackt in der Hörmuschel.

- Ja, ich bin es, euer Dinosaurier. Schließt die Tür und kommt in meine Zeit.

Huch macht die Glastür zu.

- Bis bald.

Er legt den Hörer auf.

Buschige Wolkenbänder umweben die Telefonkabine. Sternenstaub rieselt auf Penelope und Huch herab. Die Kabine wird wie das Gefäß einer Sanduhr langsam umgedreht. Sie legen sich auf die Seitenwand, rappeln sich auf, rutschen zur Decke. Die Glastür springt auf.

Penelope steigt aus, tritt auf eine Lichtung im Farnwald.

- Durch die Zeit reisen geht wahnsinnig schnell.

Huch tritt aus der Kabine.

- In gewisser Hinsicht sind wir möglicherweise auch ziemlich lang unterwegs gewesen.

Der Farn steht hoch wie Palmen. Der Waldboden knackt. Ein eidechsengrüner Dinosaurier von der Größe eines Elefanten kommt zwischen riesigen Bäumen hervor. Auf ihren Ästen wachsen Moos und Gräser.

- Hallo, was führt euch in meine Zeit?

Penelope zupft an Huchs T-Shirt herum.

- Er möchte, dass du Miau sagst.

Der Saurier räkelt seine langen Beine.

- Miau.

Penelope legt den Arm um Huchs Hals und schaut ihm in die Augen.

- Du hast es geschafft.

Huch senkt den Blick.

- Aber ich habe doch gar nichts gemacht.

Der Saurier öffnet und schließt den Mund, als seien Hals

und Kiefer noch steif von der ungeheuren Anstrengung.

- Doch, doch, du hast mir gezeigt, dass ich einen Cousin habe.

Es überläuft Huch heiß und kalt.

- Wer ist dein Cousin?

Der Saurier wirft ihm einen Blick zu.

- Du bist mein Cousin.

Huch deutet auf Penelope.

- Und was ist sie?

Der Saurier dreht den Kopf zur Seite.

- Sie ist meine Cousine.

Penelope kehrt zur Telefonkabine zurück.

- Du bist begabt. Man könnte dich glatt mit einer Katze verwechseln.

Der Saurier geht zu den riesigen Bäumen.

- Meine Verwandten sind charmant. Das muss man ihnen lassen.

Sie öffnet den Telefonapparat, nimmt den Holzdinosaurier heraus.

- Steig ein!

Huch tritt in die Kabine, schließt die Tür.

- Was machen wir jetzt?

Buschige Wolkenbänder nebeln die Telefonzelle ein.

Penelope lehnt gegen die Seitenwand.

- Wir reisen in die Gegenwart zurück.

Das Geriesel vom Sternenstaub setzt ein. Dann wird die Kabine zeitlupenartig langsam zurück auf den Fuß gestellt. Die Tür springt auf. Penelope und Huch sehen den Auenwald am Flussufer wieder.

Dreizehntes Kapitel

Die Handleserin

Eine Frau kommt mit großen Schritten auf sie zu.

- Hallo, ich bin Sunny Salinger.

Sie trägt ein knallrotes Kostüm.

- Wohin geht ihr?

Penelope lächelt verlegen.

- Wir haben noch gar nicht darüber nachgedacht, was mir machen, wenn wir in der Gegenwart ankommen.

Sunny klappt ihre Handtasche auf.

- Wisst ihr, was ich dabei habe?

Penelope schließt die Augen, öffnet halb die Lippen.

- Eine Handtasche.

Sunny muss laut lachen.

- Ja schon, aber wisst ihr, was darin ist?

Penelope klappert mit den Lidern.

- Spiegel? Kamm? Lippenstift?

Sunny schaufelt eine Handvoll Kirschsteine aus der Tasche.

- Weit gefehlt! Ich habe diese Kirschkerne gewaschen und an der Sonne trocknen lassen.

Huch legt Daumen und Zeigefinger ans Kinn.

- Wofür brauchst du sie?

Sie lässt die Steine außer einem in die Tasche zurückrieseln.

- Kirschkerne sind praktisch. Wenn ich nicht weiß, wo ich hingehen soll, werfe ich einen hinter mich.

Sie wirft den letzten Stein, der in ihrem Handteller liegen blieb, über die Schultern, hört einen hellen Klang.

- Da ist etwas.

Penelope läuft durchs Unterholz.

- Der Stein ist auf einen Betonplatz gefallen.

Sunny macht eine schnelle Handbewegung in die Richtung, in die sie gehen will.

- Sehen wir nach, was sie gefunden hat.

Huchs Augenbrauen hüpfen.

- Einen Betonplatz hätte ich zuallerletzt erwartet.

Penelope wippt auf dem Platz herum.

- Es ist wie eine Tanzbühne.

Sunny nimmt eine kleine Schachtel aus der Tasche.

- Ratet, was darin ist.

Huch legt den Knöchel des Mittelfingers an die Schläfe.

- Hast du ein kleines Stück Seife darin?

Sunny öffnet die Schachtel.

- Sicher nicht! Das ist ein Kohlestück. Damit kannst du einen Kreis auf den Beton zeichnen.

Er verharrt zurückhaltend.

- Vielleicht möchte Penelope zeichnen.

Penelope schiebt jedoch die Stirn in Falten.

- Ich getraue mich nicht.

Sunny öffnet staunend den Mund.

- Wieso nicht? Mit Kohle zeichnen macht Spaß.

Penelope lässt den Blick schweifen.

Der Betonplatz ist leer und fast weiß. Da würde ich mir wie ausgestellt vorkommen.

Sunny beschwichtigt sie.

- Wir sind im Wald. Da kommt kaum wer vorbei.

Penelopes Blick verdüstert sich.

- Und was ist, wenn ich den Kreis nicht schön rund schließen kann? Wenn ich ein Ei zeichne?

Sunny fährt sich mit den Fingern durchs Haar.

- Kümmere dich nicht darum.

Penelope hält sich die Hand vor den Mund.

- Das geht nicht. Meine Gedanken kreisen die ganze Zeit um einen Kreis, der nicht ganz richtig ist.

Sunny gibt Huch das Kohlenstück.

- Penelope möchte eher nicht.

Er dreht und wendet es in der Hand.

- Es ist ja deine Kohle. Vielleicht möchtest du lieber selber zeichnen.

Sunny schiebt die Fersen zusammen.

- Zier dich nicht! Fang an!

Huch kritzelt mit der Kohle einen Kreis auf den Boden.

- Gefällt er dir?

Sie tritt zurück, öffnet die Handtasche.

- Ja, wir werfen Kirschkerne hinein. Bedient euch.

Penelope nimmt eine Handvoll Steine.

- Wie viele Schritte muss ich vom Kreis entfernt sein?

Sunny neigt das Becken leicht nach vorn.

- Das musst du selbst herausfinden. Wenn du zu nah dran bist, gelingt dir jeder Wurf. Das kann langweilig werden.

Sie geht ein paar Schritte rückwärts.

- Wenn der Abstand zu groß ist, triffst du nur selten und verlierst den Spaß.

Huch gibt ihr die Kohle zurück.

- Ich gehe ein bisschen den Wald anschauen.

Sunny wirft einen Kirschkern in die Höhe und fängt ihn

wieder.

- Hast du keine Lust am Steinwerfen?

Er winkelt die Arme an.

- Später vielleicht schon. Im Moment nimmt mich wunder, wohin der Fluss fließt.

Er folgt dem Uferweg, findet eine Brücke. Unter ihren Steinbögen strömt das Waser schnell, glatt und dunkel. Buchen säumen das gegenüberliegende Ufer. Huch geht über die Brücke in den Schatten eines mächtigen Baums. An seinen Zweigen hängen Säcke.

Ein Mann lugt hinter dem Stamm hervor.

- Hallo, ich bin Miko Barber.

Er trägt eine riesige Brille.

- Schnapp dir einen Sack.

Huch zuckt mit den Schultern.

- Warum?

Barber dreht die Knie einwärts.

- Damit du siehst, was drin ist.

Huch deutet mit einem Nicken auf den Sack.

- Weißt du, was drin ist?

Barber setzt eine heitere Miene auf.

- Ja natürlich. Warum sollte ich sonst so fröhlich sein?

Huch fragt halb ratlos, halb belustigt.

- Und was macht dich fröhlich?

Barber reißt einen Sack vom Baum, öffnet ihn, klaubt eine Handvoll Banknoten hervor.

- Geld natürlich.

Ein Lächeln fliegt über Huchs Gesicht.

- Was fängst du damit an?

Eine Frau kommt über die Brücke. Ihre Schritte werden

kürzer.

- Hallo, ich bin June Hanka.

Sie trägt ein Kostüm, hat einen Korb in der Hand.

- Wer möchte ein Glas mit selbstgemachter Marmelade?

Barber breitet die Arme aus.

- Ich, natürlich. Und ich kann sie auch sehr gut bezahlen.

Er drückt ihr die Banknoten in die Hand.

- Ich denke, damit kann ich sicher alle Gläser haben.

June gibt ihm das Geld zurück.

- Nein, ich verkaufe die Marmelade nicht, ich verschenke sie. Ich habe 6 Gläser im Korb. Kannst du so viel Marmelade brauchen?

Barber rollt mit den Augen.

- Ich kann überhaupt keine Marmelade brauchen, wenn ich sie nicht kaufen darf.

Sie schiebt die Unterlippe vor.

- Das verstehe ich nicht.

Er lenkt den Blick auf Huch.

- Ich will ihm eben zeigen, dass man mit Geld alles kriegen kann. Darum macht es fröhlich.

June hat eine Falte über der Nasenwurzel.

- Darf ich offen sein?

Barbers Arme hängen steif von den hochgezogenen Schultern herab.

- Ja sicher.

Sie neigt den Kopf nach vorn.

- Ich finde nicht, dass du fröhlich bist. Du wirkst auf mich eher etwas angestrengt.

Ein Zucken läuft über sein Gesicht.

- Geschenke sind eben anstrengend.

June hält den Korb wie ein Baby im Arm.

- Wieso denn?

Barber knüllt eine Banknote zusammen.

- Weil sie gratis sind. Es gibt keinen Kaufrausch.

Sie wirft Huch einen Blick zu.

- Willst du ein Glas?

Er dreht die Arme einwärts.

- Ich bin unterwegs.

Ihre Stimme bekommt einen warmen Klang.

- Du solltest dir einen Rucksack besorgen. Mit einem Glas Marmelade und Brot kommst du durch die ganze Welt.

Huch lächelt entschuldigend.

- Das ist eine gute Idee. Aber ich möchte lieber keinen Rucksack tragen.

Ein Mann geht mit bedächtigen Schritten über die Brücke.

- Hallo, ich bin Veit Alonso.

Er trägt einen kaminschwarzen Umhang mit flatternder Halsschleife.

- Ich weiß, wo deine Marmelade wirklich geschätzt wird.

June atmet mit einem kräftigen und tiefen Zug den Brustkorb empor.

- Führe uns schnell dorthin.

Alonso wirft ein Auge auf den Korb.

- Warum hast du es so eilig?

Sie presst die Beine zusammen.

- Ich möchte endlich jemanden sehen, der sich über die Marmelade freut. Sonst kommt es mir vor, dass ich sie vergebens gekocht habe.

Alonso führt sie zur schnurgeraden alten Landstraße.

- Marmelade kochen ist nie vergebens. Du wirst es gleich

214

sehen.

Breite Risse durchziehen den Asphalt. Am Straßenrand verwittern Bauruinen und Schilder mit der Aufschrift „Land zu verkaufen".

Auf einem Platz stehen unzählige Holzstühle wirr durcheinander, ohne Reihen zu bilden oder ein Muster erkennen zu lassen. Zwischen den Stühlen ist nur wenig Raum für schmale Wege ausgespart.

Barber kaut auf den Lippen.

- Entschuldigung, aber ich verstehe nicht, was die Stühle mit Marmelade zu tun haben.

Alonso stemmt den Ellbogen raus.

- Das wirst du gleich sehen.

Eine Frau stürmt über die Landstraße.

- Hallo, ich bin Line Broch.

Sie fährt sich mit der Hand durch die blonden Locken.

- Noch nie habe ich Stühle in einem solchen Durcheinander gesehen.

Alonso blickt versonnen auf den Platz.

- Ich wette, du stößt schon nach wenigen Schritten gegen einen Stuhl.

Line reibt sich die Hände.

- Du wettest? Was ist dein Einsatz?

Er deutet auf die Marmelade in Junes Korb.

- Du kannst so viel Marmelade haben, wie du willst, wenn du es schaffst, durch die Stühle zu gehen, ohne anzustoßen.

Line schlägt ein.

- Die Wette gilt.

Sie sieht eine Weinbergschnecke, die zwischen 2 Stühlen

durchkriecht.

- Ich gehe einfach der Schnecke nach.

Zentimeter für Zentimeter tappt sie in der Schneckenspur, schließt jedoch nie so dicht auf, dass die Schnecke die Fühler einzieht und sich ins Haus verkriecht.

Alonso krümmt den Rücken wie ein Fragezeichen.

- Das ist doch nicht dein Ernst?

Line verschränkt die Hände hinter dem Rücken.

- Was?

Er unterdrückt ein Gähnen.

- Dass du unendlich lang und langsam hinter einer Schnecke her läufst.

Sie verzieht keine Miene.

- Doch, das mache ich.

Alonso ringt die Hände.

- Das dauert mir zu lang.

Er läuft weg.

- Kein Mensch hat so viel Zeit.

Barber folgt ihm.

- Das halte ich nicht aus.

June stellt den Korb auf einen Stuhl.

- Ich gehe auch. Du hast die Wette gewonnen.

Mit großen Schritten läuft sie über die Landstraße.

- Keine andere würde das machen.

Line fixiert Huch aus den Augenwinkeln.

- Warum rennst du nicht davon?

Er verfolgt gebannt jede ihrer Bewegungen.

- Ich spaziere stundenlang durch die Gegend, möchte die Landschaft kennen lernen und lieber nicht rennen.

Sie kommt aus den Stühlen heraus.

- Ich begleite dich gern.

Huch tippt kurz an den Korb.

- Und was wird aus der Marmelade?

Line nimmt den Korb.

- Sie gehört jetzt mir. Ich bin gegen keinen Stuhl gestoßen und habe sie rechtmäßig gewonnen.

Sie schraubt den Deckel auf.

- Ah, das ist Himbeerkonfitüre. Riech mal.

Er hält die Nase übers Glas.

- Sie riecht sehr stark nach Himbeeren.

Line sticht mit dem Finger in die Luft.

- Was ist? Tunk den Finger ein. Riechen allein genügt nicht. Du musst sie auch schmecken.

Huch schiebt die Daumen in die Tasche.

- Ich kann doch später Himbeerkonfitüre essen.

Sie taucht ihren Finger in die Marmelade, schleckt ihn ab.

- Du sollst doch nur probieren. Wer redet von essen?

Ein Mann überquert die Landstraße.

- Hallo, ich bin Enrico Wilke.

Er trägt sandweiße Hosen und eine meerblaue Matrosenjacke.

- Ich möchte die Marmelade auf die Bühne bringen.

Line legt den Kopf schief.

- Was meinst du damit?

Wilke geht auf der Landstraße voran.

- Ich zeige es euch gern.

Eine hohe Wolke gleitet über eine Altstadt mit Türmen und engen Gassen. Wilke führt Line und Huch durch einen Hinterhof zu einem alten Theater. Er öffnet eine Tür.

- Das ist der Bühneneingang.

Sie treten ein, gelangen durch einen schmalen Gang auf die Bühne. Als Wilke den schweren roten Plüschvorhang öffnet, steigen Staubwolken in die Lichtkegel der Scheinwerfer.

Er deutet auf einen wackligen Tisch.

- Stell den Korb darauf.

Line stellt den Korb ab.

- Was machen wir jetzt?

Wilke schreitet die Bühne ab.

- Ich weiß es nicht. Ich habe noch nie ein Stück mit Marmelade gemacht.

Die Tür ganz hinten im Zuschauerraum knarrt.

Eine Frau tritt ins Theater.

- Hallo, ich bin Abigail Henschel.

Sie trägt einen Pelz, lange Handschuhe aus samtweichem Leder und hält einen Laib Brot hoch.

- Darf ich auf die Bühne kommen?

Wilke schaut Huch in die Augen, ohne zu blinzeln.

- Du hast noch gar nichts gesagt.

Abigail schreitet durch die Stuhlreihen.

- Sag etwas. Das ist dein Auftritt.

Huch lacht laut.

- Das kann doch nicht euer Ernst sein. Ich bin der Zuschauer.

Line wiegt sich mit heftigen Kopfbewegungen hin und her.

- Nein, du stehst auf der Bühne. Der Zuschauerraum ist unten.

Wilke starrt durch ihn hindurch.

- Sei kein Spielverderber. Sag irgendetwas.

Huch tritt an die Rampe.

- Hallo.

Abigail stellt sich vor die Treppe, die zur Bühne hinaufführt.

- Darf ich raufkommen?

Line rempelt ihn an.

- Sag ja oder nein.

Huch fühlt ihre Hand auf seinem Arm.

- Was würdet ihr an meiner Stelle sagen?

Wilke verschränkt die Arme hinter dem Kopf.

- Natürlich ja.

Huch berührt mit der Hand Lines Schulter.

- Würdest du auch ja sagen?

Sie dreht sich nach ihm um.

- Das ist doch selbstverständlich.

Er sagt zu Abigail mit einem Zwinkern in den Augenwinkeln.

- Sei so gut und komm auf die Bühne.

Abigail tippelt die Treppe hoch.

- Darf ich dir einen Tipp geben?

Er lehnt zwanglos gegen den Tisch.

- Ja, das wäre freundlich.

Sie gibt ihm das Brot.

- Stell nicht so viele Fragen. Auf der Bühne hast du das Sagen. Du bist der gefragte Mann. Also, was geschieht mit dem Brot? Was hast du vor?

Huch legt das Brot auf den Tisch.

- Ich lege es ab.

Line pirscht sich an ihn heran.

- Wir haben Brot und Marmelade auf dem Tisch. Das Stück kommt in Gang. Hast du eine Idee?

Seine Augen irren suchend durch den Saal.

- Wenn jetzt jemand käme und ein Brotmesser hätte,

könnte er das Brot schneiden.

Knarrend springt die Tür auf. Ein Kellner wirbelt in den Saal.

- Hallo, ich bin Cornelius Costa.

Er trägt eine Fliege und eine bis auf die Füße fallende Schürze, hat ein Brotmesser in der Hand.

- Du bist ein Schauspieler, der alles im Griff hat.

Huch hält die Hand weit offen.

- Wer? Ich?

Costa schreitet zielstrebig durch den Saal.

- Ja, du hast genau im rechten Moment das Richtige gesagt.

Er kommt auf die Bühne.

- Jetzt gibst du mir eine Anweisung.

Huch wirkt zunächst scheu, fast schüchtern.

- Nun, wenn du schon das Messer hast, dann schneide bitte das Brot.

Costa steigt auf die Bühne.

- Ich mag klare Anweisungen.

Er schneidet das Brot.

- Ich werde viele Stücke schneiden. Was können wir damit machen?

Wilke fasst Huch an die Schulter.

- Das Spiel läuft. Sag einfach irgendetwas.

Huch tritt 2 Schritte beiseite.

- Also gut, leg die Brotstücke auf dem Tisch aus.

Abigail hebt die Hand.

- Das freut mich riesig, dass mein Brot geschnitten wird.

Die Saaltür öffnet sich.

Hereintritt eine Frau.

- Hallo, ich bin Hanne Petit.

Sie hat sich puppenhaft rote Kreise auf die Wange gemalt, trägt einen Löffel und ein Frühstücksmesser.

- Ich löffle sehr gern Konfitüre aus dem Glas und streiche sie aufs Brot. Wie findet ihr das?

Costa flüstert Huch ins Ohr.

- Ruf sie auf die Bühne.

Huch blinzelt in den Scheinwerfer.

- Warum rufst du sie nicht selber?

Costa reibt den Nacken am Haaransatz.

- Du hast gewünscht, dass ich das Brot schneide und auslege. Darauf konzentriere ich mich.

Huch stolpert die Treppe in den Saal hinunter.

- Hallo, Hanne. Du bist willkommen.

Sie beißt sich auf die Unterlippe.

- Dankeschön. Dann würde ich also auf die Bühne gehen und beginnen?

Huch drückt ihr die Hand.

- Ja, fang an.

Hanne huscht auf die Bühne.

- Das Stück gefällt mir. Auch die Leute im Saal werden einbezogen.

Sie öffnet ein Marmeladenglas.

- Ist das in deinem Sinn?

Huch geht durch die Stuhlreihen zur Saaltür. Er bleibt stehen.

- Was meinst du genau?

Hanne hält das Glas hoch.

- Ich habe es aufgeschraubt und werde Marmelade auf ein Brot löffeln.

Huch öffnet die Saaltür.

- Gut, dann kannst du sie gleich verstreichen.

Line stellt sich an die Rampe.

- Darf ich das erste Brot essen?

Er richtet den Blick auf die Bühne.

- Frag die anderen, ob es für sie in Ordnung ist.

Wilke tigert auf der Bühne herum.

- Nein, du musst sagen, wer die erste Schnitte kriegt.

Auf der Schwelle ruft Huch.

- Von mir aus kann Line die erste bekommen. Nachher sorgt ihr dafür, dass alle ausreichend versorgt werden.

Abigail setzt ein breites Lächeln auf.

- Was bist du doch für ein guter Schauspieler! Du kannst dich auch ganz hinten im Saal noch in Szene setzen.

Er schließt die Tür hinter sich, spaziert auf einer Straße durch die Altstadt. Schilder kleben alle paar Meter in den Schaufenstern.

- Zu verkaufen.

An den Türen der Geschäfte stehen kurze Botschaften, wie zum Beispiel.

- Bin immer für dich da, nur nicht jetzt.

- Bin gleich zurück.

Im Schritttempo rumpelt ein verbeulter Kleintransporter heran.

Ein Mann beugt sich aus dem Fenster.

- Hallo, ich bin Dustin Strubel.

An seine Mütze ist ein Schildchen gesteckt.

- Schau meine Mütze an. Was fällt dir auf?

Huch öffnet die Lippen leicht, als würde er gerade ganz tief durchatmen.

- Sie ist auf deinem Kopf.

Strubel tippt auf das Schildchen.

- Du bist witzig. Natürlich ist sie auf meinem Kopf. Aber kannst du das Schild lesen?

Huchs Blick flattert.

- Ja, kann ich. Da steht „vergesslich".

Strubel zeigt mit ausgestrecktem Arm auf ihn.

- Bist du vergesslich?

Huch kräuselt ein wenig die Nase.

- Ja, es kommt vor, dass ich etwas vergesse.

Strubel drückt ihm einen Zettel in die Hand.

- Ich habe eine Hilfe für dich.

Er kuppelt ein, drückt aufs Gas.

- Bewahre den Zettel gut auf.

Der verbeulte Kleinlastwagen hustet, röhrt und miaut. Dann fährt er rumpelnd davon.

Eine Frau kommt mit federnden Schritten auf Huch zu.

- Hallo, ich bin Minna Kang.

Sie trägt ein pfefferminzgrünes Kostüm.

- Was hast du für einen Zettel in der Hand? Darf ich?

Sie nimmt ihm die Notiz aus der Hand.

- Handleserin … ah, du suchst die Handleserin.

Huch winkelt den Fuß an.

- Steht das auf dem Zettel?

Minna weist auf sich selbst.

- Was auf dem Zettel steht, ist nicht wichtig.

Sie steckt ihn ein.

- Ich bin eine Handleserin, kann dir aus der Hand lesen, wie es dir geht.

Huch fährt über seine Fingerkuppen.

- Ich habe so das Gefühl, dass es mir gut geht.

Vierzehntes Kapitel

Der Wal ist eine Umkleidekabine

Minna nimmt seine Hand.

- Das freut mich, dass du das Gefühl hast. Aber weißt du auch, was du brauchst?

Er spannt die Schultern an.

- Steht das in meiner Hand?

Sie hebt die Augenbraue.

- Genau. Du brauchst eine Hose, die mit einer Touchscreen-Funktion ausgestattet ist.

Huch reiß die Augen auf.

- Darauf wäre ich nun wirklich nicht gekommen. Wozu brauche ich eine Touchscreen-Funktion?

Minna führt ihn um ein Steinhaus herum in eine staubige Seitengasse, schließt die Tür zu einem Laden auf.

- Ich zeige es dir gern.

Sie holt einen Klappstuhl hinter dem Ladentisch hervor, klappt ihn auf.

- Zieh deine alten Hosen aus. Du kannst sie über die Lehne legen.

Huch streift die Schuhe und die Hosen ab.

- Musst du meine Größe wissen?

Minna öffnet eine Schublade.

- Nein, das ist nicht nötig.

Sie reicht ihm Jeans. Der Stoff ist mit Goldfäden

durchwoben.

- Ich habe die Größe aus deiner Hand gelesen.

Huch schlüpft in die Hosen.

- Tatsächlich, sie passen.

Er zieht die Schuhe an, verlässt den Laden.

- Dankeschön, solche Jeans sieht man nicht alle Tage.

Minna eilt ihm nach.

- Moment, soll ich dir nicht die Touchscreen-Funktion erklären?

Huch geht durch die staubige Seitengasse.

- Vielleicht später. Im Moment ruft kein Mensch nach einer Funktion. Und ich selber brauche sie am allerwenigsten.

Ihre Mundwinkel zucken.

- Das kann sich rasch ändern.

Die Gasse führt zu einer Straße mit gewölbtem Pflaster. Sie ist eingefallen und wellig. Die Randsteine sind geborsten. Vom schmalen Gehsteig ist nur ein Rest übrig geblieben. Ein Mann stolpert über den Randstein.

- Hallo, ich bin Fred Funk.

Er trägt einen kragenlosen, indigofarbenen Anzug.

- Das ist gut, dass deine Hosen eine Touchscreen-Funktion haben.

Huch breitet die Arme aus wie eine Waage der Gerechtigkeit.

- Ich kann das nicht beurteilen, mache nichts Anderes als herumlaufen und die Gegend anschauen.

Funk deutet auf eine Verkehrsampel.

- Sie steht die ganze Zeit auf Rot. Wir sind dringend auf deine Touchscreen-Funktion angewiesen.

Huch zieht die Nase kraus.

- Was muss ich denn tun?

Funk lässt seine Hand locker baumeln.

- Schalt die Ampel auf Grün.

Huch legt den Kopf in den Nacken.

- Ich weiß nicht, wie ich die Ampel fernsteuern kann.

Funk haut mit der Hand auf seinen Schenkel.

- Das geht so.

Huch imitiert seine Bewegung.

- Ich habe es mir schwieriger vorgestellt.

Die Ampel schaltet auf Grün. Auf der gegenüberliegenden Straßenseite klingelt ein Smartphone.

Eine Frau nimmt ihr Gerät aus der Tasche.

- Hallo, ich bin Aurelie Laski.

Sie blickt auf den Bildschirm, läuft über die Straße.

- Warum steuerst du mein Smartphone?

Huch legt den Finger an die Wange.

- Das wollte ich gar nicht. Ich habe mir nur kurz auf den Schenkel geschlagen, um die Ampel auf Grün zu schalten.

Aurelie streift über seine Jeans.

- Du bist ein Touchscreen-Künstler.

Seine Fingerkuppen zittern.

- Nein, sicher nicht. Ich trage nur diese Jeans und verstehe so gut wie nichts davon.

Ein Mann tritt auf Stelzen auf.

- Hallo, ich bin Miro Krampe.

Er trägt einen pechschwarzen Mantel.

- Moment, ich komme zu euch hinunter.

Funk starrt ihn an.

- Kannst du Seifenblasen machen?

Krampe springt von den Stelzen.

- Ja sicher, ich weiß doch, wie man Menschen glücklich macht.

Er legt die Stelzen ab, zieht eine Seifenblasendose aus der Tasche.

- Ich bin entzückt, dass ihr mir zuschaut.

Aurelies Augen blitzen.

- Wir schauen nicht nur zu. Wir haben mit deinen Seifenblasen etwas vor.

Krampe schraubt den Deckel ab.

- Darf ich fragen, was?

Funk lehnt gegen die Verkehrsampel.

- Wir haben einen Touchscreen-Künstler entdeckt.

Krampe taucht den Blasring in die Flüssigkeit.

- In dem Fall werde ich eine besonders große Blase machen.

Er spitzt die Lippen, bläst vorsichtig eine tennisballgroße Blase aus dem Ring.

- Für mich sind die Farben wichtiger als die Größe.

Schillernd schwebt die Seifenblase über die Straße.

Aurelie tippt Huch auf die Schulter.

- Lass sie mit dem Touchscreen platzen.

Er streicht sich über das Kinn.

- Ich habe keine Ahnung, wie das anstellen soll.

Funk bricht in Kichern aus.

- Leg die Hand auf die Hose.

Huch streift mit der Hand über den Oberschenkel.

- Meinst du so?

Die Seifenblase platzt.

Krampe lächelt ihm aufmunternd zu.

- Du hast es geschafft.

Hufe klackern. 2 weiße Pferde ziehen eine Kutsche.

Eine Frau sitzt auf dem Kutschenbock.

- Hallo, ich bin Claire Cavendish.

Sie trägt einen Erdbeerpullover und eine kohlenschwarze Lederhose, hält die Kutsche bei einer verwitterten Parkbank an.

- Ich suche einen Touchscreen-Künstler.

Aurelies Blick schweift zu Huch.

- Er kann eine Seifenblase zum Platzen bringen.

Claire springt vom Kutschenbock, landet mit federnden Knien vor Huch.

- Willst du mein Mann werden?

Huch senkt den Blick.

- Zuerst möchte ich ein wenig die Gegend erkunden.

Sie tigert unruhig um ihn herum.

- Aber du hast doch Hosen mit einer Touchscreen-Funktion.

Er feuchtet die Lippen mit der Zunge an.

- Ich habe vor, andere anzulegen.

Funk setzt ein sympathisches, spitzbübisches Grinsen auf.

- Ist das wahr? Gibst du mir deine Hosen?

Huch flattert mit den Armen.

- Von mir aus, wenn ich neue Hosen finde, kannst du sie haben.

Ein Mann stapft über die Straße.

- Hallo, ich bin Steven Burr.

Er trägt eine weite Hose, in der er sich ungezwungen bewegen kann, hat einen Koffer in der Hand.

- Das kann ich sehr gut verstehen, wenn einer die Nase voll hat von einer Hose mit Touchscreen-Funktion. Darf ich dir eine neue geben?

Huch atmet erleichtert auf.

- Ja gerne.

Burr stellt den Koffer auf die verwitterte Parkbank, klappt ihn auf.

- Spielst du Tennis?

Huch bleibt der Mund offen.

- Das könnte ich vielleicht einmal ausprobieren, sagt er, nachdem er sich gefasst hat.

Burr packt Jeans aus.

- Es eilt ja nicht. Was hältst du von diesen Jeans?

Huch schlüpft aus der Hose mit der Touchscreen-Funktion.

- Die gefallen mir.

Er zieht die Jeans an.

- Sie passen.

Funk geht unruhig hin und her.

- Was ist? Darf ich jetzt die Hosen mit der Touchscreen-Funktion haben oder nicht?

Huch schließt die Augen.

- Hast du meine Größe?

Funk wechselt rasch die Hosen.

- Das ist doch egal. Hauptsache, ich habe Touchscreen.

Aurelie wendet den Blick nach ihm.

- Solche Hosen hat nicht jeder Mann.

Krampe schwingt sinnlich die Hüfte.

- Sicher will dich jetzt Claire heiraten.

Claire tritt Funk mit kühler, aber nicht unfreundlicher Herablassung entgegen.

- Steig in die Kutsche.

Funks Stimme überschlägt sich.

- Sag die Wahrheit! Liebst du mich?

Sie öffnet die Kutschentür.

- Ja natürlich, mit Touchscreen unter allen Umständen.

Burr klappt den Koffer zu.

- Ich würde auch gern einmal in einer Hochzeitskutsche fahren.

Ein Lächeln huscht über Aurelies Mund.

- Wir könnten heiraten. Dann darfst du auch einsteigen.

Er bewegt sich wie in Trance.

- Ist das so einfach?

Claire nimmt ihm den Koffer ab.

- Klar, Brautpaare dürfen mitfahren.

Sie schiebt ihn in die Kutsche.

- Steh nicht lang herum.

Aurelie setzt sich neben ihn.

- Wir sind jetzt ein Paar, und das ist alles.

Krampe guckt missgelaunt.

- Ich bin leider außen vor.

Claire deutet auf die Stelzen.

- Sind das deine?

Er hebt sie auf.

- Ja. Vielleicht gehe ich zu gestelzt durchs Leben und finde darum keine Frau.

Sie nimmt ihm die Stelzen ab, packt sie aufs Dach, zurrt sie mit einem Seil fest.

- Setz dich neben mich auf den Kutschenbock und sperre die Augen weit auf.

Krampe klettert langsam auf den Bock.

- Was bringt das mir?

Claire ergreift die Zügel.

- Auf dem Weg zur Kirche sehen wir gewiss eine Frau. Dann halte ich an. Und was machst du?

Krampe hebt die Dose hoch.

- Eine Seifenblase. Die schönste, die ich je gemacht habe.

Ihr Blick wandert hin und her, bleibt an Huch hängen.

- Siehst du, mit Touchscreen ist es kinderleicht, Lebenspartner zu finden.

Er senkt die Wimpern.

- Dankeschön, das hätte ich ohne dich nie erfahren.

Claire zieht die Lippen beim Lächeln nur auf einer Seite hoch.

- Du kannst noch ganz andere Dinge erfahren. Willst du mitfahren?

Huch schaut in den Himmel.

- Nein, ich erkunde die Landschaft lieber zu Fuß.

Sie treibt die Pferde an.

- Ja dann, mach es gut.

Die Hufe klackern. Die 2 weißen Pferde ziehen die Kutsche fort.

Huch folgt der Straße mit dem gewölbten Pflaster, streift durch die verwinkelten Gassen der Altstadt.

Eine Frau kommt auf leisen Sohlen.

- Hallo, ich bin Isa Zeller.

Sie trägt eine Federboa.

- Hast du meinen Hund gesehen?

Das Gegenlicht streift über Huchs Haare.

- Wie sieht er aus?

Isa beugt den Rücken.

- Er ist groß und dunkelbraun wie ein Wolf.

Huch verschränkt die Arme vor der Brust.

- Ich habe ihn nicht gesehen.

Sie schaut zu Boden.

- Hast du eine gute Idee, wie ich ihn finden kann?

Sein Kopf ist leicht zurückgelehnt.

- Wir müssten jemanden fragen, der sich mit Hunden auskennt.

Ein Mann wandert durch die Stadt.

- Hallo, ich bin Danilo Caballero.

Er trägt einen flachsweißen Anzug.

- Ich habe eine Idee, wie du deinen Hund finden kannst.

Isa winkt ihn mit dem Zeigefinger herbei.

- Du kommst wie gerufen. Was soll ich tun?

Caballero hält die Beine eng zusammen.

- Schließ die Augen.

Sie verdreht die Augen ins Weiße.

- Dann sehe ich ja nichts.

Um seinen Mundwinkel zuckt links ein leichtes Lächeln.

- Mit geschlossenen Augen kannst du dich besser in einen meditativen Zustand versetzen.

Isa senkt den Kopf.

- Was ist denn das für ein Zustand?

Caballeros Augen haften an ihrem Gesicht.

- Du entspannst dich.

Sie winkt höflich ab.

- Ich bin überhaupt nicht verspannt.

Er spricht ruhig und konzentriert.

- Stell dir vor, wo der Hund sein könnte.

Isa schließt die Augen.

- Ich sehe ihn neben einem Glas Orangensaft.

Caballero scheut mit dem Kopf zurück.

- Ah, du hast Durst. Dann gehen wir eben einen Orangensaft trinken und machen die Übung danach von vorn.

Aus einem verfallenen Haus mit leeren Fensterhöhlen tritt eine Frau.

- Hallo, ich bin Amara Lennox.

Sie trägt im Haar Federgirlanden und bringt einen Klapptisch auf die Gasse.

- Ich serviere euch gern Orangensaft.

Isa biegt die Finger nacheinander ein.

- Ich könnte die Stühle holen. Dürfen wir helfen?

Die Frau weist auf den Eingang.

- Ja, die Stühle sind im Flur.

Isa und Caballero stellen die Klappstühle auf.

Amara serviert Gläser und eine Karaffe mit Orangensaft auf einem Tablett. Ihr Blick fällt auf Huch.

- Willst du dich nicht zu uns setzen?

Seine Arme hängen schlaff nach unten.

- Ich möchte erst die Altstadt erkunden und mich ein bisschen umsehen.

Auf dem Weg durch eine Seitengasse kommt ihm ein großer, dunkelbrauner Hund entgegen. Er legt sich auf den Rücken, wälzt sich auf den Pflastersteinen.

Huch beugt sich über ihn.

- Ich weiß, wo Isa ist. Steh auf und komm mit.

Langsam dreht sich der Hund auf die Seite, stellt sich auf die Beine, dehnt und räkelt sich. Dann folgt er Huch. Als sie in die Gasse einbiegen, läuft er los.

Isa dreht den Kopf, springt auf.

- Da bist du.

Der Hund schmiegt sich an ihre Beine. Sie streichelt ihn.

Caballero schaut Huch mit forschendem Blick an.

- Hast du selber auch einen Hund?

Huch spreizt die Finger ab.

- Nein, ich habe keinen Hund.

Isa klappt die Lider hoch.

- Ich staune, dass er mit dir lief. Er folgt sonst nur mir.

Amara atmet mit einem tiefen und kräftigen Atemzug den Brustkorb empor.

- Das hast du gut gemacht. Du hast einen Orangensaft verdient.

Caballero legt den Rücken der linken Hand in die rechte Innenhand.

- Du hast den Hund aufgespürt.

Huch hält die Arme eng am Körper.

- Nein, ich bin ihm zufällig begegnet und habe ihm gesagt, wo Isa ist.

Amara lauscht hingerissen.

- Du kannst mit Tieren sprechen.

Ein spitzbübisches Lächeln umspielt seine Lippen.

- Alle Menschen reden mit den Hunden. Das ist nun wirklich nichts Verrücktes.

Sie nippt am Orangensaft.

- Ich habe den besten Saft der Welt. Setz dich zu uns.

Er zieht sich langsam in die Seitengasse zurück.

- Dankeschön für die Einladung. Ich sehe mir noch ein paar Gassen an. Vielleicht laufe ich dabei im Kreis herum, und wir sehen uns gleich wieder.

Die Seitengasse ist eng, führt zu einem Platz. Dort ist eine rebenschwarze Bühne aufgebaut. Ein goldener Ball rollt auf der Rampe hin und her, nah an der Treppe vorbei, die auf die Bühne führt.

Ein Mann flitzt um die Ecke.

- Hallo, ich bin Jon Palmer.

Er trägt einen löwenzahngelben Anzug.

- Siehst du, was ich sehe?

Huch dreht den Kopf.

- Meinst du den goldenen Ball?

Palmer fährt sich durchs Haar.

- Mein Traum ist es, auf die Bühne zu steigen und ihn zu holen.

Huch hebt die Hand.

- Gefällt dir der Ball?

Palmer rauft sich die Haare.

- Nicht nur mir. Alle wollen Gold.

Eine Frau geht über den Platz.

- Hallo, ich bin Beatrice Hannay.

Sie trägt eine Schleife am Kleid.

- Gold ist das wertvollste Metall.

Palmer streicht einen Haarschopf aus der Stirn.

- Steigst du auf die Bühne?

Beatrice dreht den Oberkörper.

- Ich dränge mich nie vor.

Er lehnt zurück.

- Ich auch nicht.

Sie schenkt Huch einen blitzenden Augenaufschlag.

- Gehst du?

Er steht breitbeinig da.

- Ich bin am Spazieren und brauche keinen Ball.

Palmer streicht durch das Haar.

- Es wäre nur ein kurzer Auftritt. Du steigst rauf, nimmst

den Ball, kommst wieder herunter.

Beatrice stellt sich vor Huch hin.

- Bei dir stimmt alles.

Palmer pflichtet ihr bei.

- Du siehst aus, als wärst du auf der Bühne zur Welt gekommen.

Huch biegt die Finger ein.

- Alle Menschen sehen so aus.

Beatrice leckt über eine Lippe.

- Wie auch immer, du traust dich.

Er zieht die Augenbrauen hoch.

- Ihr traut euch doch auch.

Palmer lächelt schief und schüchtern.

- Bei mir ist das ganz anders. Ich käme mir irgendwie ausgestellt vor.

Beatrice fängt an zu kichern.

- Genau! Schon auf der Treppe würde mich ein unangenehmes Gefühl beschleichen, als würde ich im nächsten Moment über das ganze Gesicht rot anlaufen.

Er tippt sich mit der Fingerspitze gegen das Kinn.

- Und ich hätte große Angst, ausgelacht zu werden.

Sie legt die Hand auf Huchs Brust.

- Du hingegen bleibst ganz cool.

Palmer reckt das Kinn vor.

- Wir schauen dir gern zu.

Huch verdreht die Hände.

- Ich schaue auch lieber zu.

Beatrice neigt den Kopf leicht zur Seite.

- Mach eine Ausnahme!

Er steigt die Treppe hoch.

- Ist es so richtig?

Palmer klatscht in die Hände.

- Goldrichtig! Und jetzt: Nimm den Ball!

Huch bückt sich, hebt ihn auf.

- Wer möchte ihn fangen?

Palmer verschränkt die Arme hinter dem Rücken.

- Behalt ihn ganz einfach und bleib so stehen! Ich hole eine Kamera.

Er läuft weg.

- Das gibt ein wunderbares Bild.

Huch wendet sich an Beatrice.

- Willst du den Ball?

Sie rennt fort.

- Nein, ich trommle ein paar Leute zusammen, die gern Theater sehen. Es dauert nicht lang.

Huch legt den Ball ab.

- Ich möchte auch nicht auf der Bühne Wurzeln schlagen.

Ein Mann kommt näher, hemmt seinen Schritt.

- Hallo, ich bin Nikolai Ströher.

Er ist nur mit einer Sporthose bekleidet.

- Darf ich auf die Bühne kommen?

Huch neigt den Kopf.

- Ja. Möchtest du den Ball haben?

Ströher trippelt die Treppe hoch.

- Nein, ich würde gern Wurzeln schlagen.

Huch zieht das Kinn zurück.

- Wo denn? Auf der Bühne?

Ströher läuft am Ball vorbei, stellt sich in der Mitte der Bühne an die Rampe.

- Ja, genau hier.

Seine Beine bedecken sich mit schuppenartiger Rinde.
Aus den Zehen wachsen feine Wurzelstränge, schlagen in
den Bühnenboden.

- Ah, das tut gut sich zu verwurzeln.

Huch steigt von der Bühne.

- Brauchst du etwas Wasser?

Ströher lächelt gelöst.

- Lass das nur meine Sache sein. Wurzeln finden immer
Wasser, selbst wenn sie den Fels sprengen müssen.

Huch tritt beschwingt ins Sonnenlicht hinaus und blinzelt.

- Ja, dann wünsche ich dir gutes Anwachsen.

Ströhers Beine sind zu einem Baumstamm verwachsen.

- Ich habe nur 3 Ziele im Leben: Wurzeln, Wurzeln, Wurzeln.

Huch gelangt durch eine Gasse zu einem Platanenplatz.
Die Blätter leuchten hellgrün.

Eine Frau zeichnet fliegende Fische an eine Mauer.

- Hallo, ich bin Caitlin Borelli.

Sie trägt eine dunkelblaue Bluse.

- Gleich wird ein Wal landen.

Huch vergräbt seine Hände tief in den Hosentaschen.

- Wo wird er landen?

Caitlin deutet mit leuchtenden Augen auf die Grünfläche
zwischen den Bäumen.

- Im Park auf dem Rasen hat er genug Platz.

Huch geht unter den Bäumen durch.

- Ja, kein Wal landet ohne Platz.

Der Himmel verdunkelt sich. Ein Wal fliegt eine Landekurve
und setzt auf dem Rasen auf. Er sperrt das Maul auf.

Ein Mann spaziert aus seinem Bauch.

- Hallo, ich bin Alexandros Wetterwald.

Er trägt eine espressoschwarze Brille.

- Der Wal ist eine bequeme Umkleidekabine.

Fünfzehntes Kapitel

Das schwarze Brett

Huchs Blick schweift über den Wald.

- Dankeschön für die Information. Von alleine wäre ich nicht darauf gekommen.

Wetterwald nimmt die Brille ab.

- Willst du dich umziehen?

Huch blickt an sich herunter.

- Vielleicht später.

Wetterwald winkelt die Ellbogen in verschiedene Richtungen.

- Der Wal hat bunte Kimonos im Bauch.

Huch antwortet mit einem Achselzucken.

- Das kann ich mir gut vorstellen. Er ist zu groß, um selber in einen Kimono zu schlüpfen.

Caitlin fegt unter den Parkbäumen durch.

- Ich hätte gern einen Kimono.

Wetterwald drückt ihr die Hand.

- Welche Farbe hast du lieber, Rot oder Grün?

Sie fixiert ihn mit schweren Augenlidern.

- Das ist eine gute Frage. Ich muss mich ja für eine Farbe entscheiden.

Sein Blick fällt auf Huch.

- Was denkst du? Welche Farbe passt zu ihr?

Huch schaut sich um, sieht ein Dach in leuchtendem

Ziegelrot.

- Wie gefällt euch diese Farbe?

Caitlin hibbelt und zappelt.

- So ein Rot sieht man nicht alle Tage.

Wetterwald renkt sich fast den Hals aus, um das Dach besser sehen zu können.

- Andere Frauen träumen nur von diesem Rot. Du hingegen bist kurz davor, es zu tragen.

Sie läuft in den Wal.

- Ich kann es kaum erwarten.

Wetterwald wirft ihm einen undurchschaubaren Blick zu.

- Woher hast du dieses sichere Gefühl für Farben?

Huch grätscht die Waden nach außen.

- Alle Menschen haben ein gutes Gefühl für Farben.

Wetterwald faltet die Hände.

- Ich wäre jetzt nie auf die Idee gekommen, die Farbe für einen Kimono auf einem Dach zu suchen.

Eine Frau zieht einen Handwagen.

- Hallo, ich bin Enisa Lion.

Sie trägt ein lavaschwarzes Kleid mit großen seerosen-weißen Tupfen.

- Braucht ihr einen sprechenden Spiegel?

Wetterwald schiebt die Knie zusammen.

- Hast du einen auf dem Wagen?

Enisa nimmt das Tuch von einem Standspiegel.

- Ja, kannst du mir beim Abladen helfen?

Er ergreift den Spiegel, stellt ihn beim Maul des Walfischs auf.

- Wie bringt man ihn zum Sprechen?

Der Spiegel sieht ihm in die Augen.

- Ich spreche von selber.

Enisas Wangen werden rot.

- Sprechen ist für ihn überhaupt kein Problem. Er kann nur nicht still sein. Man muss ihn mit einem Tuch zudecken, sonst hört er gar nicht auf zu reden.

Die Stimme des Spiegels tönt hohl.

- Das stimmt nicht. Ich rede nur, wenn ich gefragt werde.

Caitlin tritt im ziegelroten Kimono aus dem Maul des Walfischs.

- Danke, dass ihr einen Spiegel aufgestellt habt.

Sie betrachtet sich.

- Ich weiß nicht, ob mir dieses leuchtende Rot steht.

Der Spiegel blickt sie neugierig an.

- Kannst du dir vorstellen, wie du in einem grünen Kimono aussehen würdest?

Caitlin blinzelt in der Sonne.

- Grün macht mich klein. Müsste ich da nicht etwas größer sein?

Der Spiegel blitzt.

- Zögere nicht! Zieh dich um!

Caitlin läuft in den Walfischbauch.

- Wenn du meinst.

Der Spiegel richtet seinen Blick auf Wetterwald.

- Dir würde ein gelber Kimono stehen.

Wetterwald begibt sich in den Wal.

- Das muss ich ausprobieren.

Der Spiegel fixiert Enisa.

- Diese Kleider mit Tupfen sehen alle gleich aus. Du solltest einen blauen Kimono tragen.

Enisa blickt ins Walmaul.

- Darf ich hineingehen?

Der Spiegel lacht.

- Klar darfst du. Ich erlaube es dir.

Er wechselt ein paar Worte mit Huch.

- Was ist deine Lieblingsfarbe?

Huch räkelt sich.

- Ich trage häufig blaue Kleider.

Der Spiegel behält ihn genau im Blick.

- Das mag für Alltagskleider angehen und zu dir passen. Nun suchen wir jedoch eine Farbe für den Kimono.

Huch geht einen Schritt zur Seite, einen nach hinten.

- Darf ich dazu etwas sagen?

Der Spiegel verfolgt ihn aufmerksam mit funkelnden Augen.

- Ja sicher, du bist gefragt.

Huch zuckt bedauernd mit den Schultern.

- Meine Alltagskleider sind bequem genug. Ich werde nicht im Kimono durch die Gegend spazieren.

Der Spiegel erblasst.

- Es geht nicht ums Spazieren. Du solltest dich entspannen.

Huch verlässt den Park.

- Ich möchte eben die Landschaft erkunden. Beim Spazieren mache ich die meisten Entdeckungen.

Er gerät über einen Feldweg in eine Wildnis aus Brombeerranken, Büschen und von Waldreben überwachsenen Bäumen, geht tiefer in den Wald hinein. Den Boden einer Lichtung bedecken runde, lose Steine, feuchtes Moos, winzige Orchideen und üppige Farnwedel. Das kühle Licht eines Getränkeautomaten scheint zwischen den Bäumen durch.

Ein Mann bewegt sich mit wiegenden Schultern.

- Hallo, ich bin Juri Jank.

Er trägt ein birkenweißes Pudelkostüm.

- Hast du Durst?

Huch wackelt mit dem Kopf.

- Etwas später werde ich schon etwas trinken.

Jank tritt vor den Automaten.

- Ich besorge uns eine Dose. Etwas trinken kann nie schaden.

Er schnappt nach Luft.

- Ich bin so unentschlossen. Welche Taste soll ich wählen?

Eine Frau geht forschen Schrittes auf ihn zu.

- Hallo, ich bin Rabia Gad.

Sie trägt 5 Ringe an der linken Hand.

- Drücke die Taste mit der Gitarre.

Jank schüttelt die Arme.

- Was für ein Getränk ist das?

Rabia lässt den Kopf leicht nach vorne kippen.

- Lass dich überraschen.

Er wählt die Taste.

- Ich bin gespannt.

Eine Dose fällt in den Schacht.

Jank nimmt sie heraus.

- Sie hat eine Gitarre auf der Etikette. Ist das Sirup oder Saft?

Rabia lacht laut auf.

- Öffne den Deckel, und du weißt es.

Er reißt die Lasche auf.

- Wenn ich etwas aufmache, muss es schnell gehen.

Eine Wolke dringt aus der Öffnung, verfärbt sich hellbraun

und verdichtet sich zu einer Gitarre.

Jank lässt die Dose fallen, ergreift die Gitarre.

- Eine Gitarre aus der Dose! Und ich kann sie anfassen.

Rabia ermuntert ihn mit einem Augenaufschlag.

- Spiel uns etwas vor.

Ein Mann schreitet langsam heran.

- Hallo, ich bin Jean Lever.

Er trägt einen geringelten Pullover.

- Da liegt eine Dose am Boden.

Jank setzt ein sympathisches, spitzbübisches Grinsen auf.

- Ich mache dir einen Vorschlag. Du spielst Gitarre, und ich hebe die Dose auf.

Lever zieht die Augenbraue kurz hoch.

- Ich höre wahnsinnig gern Gitarrenmusik, kann aber leider nicht spielen. Ich könnte die Dose auflesen, während du spielst.

Jank reicht ihm die Gitarre.

- Versuch es mal.

Er bückt sich, ergreift die Dose.

- Ich könnte dazu mit den Fingern aufs Blech trommeln.

Lever schaut mit einer Kopfdrehung zu Rabia.

- Du hast so schöne Hände, wie eine Gitarristin.

Sie sieht zu Boden.

- Das stimmt nicht. Meine Hände sind zu klein.

Er wendet sich mit freundlicher Stimme Huch zu.

- Du hast noch gar nichts gesagt.

Huch sagt beinahe entschuldigend.

- Ich höre euch gern zu, denke aber ganz anders: Es gibt unzählige Möglichkeiten, Gitarre zu spielen. Jeder Mensch kann eine oder mehrere erfinden.

Lever übergibt ihm die Gitarre.

- Ich dachte es. Du kennst dich mit Gitarren aus.

Jank streift die Haare zurück.

- Spiel uns etwas vor.

Huch setzt sich auf einen großen runden Stein.

- Gleich seht ihr, wie einfach das geht.

Er spielt eine kurze Melodie, begleitet sie mit Akkorden.

Ein Strohbesen fliegt durch die Luft, kreist um ihn herum.

Huch hält inne, der Besen landet im Moos.

Eine Frau stolpert auf die Lichtung.

- Hallo, ich bin Wiebke Volta.

Sie trägt Netzstrümpfe.

- Da liegt mein Besen. Plötzlich ist er davongeflogen.

Rabia spitzt die Lippen.

- Ich würde auch am liebsten fliegen.

Sie tänzelt wie eine Feder zu Huch.

- Spiel weiter.

Huch zupft die Saiten.

- Ich spiele noch ein Stück. Dann seid ihr an der Reihe.

Wie von unsichtbarer Hand geführt, hebt der Besen den Stiel, fliegt auf und saust in weiten Bögen durch die Luft.

Levers

 Herz schlägt schneller.

- Das ist sehr überraschend.

Juri hält sich die linke Hand an die Stirn.

- Wir sollten unsere Freunde holen.

Rabia stößt sich kräftig mit den Beinen vom Boden ab.

- Wir machen ein Fest mit Musik und Besenflug.

Lever fegt davon.

- Wir tun einen Zirkus auf.

247

Wiebke stiebt von der Lichtung.

- Ich hole noch mehr Besen.

Juri läuft ihr nach.

- Ich helfe dir tragen. Das wird ein richtiger Flugtag.

Als alle weggerannt sind, hört Huch auf zu spielen. Der Besen landet neben ihm. Huch steht auf, lehnt die Gitarre an den großen, runden Stein.

- Ich gehe lieber spazieren.

Er folgt einem Weg, der aus dem Wald hinausführt. Dichte Hecken fassen ihn ein, lichten sich bei einem Glashaus. Die Tür steht offen.

Eine Frau tritt heraus.

- Hallo, ich bin Bente Delaney.

Sie trägt ein silbernes Glitzerjackett.

- Du kommst genau im rechten Moment.

Huch schaut vergnügt aus.

- Die Zeit kann nicht angehalten werden. Und so komme ich immer im Moment, wo ich komme.

Bente schaut ihn mit unbefangener Direktheit an.

- Wir müssen eine Vase retten.

Sie zeigt auf einen schmalen Sandweg.

- Es geht da lang.

Er senkt den Kopf.

- Zur Vase?

Bente eilt voraus.

- Ich wäre froh, wenn du dich für die Rettung einsetzt.

Huch spürt den Sand unter seinen Füssen.

- Ich habe noch nie eine Vase gerettet.

Sie rückt das Jackett zurecht.

- Du bist noch jung.

Mit winzigen, aber sicheren Schritten trippelt ihnen ein Mann entgegen.

- Hallo, ich bin Sidney Hogg.

Er trägt einen Ledermantel und einen Wäschekorb, der mit kleinen Seidenkissen gefüllt ist.

- Diesen Korb werden wir gut gebrauchen können. Darf ich euch begleiten?

Bente reißt lächelnd den Mund auf.

- Du kommst wie gerufen.

Sie geht zu einem Platz, der mit Granitplatten ausgelegt ist. Auf einem Steintisch steht eine Vase.

Eine Frau fegt mit dem Reisigbesen jedes Staubkorn von den Platten.

- Hallo, ich bin Cosima Königstein.

Sie trägt eine eng anliegende Strickjacke.

- Ich habe Kornblumen gepflückt und in die Vase gestellt. Was macht ihr?

Bente deutet auf Huch.

- Du musst ihn fragen.

Cosima muss ein Lachen unterdrücken.

- Hast du eine Mission?

Seine Augen verharren auf der Vase.

- Nein, ich bin am Spazieren und sehe mich um.

Sie stellt sich auf ein Bein, stützt sich auf den Tisch.

- Interessierst du dich für Vasen?

Huch sagt augenzwinkernd.

- Ich finde alles interessant.

Bente reibt sich die Hände.

- Er will deine Vase retten.

Cosima schwenkt ihre Nase.

- Sie steht doch sicher auf dem Tisch. Warum willst du sie retten?

Huchs Schultern hängen herab.

- Das ist eine gute Frage.

Hogg hat einen wehmütigen Zug um die Lippen.

- Aber ich darf doch schon den Korb abstellen, oder nicht?

Huch reckt den rechten Arm empor.

- Es ist dein Korb. Du kannst ihn tragen oder abstellen.

Hogg grinst über das ganze Gesicht.

- Sagst du mir wenigstens, wo ich ihn abstellen kann?

Huch spitzt seinen Zeigefinger und zeigt auf den Boden.

- Stell ihn doch neben den Tisch.

Hogg legt den Korb ab.

- Endlich habe ich die Hände frei.

Er fragt Cosima mit einem charmanten Augenzwinkern.

- Kann ich deinen Besen haben?

Sie steht grazil da, ein Bein vor das andere gestellt.

- Willst du wischen?

Hogg stellt den Besenstiel auf seinen rechten Handteller.

- Nein, ich möchte balancieren.

Er wendet sich an Huch.

- Was meinst du? Wie lange steht er auf meinen Handteller?

Huch legt die Hände mit gespreizten Fingern auf die Hüfte.

- Wirst du ihn 20 Sekunden lang balancieren können?

Hogg tänzelt mit dem Besen auf dem Handteller.

- Nein, viel länger. Ich bin sehr optimistisch.

Der Besen fällt auf den Tisch. Das Reisig streift die Vase, kippt sie.

Hogg schnappt nach Luft.

- Ich habe einen Fehler gemacht.

Die Vase rollt über den Tischrand.

Bente kneift die Augen zu.

- Das wird kein gutes Ende nehmen.

Die Vase fällt auf die Seidenkissen im Wäschekorb.

Cosima versetzt Huch einen Stoß mit dem Ellbogen.

- Du hast die Vase gerettet.

Er lacht hell.

- Nein, Sidney hat den Korb an die richtige Stelle gelegt.

Hogg nimmt die Vase aus dem Korb.

- Ich habe mich von dir beraten lassen. Du hast alles richtig vorausgesehen.

Huch versteckt die Hände burschikos in den Hosentaschen.

- Nein, ich habe einfach auf den Boden gezeigt.

Bente büschelt den Strauß.

- Keine einzige Blume ist geknickt. Das verdanken wir alles dir.

Er legt sich die Hände auf die Ohren.

- Jetzt übertreibst du aber.

Cosima breitet mit leicht durchgebeugtem Knie die Arme aus.

- Soviel habe ich gelernt: Der Tisch ist kein sicherer Ort für die Vase. Ich suche einen Ort, wo sie weniger gefährdet ist.

Hogg übergibt Huch die Vase.

- Halte sie mal kurz. Ich begleite Cosima.

Bente schleicht um Huch herum.

- Pass gut auf sie auf. Wir sind gleich zurück.

Huch steht mit der Vase neben dem Tisch, schaut Cosima, Bente und Sidney nach, die über den Sandweg davonlaufen.

Nach einer Weile sagt er sich.

- Das kann doch nicht so schwer sein, einen guten Platz für die Vase zu finden.

Er hört Vögel zwitschern, geht durch eine Wiese.

- Hier hat es viele Blumen. Wenn ich die Vase abstelle, fällt sie nicht weiter auf.

Ein Mann streunt mit katzenartigen Bewegungen durch die Wiese.

- Hallo, ich bin Taylan Hartford.

Er trägt Jeans, Sandalen und ein fleckiges T-Shirt.

- Darf ich die Vase für dich tragen?

Huch nickt unmerklich.

- Ja gern, du darfst sie auch behalten.

Hartford nimmt ihm die Vase ab.

- Nein, ich möchte sie nur tragen. Wo stellst du sie auf?

Huch legt die Hände auf die Hüften.

- Eigentlich wollte ich sie in der Wiese abstellen.

Hartford verzieht den Mund.

- Niemand stellt eine Vase mit Blumen in eine Wiese. Wie bist denn du auf die Idee gekommen?

Nach kurzem Zögern entgegnet Huch.

- Ich würde nie selber Blumen pflücken. Aber da die Kornblumen nun mal gepflückt sind, dachte ich, sie wären in der Wiese gut aufgehoben.

Hartford lauscht den Geräuschen.

- Nein, das sind sie nicht. Ein Elefant könnte die Vase zertreten.

Huchs Haut prickelt vor Erregung.

- Gibt es hier Elefanten?

Eine Frau nimmt die Schritte im Laufschritt, gesellt sich zu ihnen.

- Hallo, ich bin Emma Miranda.

Sie hat langes, kastanienbraunes Haar.

- In dieser Wiese werden aus den Schafen Elefanten.

Hartford geht mit weitausgreifenden Schritten zu einem Schaf, das im Schatten eines Baums mit hoher Krone weidet.

- Ich wünschte, es würde sich vor unsern Augen verwandeln.

Das Schaf hebt den Kopf. Eine hermelinweiße Katze im Prinzessinnenkostüm springt vom Baum, läuft ums Schaf herum, verschwindet im Schatten. Ein riesiger Elefant steht an der Stelle des Schafs, berührt mit den Ohren fast die mächtigen Äste des Wipfels.

Emma schaut Huch von der Seite an.

- Was habt ihr mit der Blumenvase vor?

Huch breitet die Arme aus.

- Wir möchten sie irgendwo hinstellen.

Sie macht eine wegwerfende Handbewegung.

- Ich will ehrlich zu dir sein. In der Wiese ist sie nicht sicher. Wenn sich mehrere Elefanten treffen, kann es passieren, dass sie einer zertrampelt.

Huch tippt sich an die Stirn.

- Da kommt mir eine ganz andere Idee. Hast du gern Vasen?

Emma senkt die Lider.

- Was empfiehlst du mir? Soll ich Vasen gern haben oder sollen sie mir gleichgültig sein?

Huch zieht den Kopf ein.

253

- Ich überlasse dir die Entscheidung. Wenn du die Vase magst, schenke ich sie dir.

Sie spielt mit ihrer Halskette.

- Das Problem ist: Ich kann mich nicht entscheiden.

Hartford weicht vor dem Elefanten zurück.

- Gehen wir ein paar Schritte weiter. Du kannst dich auch später entscheiden. Ich trage die Vase ja gern.

Emma zuckt die Achsel.

- Hast du Angst vor Elefanten?

Hartford läuft die Wiese hinunter.

- Nein, überhaupt nicht.

Er zeigt auf ein Steinhaus.

- Es sieht so aus, als hätte ich den idealen Standort für die Vase gefunden.

Das verfallene Haus steht auf einer Anhöhe über dem Fluss. Reste von eingestürzten Gebäuden deuten einen Hinterhof an.

- Wasser hat es auch noch in der Nähe. Das tut den Blumen gut.

Emma sieht die Wände genauer an.

- Die Kalksteine haben Risse.

Hartford öffnet die quietschende Tür. Beton bröckelt von rostigen Eisenträgern.

Er senkt den Blick.

- Da liegt ein Zettel im Hausflur.

Er hebt ihn auf.

- Es stehen nur 2 Worte darauf: Am Stromkasten.

Vorsichtig tappt Emma durch den Gang.

- Ich kann es fast nicht glauben, dass es hier einen Stromkasten geben soll.

Huch hebt den Kopf.

Leitungen hängen von der Decke herab.

- Es könnte sein, dass es hier einmal Strom gab.

Hartfords Gesicht hellt sich auf.

- Wir müssen nur den Leitungen folgen. So ist es leicht, den Kasten zu finden.

Am Ende des Flurs verstaubt ein alter Aluminiumstromkasten schief an der Wand. Ein Zettel klebt an der halboffenen Tür.

Emma nimmt ihn ab und liest.

- Im Hinterhof.

Sie blickt sich um.

- Ich frage mich nur, wie wir in den Hinterhof gelangen.

Ein Mann kommt durch einen Seiteneingang.

- Hallo, ich bin Arvid Job.

Er trägt eine schattenschwarze Uhr, eine schachschwarze Hose, ein rebschwarzes Shirt.

- Ich zeige euch gern den Hinterhof.

Er führt sie zu den Ruinen hinaus.

- Wenn man all diese Häuser wieder aufbaut, entsteht hier ein schöner Hof.

Emma deutet auf den Zettel.

- Wir lasen den Hinweis und dachten, hier könnte der Platz sein.

Job staunt mit hängenden Armen und offenem Mund.

- Was für einen Platz sucht ihr denn?

Hartford hält die Vase hoch.

- Wir suchen einen sicheren Platz für die Vase.

Job schreitet den Hinterhof ab.

- Habt ihr die Blumen selber gepflückt?

Huch tastet konzentriert die Ruinen mit Blicken ab.

- Nein, Cosima hat sie gepflückt.

Job schnappt nach Luft, schaut Emma an.

- Bist du Cosima?

Sie hebt den Kopf.

- Nein, ich bin Emma Miranda.

Er hält sich die Hand vors Gesicht.

- Ah, dann ist es einfach. Geht zu Cosima und fragt sie, wo sie die Vase aufstellen möchte.

Huch lässt die Schultern entspannt hängen.

- Cosima sucht selber einen Platz. Ich habe sie aus den Augen verloren.

Hartford bückt sich.

- Da liegt ein Zettel.

Emma rudert mit den Armen.

- Was steht darauf?

Er lacht verlegen.

- Am schwarzen Brett.

Job knackt mit den Fingern.

- Gibt es hier in der Nähe ein schwarzes Brett?

Eine Frau tritt heran.

- Hallo, ich bin Anna Brick.

Sie hat blassrot geschminkte Lippen.

- Ich weiß, wo ein schwarzes Brett ist.

Hinter den Ruinen führt ein schmaler Weg durch einen von windschiefen Birken durchsetzten Wald.

Emma geht neben Anna.

- Ist es weit?

Anna schüttelt einen Stein aus der Sandale.

- Nein, wir sind gleich da.

Hartford drängt sich zwischen die beiden Frauen.

- Wenn man für die Vase einen rechten Platz sucht, darf man nie aufgeben.

Emma springt mit weit ausgestreckten Beinen wie ein Flugkörper über einen Farn.

- Du hast eben die Verantwortung für die Vase übernommen.

Ihm stockt der Atem.

- Nein, ich trage nur die Vase, nicht die Verantwortung.

Ein Fels versperrt den Weg. Daran ist ein schwarzes Brett geschraubt.

Job läuft mit stolz geducktem Gang darauf zu.

- Ich sehe einen Zettel. Er ist mit Bleistift geschrieben.

Sechzehntes Kapitel

Der Wal schwebt fort

Anna öffnet die Beine eine Spur breiter.

- Kannst du die Schrift lesen?

Er nimmt den Zettel vom Brett.

- Ja, da steht: Sandbank.

Hartford lehnt erleichtert zurück.

- Darauf hätten wir gleich kommen können. Auf einer Sandbank im Fluss steht die Vase sicher.

Er wendet sich an Emma.

- Was denkst du?

Sie trocknet sich die schweißnasse Nase.

- Ich bin beruhigt.

Mit dem Zettel in der Hand schreitet Job voran zum Flussufer.

- Die Notiz war eine große Hilfe.

Das Wasser schimmert schlangengrün, strömt um die weich geschwungene Sandbank.

Job zieht die Schuhe aus.

- Du kannst die Vase mir geben. Ich wate gern zur Sandbank hinüber.

Anna schlüpft aus den Sandalen.

- Mir macht es auch keine Umstände.

Hartford stellt die Vase auf einen Uferstein.

- Nein, das kommt nicht in Frage.

Er streift die Schuhe ab.

- Ich habe versprochen, sie zu tragen.

Emma schaut zur Sandbank hinüber.

- Sie sieht wie eine Insel aus.

Nachdem sie die Schuhe abgelegt hat, krempelt sie die Hosenbeine hoch, stakst durchs wadenhohe Wasser.

- Wir können sie erforschen.

Die andern folgen ihr.

Huch bleibt am Ufer zurück.

- Dankeschön, dass ihr mir die Vase abgenommen habt.

Job dreht sich um.

- Willst du nicht den Standort persönlich bestimmen?

Huch gibt sich einen Ruck.

- Nein, das ist doch nicht nötig. Ich sehe mir lieber den Uferweg an.

Er spaziert den Fluss entlang. Schmale Wasserarme mäandern durch den Wald.

Ein Mann kundschaftet das Ufer aus.

- Hallo, ich bin Pierre Bast.

Seine Haare stehen wirr ab. Er trägt einen langen goldenen Mantel.

- Möchtest du eine Duftkerze?

Er öffnet eine Tasche, kramt eine Kerze hervor.

Huch wehrt ab.

- Nein, hier hat es viele Blumen, blühende Sträucher, Bäume, mehr Düfte, als ich bestimmen kann.

Bast räumt ein.

- Das stimmt. Aber all diese Düfte locken keinen fliegenden Elefanten an.

Huch schiebt die Unterlippe vor.

- Was? Gibt es hier fliegende Elefanten?

Bast nimmt eine Schachtel Streichhölzer aus der Tasche.

- Zünde die Kerze an, und du wirst sie sehen.

Huch tritt von einem Bein aufs andere.

- Du machst das sicher sehr gut. Ich schaue dir gern zu.

Bast lässt die Schultern hängen.

- Nun, es ist doch sicher keine große Kunst, ein Streichholz anzuzünden.

Huch steckt die rechte Hand in die Hosentasche.

- Vielleicht hast du deinen eigenen Stil.

Bast stellt die Füße eng zusammen.

- Nein, ich zünde sie so schnell und gedankenlos an wie alle Leute.

Huch steht reglos da wie eine Schaufensterpuppe.

- Ich kann es nicht glauben. Es hat doch jeder seinen eigenen Stil, die Schachtel zu öffnen, das Streichholz herauszuklauben und über die Reibefläche zu streichen.

Bast stellt die Kerze auf einen Baumstrunk.

- Einen eigenen Stil? Das meinst du nur.

Er zündet die Kerze an.

- Also, siehst du etwas Besonderes?

Ein Flugschatten streift Bast.

Huch schaut auf.

- Ja, ein Elefant fliegt an.

Neben einem schmalen Seitenstrang des Flusses landet der Elefant, legt die Flügel an, hebt den Rüssel und kommt zur Duftkerze.

Bast sagt mit halb geschlossenen Augen.

- Was würdest du gern tun?

Der Elefant trompetet kurz.

Bast lächelt ihm schüchtern zu.

- Du würdest gern baden.

Er schlägt einen Trampelpfad ein.

- Gehen wir zum See hinunter!

Der Elefant folgt ihm, bleibt stehen, dreht sich um.

Bast wirft Huch einen Blick zu.

- Er will, dass du mitkommst. Er betrachtet uns als seine Herde und möchte, dass wir zusammenbleiben.

Huch streicht sich das Haar aus dem Gesicht.

- Ist es weit bis zum See?

Bast legt den Zeigefinger an die Wange.

- Es sind nur wenige Schritte, und wir sind gleich da.

Der See leuchtet durch die Bäume. Das Wasser ist tiefblau, schimmert im Licht türkis. Er spült Wellen an den Kieselstrand. Sie klingen von ferne wie singende Stimmen.

Bast klopft sich den Staub von den Kleidern.

- Ein Bad würde uns gut tun.

Der Elefant taucht den Rüssel ins Wasser, wirft ihn auf und spritzt Bast an.

Er japst nach Luft.

- Der Elefant versteht uns. Willst du auch eine Dusche?

Huch steht neben einer Buche.

- Später, vielleicht. Ich würde zuerst gern den Strand erkunden.

Ein Wal schwimmt heran, öffnet das riesige Maul. Der Elefant geht hinein.

Bast watet durchs Wasser.

- Ich wollte schon lang einmal im Bauch des Wals reisen.

Er steigt ins Maul, blickt zurück.

- Komm schnell! Die Gelegenheit ist einmalig.

Huch verharrt.

- Stört es dich, wenn ich am Ufer bleibe?

Bast kratzt den Nasenrücken.

- Nein, bleib nur, wenn es dir Spaß macht.

Er zieht sich in den Walbauch zurück.

- Wir werden uns wieder treffen.

Der Wal schließt das Maul, blickt Huch an, taucht ab, schlägt mit dem Schwanz. Eine mächtig heranrollende Welle verwandelt sich in sprühende Gischt. Das Wasser erfasst eine Ameise, reißt sie mit. Sie versucht sich zu retten. Huch bückt sich, lässt sie auf seine Hand krabbeln, setzt sie am Kieselstrand ab.

Eine Frau legt ihre Hand auf seine Schulter.

- Hallo, ich bin Mila Bur.

Sie hat dunkelrot-lila geschminkte Lippen.

- Warum hast du der Ameise die Hand angeboten?

Huch schaut sie unverwandt an.

- Ich stelle mir immer vor, was geschehen könnte, und freue mich, wenn es geschieht.

Mila führt ihn auf einen Berg voller Farn.

- Darf ich dir eine Raupe zeigen?

Er riecht den Farn.

- Ja. Ist es eine Raupe, die ich noch nie gesehen habe?

Sie deutet auf eine schmale apfelgrüne Raupe.

- Das weiß ich nicht. Hast du sie schon einmal gesehen?

Huch beobachtet die Raupe.

- Nein, ich sehe sie zum ersten Mal.

Sie zieht den Körper zusammen, schiebt sich vorwärts, fällt herunter, kämpft sich von neuem hoch.

Mila dreht sich um die eigene Achse.

- Siehst du, sie rettet sich selber. Alles Leben ist Problemlösen.

Huch folgt der Raupe mit den Augen nach.

- Ich stelle mir eben vor, wie ich das Problem des Problemlösens lösen könnte.

Ein Mann wandert über den Farnberg.

- Hallo, ich bin Bo Orland.

Er trägt einen mausgrauen Anzug und eine goldene Brille.

- Seid ihr Naturforscher?

Mila beschäftigt beide Hände mit den Haaren.

- Ja, wir schauen, was eine Raupe macht.

Orland kratzt sich.

- Ihr solltet unbedingt einen Tarnanzug tragen. Es geht der Raupe besser, und sie fühlt sich sicherer, wenn ihr sie nicht mit euren Kleidern erschreckt.

Mila reckt und streckt sich.

- Ich würde es vorziehen, einen Tarnanzug zu tragen, aber ich habe leider keinen.

Orland beugt den Nacken.

- Ich träume davon, euch Anzüge anzubieten.

Er geht mit ihnen den Berg hinunter, zeigt ihnen ein alleinstehendes Haus.

- Mein Haus ist klein und alt.

Mila wölbt den Bauch nach vorn.

- Öffnest du uns die Tür?

Orland reißt sie sperrangelweit auf.

- Ja gern.

Er lässt sie in den Flur vorangehen und öffnet ein knallgrün tapeziertes Zimmer. An langen Kleiderstangen hangen Tarnanzüge in allen Größen.

Mila streift mit den Fingern darüber.

- Welchen soll ich anziehen?

Orland blickt vor sich hin.

- Ich empfehle dir einen grünen.

Sie fasst sich an den Kopf.

- Aber es sind doch alle grün.

Er verschränkt die Arme.

- Ja genau. Ich würde dir nie einen Anzug empfehlen, den ich nicht im Angebot habe.

Mila nimmt einen Anzug von der Stange.

- Gibt es hier so etwas wie eine Umkleidekabine?

Orland schlägt einen samtroten Vorhang zurück.

- Es ist an alles gedacht.

Sie zieht sich in die Kabine zurück.

Er wendet sich an Huch.

- Darf ich dir helfen? Was hast du für eine Größe?

Huch zieht die Schultern hoch und den Körper zusammen.

- Ich bin noch etwas zu jung für einen Tarnanzug.

Orland erstickt fast vor Lachen.

- Nein, nein, man ist nie zu jung für einen Tarnanzug. Es gibt auch Anzüge für Kinder. Also, man kann nie früh genug anfangen, sich zu tarnen.

Huch lehnt sich weit zurück.

- Das ist ein guter Satz. Ich werde darüber nachdenken.

Mila kommt aus der Kabine.

- Und? Wie sehe ich aus?

Orland fährt sich mit der Hand über das Gesäß.

- Er steht dir ausgezeichnet.

Sie guckt Huch an. Ihre Augen funkeln schelmisch.

- Hast du noch keinen Anzug für dich gefunden?

Er lässt den Brustkorb einsinken.

- Ich denke, wenn wir das nächste Mal bei Bo hereinschauen, weiß ich schon viel mehr als jetzt.

Mila ermuntert ihn.

- Zieh doch einfach einen Anzug an und überlege dir später, ob du ihn brauchen kannst.

Huch verlässt das knallgrün tapezierte Zimmer.

- Das wäre auch eine gute Idee.

Er geht durch den Flur ins Freie.

- Die Anzüge laufen ja nicht davon.

Eine Frau stellt sich breitbeinig mit einem Schirm vor ihm auf.

- Hallo, ich bin Lea Helferich.

In ihrem Haar sind einige Strähnen eidechsengrün gefärbt.

- Darf ich dir einen Schirm schenken?

Huch richtet den Blick gegen den Himmel. Ein Windstoß fährt durch sein Haar.

- Im Moment scheint die Sonne.

Mila tritt mit Orland aus dem Haus.

- Das Wetter ändert schnell. Man muss vorsorgen.

Lea reicht ihr den Schirm.

- Das ist ganz meine Meinung.

Mila versucht ihn aufzuspannen.

- Etwas klemmt.

Orland nimmt ihr den Schirm aus der Hand.

- Darf ich?

Er versucht mit aller Kraft, den Schieber zu bewegen.

- Kann ich zumindest einen Zentimeter schaffen?

Lea lächelt hörbar.

- Du musst die Federraste drücken.

Orland rollt die Zunge mit halboffenem Mund.

- Ich habe mir doch schon den halben Daumen aus der Hand gedrückt.

Mila betrachtet seine Hand.

- Was?

Er grätscht die Beine.

- Es war nur ein Scherz.

Lea streckt die Hand nach dem Schirm aus.

- Gib ihn mir.

Orland händigt ihn aus.

- Reden wir über etwas Anderes.

Sie drückt Huch den Schirm in die Hand.

- Du hast es bis jetzt nicht versucht.

Er zuckt zurück.

- Es ist ja auch nicht nötig. Im Moment regnet es gar nicht.

Mila kratzt sich am Kinn.

- Ich würde aber gern hören, was du von diesem Schirm hältst.

Huch spielt mit der Federraste. Mit einem Knall spannt sich der Schirm auf.

Huch schüttelt unmerklich den Kopf.

- Das ist der lauteste Schirm, den ich je gehört habe.

Ein Stück Papier fällt heraus, wird vom Wind fortgetrieben. Orland jagt hinterher.

- Mich nimmt schon sehr wunder, was auf dem Blatt steht.

Mila wendet sich an Lea.

- Weißt du es?

Sie quittiert die Frage mit einem verzerrten Lachen.

- Nein, ich habe den Schirm noch nie aufgespannt.

Mila läuft Orlando nach.

- Wir kriegen das Blatt schon.

Lea schreitet forsch davon.

- Wir sollten ihnen folgen. Sonst verlieren wir sie aus den Augen.

Huch zieht die Brauen hoch.

- Was mache ich jetzt mit dem Schirm?

Sie rennt den Hang hinunter.

- Klapp ihn zu und komm.

Er drückt die obere Federraste.

- Das ist leichter gesagt als getan.

Ein Mann stürmt den Berg hinunter.

- Hallo, ich bin Davide Fragile.

Er trägt eine Baskenmütze.

- Kannst du den Schirm nicht zumachen?

Huch atmet befreit auf.

- Willst du es versuchen?

Fragile nimmt ihm den Schirm ab.

- Sehr gern.

Er tippt die obere Federraste an. Der Schirm schließt sich.

- Weißt du, womit das zu tun hat?

Huch lehnt den linken Arm lässig an die Hüfte.

- Was?

Fragile spielt mit dem Schirm.

- Nun, dass ich spielerisch leicht Erfolg hatte.

Huch wirft den Kopf in den Nacken.

- Du kennst den Schirm.

Fragile trommelt mit den Fingern auf den Griff.

- Nein, darauf kommt es überhaupt nicht an.

Er dehnt und reckt sich.

- Ich bin durchtrainiert. Jede Faser, jeder Muskel vollbringt

Spitzenleistungen.

Huch breitet die Arme aus.

- Dann ist der Schirm bestimmt der richtige für dich.

Fragiles Augendeckel klappen zu.

- Vergiss den Schirm! Es geht um das Training.

Er deutet auf das nahe Blau des Sees.

- Möchtest du rudern?

Huch legt sich die Hände auf den Kopf.

- Ja, das könnte ich versuchen, wenn ich die Landschaft erkundet habe. Ich bin daran, mich umzusehen.

Eine Frau springt aufgekratzt hin und her.

- Hallo, ich bin Emily Mango.

Sie hat ein Seidentuch über die Schultern gelegt.

- Ich würde gern rudern.

Fragile kratzt sich vielsagend am Hals.

- Ja, dann lasse ich den Regenschirm. Komm mit mir.

Emily wirft einen fragenden Seitenblick auf Huch.

- Du bist doch auch dabei?

Fragile lehnt den Schirm gegen einen Baumstamm.

- Er möchte zuerst die Landschaft kennenlernen.

Das Seidentuch rutscht von ihrer Schulter.

Huch fängt es auf.

- Lass es nicht auf den Boden fallen.

Sie nimmt das Tuch aus seiner Hand.

- Komm doch mit uns an den See. Dort kannst du immer noch entscheiden, ob du einsteigst. Ich sage nur so viel: Mit einem Ruderboot kannst du die Landschaft wunderbar erkunden.

Er betrachtet eine Wolke. Sie schwebt watteweiß über den Bergkamm. Fragile geht voran zu einer Bucht, wo das Wasser neonblau leuchtet. Die Strahlen der Sonne verlieren sich in einem Bündel aus Licht und kleiden das Ufer in einen orangegelben Schimmer ein.

Ein Mann sitzt auf einem Bootssteg und angelt.

- Hallo, ich bin Konstantinos Condor.

Er trägt einen pfefferschwarzen Anzug.

- Wer will rudern?

Emily tritt zu ihm auf den Steg.

- Ich.

Condor will die Fischerrute Fragile übergeben.

- Halt mal. Ich mache das Boot klar.

Fragile spricht mit ausladenden Gesten.

- Es tut mir leid. Ich kann sie nicht halten. Ich fahre mit und trainiere Emily.

Condor bietet die Rute Huch an.

- Kannst du sie für einen Moment halten?

Huch beugt den Kopf.

- Und was mache ich, wenn ein Fisch anbeißt?

Condor streicht sich über den Hinterkopf.

- Dann ziehst du ihn raus.

Huch lässt den Blick unverwandt auf der Fischerrute ruhen.

- Wenn ich den See erkundet habe, überleg ich mir, ob ich das könnte.

Eine Frau hüpft auf den Bootssteg.

- Hallo, ich bin Laura Gibson.

Sie hat dunkle Haare und trägt Jeans.

- Du kannst mir die Angelrute geben. Sie ist bei mir in guten Händen.

Condor reicht ihr die Rute.

- Danke, ich muss nur die Ruder in die Halterung stecken.

Laura zwinkert ihm zu.

- Lass dir Zeit.

Er macht das Ruderboot bereit, lässt Emily und Fragile einsteigen.

- Rudern ist ein schöner Sport.

Emily springt ins Boot.

- Wem sagst du das!

Fragile folgt ihr und grinst.

- Du musst dich auf die Ruderbank setzen.

Sie setzt sich jedoch auf den Sitz beim Bug.

- Nein, so läuft das Rudern bei mir nicht. Ich sitze gern vorn und gebe Anweisungen.

Zögernd nimmt Fragile auf der Ruderbank Platz.

- Ich dachte, du willst rudern lernen.

Emily sonnt sich.

- Ja, ich lerne am meisten, wenn ich die Anweisungen gebe. Greif die Ruder! Eins! Zwei!

Widerstrebend rudert er nach ihren Anweisungen auf den See hinaus.

- Wollen wir nicht ein bisschen die Stille genießen?

Sie lehnt zurück.

- Ich genieße sie voll. Eins! Zwei!

Condor horcht.

- Die Beiden sind ein gutes Team, kommen schnell voran.

Er dreht sich nach Laura um.

- Danke fürs Halten! Du kannst mir die Rute geben.

Laura deutet hinauf zum Himmel.

- Für den da oben ist deine Rute wohl eine Nummer zu klein.

Ein Walfisch fliegt über den See, öffnet das Maul.

Ein Mann steht vorn auf der mächtigen Zunge.

- Hallo, ich bin Sammy Frings.

Er trägt Badelatschen.

- Ich lasse euch eine Plastiktüte mit einem neuen Anzug herunter.

Condor lockert den Kragen mit dem Zeigefinger.

- Dankeschön! Es gibt nur ein Bedenken.

Frings kniet auf der Zunge, lässt den Anzug an einer Seilwinde herunter.

- Sag es frei heraus.

Condor streicht mit der Hand über die Brust.

- Ich weiß nicht, wo ich mich umziehen soll.

Die Tüte mit dem Anzug baumelt über seinem Kopf. Frings zieht sie wieder hoch.

- Mach dir keine Sorgen.

Er lässt an der Seilwinde einen Sessel herunter.

- Steig einfach ein. Du kannst dich im Walbauch umziehen.

Condor setzt sich in den Sessel.

- Du denkst an alles.

Er wird hochgezogen.

- Das geht schnell.

Beim Wal oben hilft ihm Frings aus dem Sessel.

- Stell dich auf die Zunge und spaziere gemütlich in den Bauch. Ich trage dir die Tüte mit dem Anzug nach.

Laura lässt den Blick zu Huch schweifen.

- Soll ich Sammy rufen? Willst du auch einen Anzug?

Huch fährt sich durchs Haar.

- Wenn meine Kleider abgenutzt sind, sehe ich mich nach neuen um. Bis dahin hat es keine Eile.

Laura spult die Angelschnur auf.

- Ich habe keine Lust, die Rute länger zu halten.

Sie streckt die linke Hand aus.

- Sammy, hast du auch Frauenkleider?

Frings lässt den Sessel herunter.

- Ich habe eine riesige Auswahl. Mein Wal ist ein richtiger Auswahl-Fisch.

Laura drückt Huch die Rute in die Hand.

- Mein Traum ist wahr geworden. Ich darf in einem fliegenden Wal Kleider aussuchen.

Sie wirft sich in den Sessel.

- Schade, kommst du nicht auch.

Huch legt die Rute auf den Bootssteg.

- Ich überlege es mir. Wartet nicht auf mich. Vielleicht nehme ich den nächsten Wal.

Laura wird hochgezogen.

- Du musst Glück haben, dass ein Wal dich mitnimmt. Soll ich Sammy nicht sagen, dass er dich auch einholt?

Huch schaut ihr nach.

- Ich vertraue auf mein Glück.

Frings steht hinter den Zähnen des Wals, reicht Laura den Arm.

- Willkommen im Wal!

Er hilft ihr beim Aussteigen.

- Ich freue mich, dir unsere Kleider zu zeigen.

Sie tritt sorgfältig auf die Walzunge.

- Soll ich die Stöckelschuhe ausziehen?

Frings mustert die Absätze.

- Wenn es dir nichts ausmacht, würde ich dazu raten. Die spitzen Absätze könnten den Wal kitzeln. Und du weißt ja, was geschieht, wenn jemand an der Zunge gekitzelt wird.

Laura zieht die Schuhe aus.

- Ich weiß gar nichts, aber ich hoffe, du zeigst es mir.

Er folgt ihr in den Walbauch.

- Ist das dein Ernst?

Der Wal bewegt die Schwanzflosse, schwebt langsam fort.

Siebzehntes Kapitel

Der Ballon steigt auf

Huchs Blick schweift über den Himmel. Ein fallschirmweißes Wolkenband legt sich um den Gipfel eines Waldbergs. Huch verlässt den Bootssteg, spaziert dem Ufer entlang, hört die Laubbäume rascheln, die Bienen summen und hoch am Himmel einen Milan rufen.

Eine Frau stapft die Böschung hinauf.

- Hallo, ich bin Leni Henkel.

Sie hat die Lippen rosa geschminkt.

- Darf ich dir die Zukunft lesen?

Huch hält kurz die Luft an.

- Ist sie für dich ein offenes Buch?

Leni hängt sich bei ihm ein.

- Nein, wir brauchen ein Flugblatt.

Ein Mann biegt in den Uferweg ein.

- Hallo, ich bin Baran Donovan.

Er trägt einen dunkelroten Wollpullover und eine hellgrüne Strickmütze. Aus seiner vollgestopften Umhängetasche zieht er ein Flugblatt.

- Seht ihr, was ich sehe?

Leni findet aus dem Lachen nicht mehr heraus.

- Du willst uns doch nur ein Flugblatt andrehen. Oder sollen wir etwas Anderes sehen?

Donovan stellt sich auf ein Bein.

- Ich will es euch ganz bestimmt nicht aufdrängen. Aber wenn ihr es unbedingt lesen wollt, darf ich es euch auch nicht vorenthalten.

Leni streckt die Hand aus.

- Wir wollen es lesen.

Er übergibt es ihr mit einer ausladenden Geste.

- Danke für dein Interesse.

Sie überfliegt den Text.

- Du bist nett.

Donovan teilt 2 Äste, verschwindet im Gestrüpp.

- Ich bin froh, wenn es wieder etwas Platz in der Tasche gibt.

Leni deutet auf eine Zeile.

- Da steht etwas von einem Berg. Wir sollen zur Passhöhe hinaufsteigen und sehen dort ein Fahrrad.

Huch wirft einen neugierigen Blick auf das Flugblatt.

- Das wäre dann die Zukunft.

Sie macht sich auf den Weg.

- Es ist eine von mehreren Zukünften. Wenn du am See unten bleibst, hast du eine ganz andere Zukunft.

Er begleitet sie.

- Der Bergweg gefällt mir. Ich freue mich auf die Aussicht.

Die Serpentine schraubt sich durch einen Wald den Bergkamm hinauf. Der Felsen ist wie ein Blätterteig gefaltet. Auf der Passhöhe steht ein Fahrrad mitten im Weg. Es schimmert libellengrün und sieht so leicht aus, als würde ein Windstoß genügen, um es anzutreiben.

Leni greift nach der Lenkstange, schiebt mit dem Fuß den Ständer zurück.

- Willst du dich einmal darauf setzen?

Huch setzt sich auf den Sattel.

- Hoffentlich hält es mein Gewicht aus.

Sie gibt ihm einen Schubs.

- Fahr gut!

Von der Passhöhe führt ein schmales Sträßchen talwärts. Es ist sanft geneigt, nicht steil. Ohne dass Huch in die Pedalen tritt, kommt das Rad in Fahrt, nicht allzu schnell. Im Laufschritt könnte jemand bequem mithalten.

Er dreht sich um.

- Kommst du auch?

Leni ist verschwunden.

Huch zieht die Bremse an.

- Nun, alleine möchte ich nicht Velo fahren. Es ist ja auch nicht mein Rad.

Das Bergsträßchen wird ganz weich, gibt nach wie schmelzendes Wachs. Das Vorderrad gleitet darüber, und das Sträßchen verwandelt sich in einen Gebirgsbach. Huch surft mit dem Rad über das reißende Wasser, ohne einzusinken. Im Rauschen klingt wunderbare Musik. Der Bach mündet in einen Fluss. Auf dem kristallblauen Wasser treibt eine Yacht.

Eine Frau steht auf dem Heck

- Hallo, ich bin Ella Hipp.

Sie trägt eine Kapitänsuniform.

- Steig ein.

Er fährt zur Leiter, klettert hinauf.

- Die meisten Räder gehen unter.

Ella hievt das Fahrrad aufs Heck.

- Denk nicht daran. Mit diesem Rad kannst du auf dem Wasser fahren. Es trägt dein Gewicht.

Der Wald reicht bis ans Ufer heran. Langsam gleitet die Yacht durch die Auenlandschaft im Mündungsdelta. Der Fluss glitzert. Reflexe streifen durch die ausladenden Baumkronen, deren Äste blinkende Rillen ins Wasser ziehen.

Ella lässt die Yacht in einen See hinaustreiben.

- Siehst du den Bootssteg?

Huch beugt sich über die Reling. Er entdeckt einen Steg am leuchtenden Sandstrand.

- Ja. Willst du dort anlegen?

Sie stellt das Rad aufs Wasser.

- Nein, der See ist an dieser Stelle zu seicht für die Yacht. Ich kann dort nicht anlegen. Fahr doch einfach mit dem Rad hinüber.

Huch schwingt sich auf den Sattel.

- Es sinkt nicht ein.

Ella kneift kurz die Augen zusammen.

- Tritt in die Pedalen und genieße die Fahrt.

Er radelt vorsichtig los.

- Ich bin noch nie übers Wasser gefahren.

Sie breitet die Arme aus.

- Vergiss, was früher war. Einzig wichtig ist die Gegenwart.

Das Wasser schimmert hellblau, türkisfarben.

Beim Bootssteg füllt ein Mann den schneeweißen Sand in eine Sanduhr.

- Hallo, ich bin Dion Tavernier.

Er hat kurze, ameisenschwarze Haare.

- Mit mir scheint etwas nicht zu stimmen.

Huch fährt zum Strand.

- Was ist nicht in Ordnung?

Tavernier verzieht die Mundwinkel.

- Ich habe noch nie einen Mann gesehen, der auf dem Wasser radeln kann.

Huch lehnt das Rad gegen den Bootssteg.

- Ich hätte es auch nicht für möglich gehalten.

Tavernier legt die linke Hand auf die Wange.

- Und wie machst du es?

Huch guckt in die Wolken.

- Ich trete in die Pedalen, wie es Radfahrer tun.

Tavernier lässt die kleine Schaufel fallen.

- Darf ich mir dein Rad näher ansehen?

Huch schlurft durch den Sand.

- Das ist nicht mein Rad.

Tavernier hält die Beine eng geschlossen.

- Du meinst: Jeder darf sich drauf setzen und übers Wasser fahren?

Huch zieht die Schultern fast bis an seine Ohren.

- Von mir aus.

Tavernier legt seine Hände an die Lenkstange.

- Es ist ein sehr leichtes Rad, und es ist witzig, wie es auf den Wellen schaukelt.

Er schwingt sich auf den Sattel.

- Nun aber möchte ich echt über den See fahren. Hast du eine Kamera dabei?

Huch schaut zur Seite.

- Nein, das habe ich nicht.

Tavernier tritt in die Pedalen. Das Rad sinkt mit ihm ein. Er fährt tiefer in den See hinaus, bis nur noch die Brust aus dem Wasser ragt, stürzt. Das Rad taucht ab.

Tavernier schwimmt zum Ufer, watet an Land.

- Ich bin sehr enttäuscht. Bei dir hat doch alles geklappt. Warum ist das Rad bei mir versunken?

Huch sieht den Wellen zu.

- Ich weiß es nicht.

Eine Frau schlendert den Strand entlang.

- Hallo, ich bin Greta Gericke.

Sie hat die hellblonden Haare zu einem Pferdeschwanz hochgebunden.

- Ist jemand enttäuscht?

Tavernier starrt düster ins Leere.

- Ja. Ich wollte mit dem Rad auf dem Wasser fahren, und es ist versunken.

Greta beißt sich auf die Unterlippe.

- Soll ich es suchen und aus dem See holen?

Tavernier kramt ein Geldstück aus der Hosentasche heraus.

- Ich bin unentschlossen, weiß nicht, was ich sagen soll.

Er lässt es an der Sonne blinken.

- Kopf bedeutet: Ja, hol das Velo raus. Zahl bedeutet: Nein danke, ich bin froh, wenn ich es nie mehr sehe.

Sie legt beide Hände hinter den Kopf mit dem Ellbogen nach außen.

- Willst du die Münze entscheiden lassen?

Tavernier wirft sie auf.

- Ja genau.

Er fängt sie in der Luft.

- Zahl! Wir lassen das Velo im See.

Greta klimpert mit den Wimpern.

- Dann bist du es los. Bist du jetzt erleichtert?

Tavernier hebt die Hände auf Schulterhöhe.

- Nein, eigentlich nicht.

Sie hat ein leises Lächeln in den Augen.

- Dann empfehle ich dir meine Matratze. Du legst dich darauf und fühlst dich sofort federleicht.

Er sieht belustigt aus.

- Einmal ausprobieren kann ja nichts schaden. Wo hast du die Matratze?

Greta weist auf ein kleines Haus. Es steht auf Stelzen am Ufer.

- Bei mir daheim.

Tavernier lacht zu Huch herüber.

- Kommst du auch mit?

Bevor Huch antworten kann, ruft Greta mit glockenheller Stimme.

- Du darfst auch zuschauen, wenn du die Matratze nicht selber ausprobieren möchtest.

Huch folgt ihr zum kleinen Haus.

- Danke für die Einladung. Ich schaue gern zu.

Tavernier drängt sich vor.

- Zuerst bin ich dran.

Sie gehen auf dem feinen Sand zu einer Holztreppe, welche auf die Terrasse des Stelzenhauses führt. Die verwitterten Stufen ächzen. Die Terrasse umgibt das Haus auf beiden Seiten, weitet sich gegen Süden zu einer weiten Plattform über dem See, in dessen Mitte eine Matratze liegt. Der Bezug besteht aus lauter Flicken.

Tavernier steht leise kichernd davor.

- Das ist ja eine uralte Matratze. Darauf soll ich mich leicht fühlen?

Greta fährt ihm aufmunternd über die Wange.

- Wenn du möchtest.

Er wendet sich ab.

- Lieber nicht. Ich habe keine Lust, im Staub zu ertrinken.

Sie legt alle Zuneigung in ihre Stimme.

- Die Matratze mag alt und geflickt sein, aber staubig ist sie bestimmt nicht. Das weiß ich.

Tavernier verzieht leicht das Gesicht.

- Ich weiß nur, was ich sehe.

Er trippelt die ächzende Holztreppe hinunter.

- Das ist ein Staubfänger, mehr nicht.

Greta wirft einen eiligen Blick zu Huch.

- Und du? Möchtest du nicht mal kurz die Hand darauf legen?

Er streicht über den Flickenbezug.

- Der Stoff ist angenehm warm, aber nicht heiß.

Sie nestelt mit den Fingern am Saum des Bezugs.

- Setz dich doch rasch drauf, nur kurz. Dann stehst du gleich wieder auf.

Huch setzt sich auf den Rand der Matratze.

- Das könnte ich ja.

Zu seiner Verwunderung steigt die Matratze wie ein fliegender Teppich auf, schwebt auf Höhe einer Sitzbank über der Terrasse.

Huch springt ab.

- Was ist das?

Greta deutet ihm mit der Hand an, sich wieder zu setzen.

- Das ist Leichtigkeit.

Sie legt sich auf die Matratze.

- Noch besser fühlst du sie beim Liegen.

Huchs Interesse ist erwacht.

- Ich bin noch nie auf einer fliegenden Matratze gelegen.

Greta steht rasch wieder auf.

- Sie ist für dich bereit.

Er entledigt sich seiner Schuhe und legt sich auf die Matratze.

- Ich bin neugierig, wie lang sie mich trägt.

Die Matratze hebt ab, gleitet über das Geländer der Terrasse.

Greta biegt sich vor Lachen.

- Du hast es geschafft. Guten Flug!

Die Matratze fliegt über den See. Aquamarinblau zieht der Spiegel unter ihr vorbei.

Ein Mann steht in einem Ruderboot.

- Hallo, ich bin Gero Mandelbrot.

Er hat gewellte Haare und auf der Nase eine dicke Brille.

- Wie kannst du nur derart relaxt fliegen?

Huch richtet sich auf.

- Wie würdest du es machen?

Mandelbrot schreibt schnell Ringe in die Luft.

- Ich würde mich erst hinlegen, wenn ich die Matratze steuern könnte.

Huch hat einen eigenen Zug um den Mund.

- Ans Steuern habe ich gar nicht gedacht.

Mandelbrot zeigt mit der Hand nach oben.

- Wo und wie willst du landen?

Huch umspannt das Knie.

- Das sind gute Fragen.

Mandelbrot verzieht das Gesicht, als habe er in eine Zitrone gebissen.

- Spring ab, solange du noch kannst.

Huch thront mit kerzengeradem Rücken auf der Matratze.

- Ich will aber gar nicht abspringen.

Mandelbrot bläst die Backen auf.

- Dann kann ich dir nicht helfen.

Huch legt sich hin.

- Die Matratze fliegt doch gut.

Er guckt in die Wolken, die hoch am Himmel hinziehen, dreht sich auf die Seite, sieht einen Dunstschleier. Der diffuse Nebel verdichtet sich zu einer Bank. Der Gipfel eines Waldbergs erscheint, als würde er im Himmel schweben. Die Matratze gleitet durch den Schleier. Huch erspäht eine kleine Insel mitten im See. Das kräftige Türkis der Wellen und das satte Grün des dichten Waldes schimmern.

Am Strand steht eine Frau im weichen Vanillesand. Das glasklare Wasser funkelt.

- Hallo, ich bin Julia Rasch.

Ihre langen Haare flattern im Wind.

- Kannst du landen?

Huch weist mit dem Kopf auf die Matratze.

- Sie hat einen sicheren Flug. Ich habe mich noch nicht mit der Landung beschäftigt.

Julia kann das Lächeln nicht unterdrücken.

- Rutsche ganz nach hinten und lass die Beine baumeln.

Er setzt sich auf den hintern Rand der Matratze.

- Habe ich dich richtig verstanden?

Die Matratze landet im Sand.

Julia beugt sich zu ihm.

- Du kannst sie ja steuern.

Huch steht auf, betrachtet den Waldrand, schaut die

bunten Blumen an.

- Ohne deinen Tipp wäre ich weiter geflogen.

Ein einfacher Trampelpfad führt durch den Wald. Julia geht voran.

- Gefällt dir die Insel?

Er räkelt sich glücklich.

- Ja, ich bin froh, dass ich hier gelandet bin.

Sie klettert über einen wuchtigen Baumstamm.

- Ich dachte es.

Huch entdeckt einen goldglänzenden Käfer im Moos.

- Seine Beine klingen, als würde er über Klaviertasten steigen.

Julia tritt unter eine gewaltige Eiche, die dem Himmel entgegenwächst.

- Die Geräusche, die er macht, sind eigentlich zu fein für die Ohren der Menschen. Ich weiß nicht, wie du sie hören kannst.

Er wiegt seinen Kopf im Takt.

- Vielleicht liegt es am Moos.

Sie führt ihn auf eine ausgedehnte Lichtung vor einer Felswand, deutet auf einen Steintrog.

- Er gleicht einem Brunnen. Findest du nicht?

Huch sperrt die Augen auf.

- Was ist das?

Im Trog leuchtet Ockerpulver. Es sieht wie Kurkumapulver aus.

Julia taucht die Finger hinein, zieht Striche über den Fels.

- Damit kannst du malen.

Seine Hand beschreibt kleine Kreise in die Luft.

- Du hast doch schon angefangen. Mach weiter! Mir

gefallen deine Striche.

Sie wischt die Finger am Kleid ab.

- Jetzt bist du dran.

Huch senkt den Blick.

- Ich habe noch nie mit Farbpulver auf einen Fels gemalt. Das braucht wahrscheinlich viel Übung, nehme ich an.

Julia lehnt lässig gegen den Fels.

- Finde es heraus. Was möchtest du denn malen?

Er stockt, überlegt einen Moment.

- Ich könnte auch einen Strich ziehen.

Sie kehrt ihr Gesicht dem Fels zu.

- Moment, ich habe gar nicht gemalt. Ich habe dir nur gezeigt, was du mit dem Pulver machen kannst.

Huch taucht die Finger ein.

- Also, wenn es denn sein muss, könnte ich einen karierten Ballon malen.

Julia birst fast vor Lachen.

- Einen karierten Ballon? Wie kommst du denn darauf?

Er dehnt seine Arme.

- Ist das keine gute Idee?

Sie schmiegt sich mit verzückter Miene an ihn.

- Im Gegenteil! Das ist originell. Das wäre mir nie eingefallen.

Huch malt einen Kreis.

- Aber es ist doch einfach. Wenn der Ballon kariert ist, muss ich ihn nicht ganz ausmalen, sondern nur ein paar Felder.

Julia tritt von einem Bein aufs andere.

- Nimm soviel Farbe, wie du brauchst.

Er malt ein Schachbrettmuster in den Ballon.

- Hast du jemals so einen Ballon gesehen?

Sie hebt scheinbar hilflos den Blick.

- Nein, das heißt... Da kommt er!

Der Schatten eines großen Ballons fällt auf den Felsen. Die Ballonhülle ist ockergelb und kalkweiß kariert. Der Ballonfahrer winkt aus dem Korb.

- Hallo, ich bin Loris Bork.

Er trägt einen Hut, der die Größe eines Einkaufswagens hat.

- Hast du meinen Ballon gemalt?

Huch schmunzelt pfiffig.

- Es sieht ganz danach aus.

Bork landet auf der ausgedehnten Lichtung.

- Dann wollt ihr sicher mitfliegen?

Julia richtet sich in Schrittstellung auf.

- Gern.

Huch lehnt mit dem Ellbogen gegen die Felswand.

- Ich bin mir gar nicht sicher.

Bork schiebt die Hand über die Brust.

- Das macht nichts. Bei mir kannst du nur gewinnen. Wenn du 3 Mal richtig rätst, bist du dabei.

Huch greift sich an den Kopf.

- Das verstehe ich nicht ganz.

Bork schließt verzückt die Augen.

- Umso besser. Du musst nur raten.

Er langt an seinen großen Hut.

- Habe ich eine Tomate im Hut?

Huch legt den Zeigefinger vor die Lippen.

- Das weiß ich nicht.

Julia klappt die Augenlider auf und nieder.

- Ja, du hast eine Tomate im Hut.

Bork öffnet eine Seitenklappe in seiner Kopfbedeckung, klaubt eine Tomate hervor.

- Das ist richtig. Ihr seid gut.

Er wirft Julia die Tomate zu.

- Probier mal. Sie ist nur klein. Aber ihr Aroma macht sie zur Königin der Tomaten.

Sie beißt wie in einen Apfel.

- Das ist die beste Tomate, die ich je gegessen habe.

Bork strahlt bubenhaft.

- Kommen wir zur zweiten Frage: Habe ich eine Banane im Hut?

Julia sticht mit dem Finger in die Luft.

- Ja, hast du.

Er nimmt eine kleine Banane aus der Kopfbedeckung, schenkt sie Julia.

- Sie ist nicht sehr groß. Aber schon beim ersten Bissen vergisst du alle Bananen, die du je gegessen hast.

Sie schält die Banane.

- Ich bin gespannt.

Bork beugt sich aufmerksam über den Rand des Ballonkorbs.

- Ich auch. Werdet ihr die letzte Frage auch noch richtig beantworten?

Julia antwortet mit vollen Backen.

- Wir werden sehen.

Er kaut nervös an den Lippen.

- Habe ich ein Stück Brot dabei?

Sie weist ihn barsch zurecht.

- Nicht so schnell! Ich habe eine Bananenschale und weiß nicht recht, wohin damit.

Bork zieht einen Kompostkübel aus dem riesigen Hut.

- Ich schon. Du kannst mir die Schale geben.

Julia legt die Schale in den Kübel.

- Du bist perfekt und hast sicher auch Brot dabei.

Er nimmt ein Stück Vollkornbrot aus seiner Kopfbedeckung.

- Ich gratuliere euch. Ihr habt alle 3 Fragen richtig beantwortet und dürft im Ballon mitfahren.

Julia knabbert am Brot.

- Es ist fein.

Sie wendet sich Huch zu.

- Magst du auch ein Stück?

Er legt den Unterarm über die Stirn.

- Gern etwas später.

Julia verzieht die Lippen zu einem Lächeln.

- Später ist es gegessen.

Bork schnippt mit dem Finger.

- Steigt in den Korb. Wir fliegen.

Julia und Huch klettern in den Korb. Der Ballon steigt langsam von der Insel auf, gleitet über den See. Das Wasser leuchtet ozeanblau.

Am Ufer landet Bork im schneeweißen Sand.

- Wer aussteigen will, kann jetzt den Korb verlassen. Aber ihr dürft mit mir auch weiterfliegen.

Julia lacht mit weit offenem Mund.

- Wir fliegen mit dir bis ans Ende der Welt.

Huch schwingt sich aus dem Korb.

- Ich gehe lieber zu Fuß.

Sie schiebt die linke Schulter vor.

- Ohne dich macht es weniger Spaß. Du kannst super malen. Willst du nicht bleiben?

Er schmiegt die Arme auf Bauchhöhe an den Leib.

- Ich werde es mir überlegen und gebe euch dann ein Zeichen.

Bork faltet die Hände.

- Das Leben ist zum Ballonfahren da.

Huch federt in den Knien.

- Zwischendurch landen kann auch hilfreich sein.

Der Ballon steigt auf. In großer Höhe verschmilzt die ockergelb und kalkweiß karierte Hülle mit dem horizontblauen Himmel.

Achtzehntes Kapitel

Die Coladose

Huch spaziert den Strand entlang, gelangt vor eine alte Stadt. Er schreitet durchs Tor, das beidseits von spitzgiebligen Türmen flankiert ist. Eine schmale Gasse durchzieht die Stadt.

Eine Frau schlendert auf ihn zu.

- Hallo, ich bin Lisa Gran.

Sie trägt ein weiß-rotes Kleid mit Blättermotiv und hat ein Fernglas in der Hand.

- Möchtest du durchs Fernglas gucken?

Huch schaut sinnierend durch die Gasse.

- Was gibt es da zu sehen?

Lisa dreht das Fernglas um.

- Du könntest es verkehrt herum halten. Dann verkleinert sich alles, und die Gasse verwandelt sich in eine endlose Straße.

Er kehrt es um.

- Nein, lieber würde ich es richtig halten.

Er beobachtet eine Taube auf einer Dachterrasse. An einer Wäscheleine hängt ein wolkenweißer Socken.

- Was ist das?

Sie nimmt ihm das Fernglas aus der Hand.

- Ah, das ist nur ein Socken. Er ist wertlos für uns 2, aber sehr wertvoll für einen Menschen, der ihn sucht.

Huch ist leicht verwirrt.

- Ich verstehe nicht ganz, was du damit sagen willst. Was ist mit dem Socken?

Lisa läuft davon.

- Gleich wirst du es erfahren.

Ein Mann stürmt aus einem großen offenen Puppenhaus mit unordentlich gestapelten Zimmern und Treppen.

- Hallo, ich bin Arjen Kirk.

Er trägt einen wolkenweißen Socken und einen langen pechschwarzen Mantel.

- Ich suche einen Socken.

Huch formt die Hände vor dem Bauch zur Raute.

- Er hängt doch an der Wäscheleine. Warum suchst du ihn?

Kirk guckt hinauf, hält die Luft an.

- Darauf wäre ich nie gekommen. Du hast den Superblick.

Huch schließt die Augen.

- Sicher nicht. Ich kann es dir ganz einfach erklären.

Kirk taucht tief in seinen Mantel.

- Sei nicht so bescheiden. Ich finde, wir sollten die Gasse nach dir benennen.

Er führt ihn vor ein leeres Gassenschild.

- Warte hier eine Sekunde.

Huch hebt den Arm.

- Wohin gehst du?

Kirk läuft ins große offene Puppenhaus mit den unordentlich gestapelten Zimmern und Treppen.

- Ich hole Farbe und eine Leiter. Wenn ich nur wüsste, wo ich sie das letzte Mal hingestellt habe.

Huch spaziert durch die Gasse.

- Ich sehe mir die Stadt an.

Beim oberen Stadttor begegnet ihm eine Frau.

- Hallo, ich bin Viktoria Welser.

Sie trägt einen hellgrauen Hut.

- Ich habe vom Laufen einen heißen Kopf bekommen. Kannst du mir kurz den Hut halten?

Ein Lächeln huscht über sein Gesicht.

- Warum hältst du ihn nicht selber?

Viktoria legt den Hut auf seine Hand.

- Weil ich in den Park laufe.

Huch blinzelt, verschließt etwas länger als gewöhnlich die Augen.

- Was machst du dort?

Sie rennt in den Park.

- Ich tauche die Arme und das Gesicht ins Becken des Springbrunnens.

Er ruft ihr nach.

- Du könntest den Hut auf den Brunnenrand legen.

Viktorias Stimme klingt von fern.

- Das ist nicht nötig. Du hältst ihn ja.

Ein Mann wandert durchs Stadttor.

- Hallo, ich bin Joe Hey.

Er trägt ein silbernes Glitzerjackett.

- Brauchst du einen Hutständer?

Huch lächelt verschmitzt.

- Einige Menschen brauchen Hutständer, andere nicht.

Ein azurblauer Lastwagen rollt durchs Tor.

Hey gibt der Fahrerin ein Zeichen.

- Kannst du bitte anhalten?

Die Fahrerin bremst, kurbelt die Scheibe hinunter.

- Hallo, ich bin Anni Jenner.

Sie trägt einen eisvogelblauen Badeanzug.

- Wollt ihr mitfahren?

Hey räkelt sich mit halb geschlossenen Augen.

- Ja gern. Was hast du im Frachtraum?

Anni stellt den Motor ab.

- Im Frachtraum liegt ein goldener Hutständer.

Er zieht die Augenbrauen hoch.

- Kannst du ihn ausladen?

Sie springt aus der Fahrkabine.

- Ja natürlich, er ist nicht angewachsen.

Hey verrenkt den Hals.

- Goldene Hutständer gefallen uns.

Anni schlägt die Plane zurück.

- Schaut ihn erst mal an. So ein Hutständer muss ja auch zum Hut passen.

Sie lädt ihn ab, stellt ihn auf die Straße.

- Es ist der größte, den wir haben.

Hey berührt ihn.

- Ist das echtes Gold?

Annis Blick gleitet verstohlen zu Huch.

- Ja. Gewöhnliche Hutständer rosten.

Sie deutet auf den hellgrauen Hut, den Huch hält.

- Willst du den Ständer nicht einmal ausprobieren?

Huch legt den Hut auf den vordersten Haken.

- Doch, gern.

Er geht um den Ständer herum.

- Er passt.

Sie wirft den Kopf in den Nacken.

- Du würdest auch zu mir passen.

Hey dreht den Kopf nach links.

- Ihr seid ein Traumpaar und solltet möglichst schnell heiraten.

Anni verbeugt sich knapp.

- Danke für das Kompliment!

Sie deutet mit steil gerecktem Zeigefinger auf Hey.

- Bist du der Trauzeuge?

Er parfümiert sich mit einem Deo-Roller.

- Ich bezeuge, was das Zeug hält.

Anni öffnet die Tür zum Beifahrersitz.

- Steigt ein!

Huch schiebt die Hände in die Hosentaschen.

- Ich finde Heiraten eine gute Sache, würde mir aber gern vorher noch etwas die Landschaft ansehen.

Sie wirbelt herum.

- Das ist super. Nirgends siehst du die Landschaft so gut wie in meiner Fahrkabine. Ich fahre sehr langsam, musst du wissen.

Er hebt seine rechte Hand.

- Ich erkunde sie lieber zu Fuß.

Anni steigt in die Fahrkabine.

- Wir leben in einer wunderbaren Landschaft. Schau dich um, und wenn du alles angesehen hast, heiraten wir.

Hey setzt sich auf den Beifahrersitz.

- Ich habe eine Idee. Wir 2 könnten unterdessen zum See fahren, ein Bad nehmen und die Hochzeit in aller Ruhe besprechen.

Sie startet den Motor.

- Das machen wir.

Er kurbelt die Scheibe herunter, ruft aus dem Fenster.

- Du kannst dein ganzes Leben in unserer schönen Landschaft verbringen.

Anni lehnt sich aus der Fahrkabine.

- An meiner Seite.

Huch stellt sich auf die Zehenspitzen.

- Ich werde darüber schlafen und nachdenken.

Der azurblaue Lastwagen rollt durch die Gasse, durchs untere Stadttor.

Huch neigt den Kopf.

- Der Hut hängt gut am Ständer. Ich könnte weiter gehen.

In dem Augenblick kehrt Viktoria aus dem Park zurück.

- Ich fühle mich wunderbar erfrischt.

Ihr Blick fällt auf den Hutständer.

- Du hast mir einen Traum erfüllt. Mein Hut hängt an einem goldenen Ständer.

Huch lacht, als habe sie einen Witz gemacht.

- Das war nicht ich. Joe hatte die Idee, und Anni brachte den Hutständer.

Sie ringt die Hände.

- Es grenzt an ein Wunder. Für mich bist du der Größte, mit Abstand. Und das sage ich nicht zu jedem Mann.

Ein Mann tritt durchs Tor.

- Hallo, ich bin Merlin Grothe.

Er trägt einen verwitterten Cowboyhut, streift mit dem Finger über den Hutständer.

- Ist das Gold?

Viktoria streckt einen Arm nach vorne, den anderen nach hinten.

- Das ist reines Gold und mein.

Grothe winkt sie zu sich heran.

- Ich hätte auch gern ein bisschen Gold. Es muss ja nicht gerade ein goldener Hutständer sein. Wie kommt man dazu?

Sie weist auf Huch.

- Frag ihn.

Grothe wendet sich an Huch.

- Ich finde diesen Hutständer schön, weil er aus Gold ist.

Huch lehnt gegen den Torbogen.

- Der Ständer hat genug Haken. Du kannst deinen Hut auch daran hängen.

Grothe lässt die Arme baumeln.

- Das ist nicht nötig. Der Hut sitzt gut auf meinem Kopf. Aber ein wenig Gold hätte ich schon sehr gerne.

Eine Frau kommt in langsam schlurfenden Gang durchs Tor.

- Hallo, ich bin Mara Jacobs.

Glänzende, dunkelbraune Locken fallen ihr ins Gesicht. Sie trägt eine Nähtasche.

- Wer hätte gern Gold?

Grothe hüpft auf und ab.

- Ich, und wenn es geht, sofort.

Mara klaubt Nadel und Faden aus der Tasche.

- Möchtest du es ständig mit dir tragen?

Er reckt den Kopf in die Höhe.

- Das ist doch selbstverständlich.

Sie streckt die Hand aus.

- Dann gib mir deinen Hut.

Grothe zieht den verwitterten Cowboyhut vom Kopf.

- Willst du ihn mit Gold füllen?

Mara dreht und wendet ihn, betrachtet ihn von allen

Seiten.

- Nein, so viel Gold würde deinem alten Hut wirklich nicht gut tun.

Sie stickt mit ruhiger Hand eine goldene Paillette darauf.

- Aber ein bisschen Glanz mag er schon vertragen.

Sein Fuß zuckt.

- Ich kann es kaum erwarten, den Hut auf meinem Kopf zu sehen.

Mara schwingt leicht die Hüfte.

- Ich habe in meinem Haus einen schönen Spiegel.

Grothe weitet seinen Gürtel und atmet tief ein.

- Ich möchte gern wie ein Pinguin aussehen. Hast du einen Spiegel, der das hinkriegt?

Sie setzt ihm den Hut auf.

- Ja, du trittst vor den Spiegel und denkst: Ich bin ein Mensch. Dann blickst du hinein. Und was siehst du?

Grothe rückt den Hut zurecht.

- Einen Pinguin, oder nicht?

Mara versorgt das Nähzeug.

- Doch, du siehst einen Pinguin. Mein Spiegel verwandelt dich nämlich.

Sie klappt die Tasche zu, blickt Huch an

- Ich möchte gern in einer Gruppe Pinguine sein.

Huch hört ihr dezent lächelnd zu.

- Ich hoffe, du findest eine Gruppe.

Mara trommelt mit den Fingernägeln auf seine Brust.

- Das habe ich schon. Du bist dabei.

Sie marschiert mit großen Schritten um Viktoria.

- Wie steht es mit dir?

Viktoria nimmt ihren hellgrauen Hut vom goldenen

Ständer.

- Ich bin gern ein Pinguin.

Sie folgt Mara in ein wenige Meter breites Stadthaus.

- Und ich gebe mir auch Mühe, ein guter Pinguin zu sein.

Grothe schultert den goldenen Hutständer.

- Wartet auf mich.

Die Frauen drehen sich um.

Mara fasst Huch ins Auge.

- Kommst du?

Er geht aufrecht durch das Stadttor.

- Ich erkunde zuerst die Umgebung.

Viktoria ruft ihm nach.

- Aber verliere dich nicht in der Landschaft. Fast alle Wege führen in den Wald.

Huch schreitet ruhig voran.

- Keine Sorge, ich habe mich noch nie verloren.

Die Straße steigt an, zwängt sich mühsam durch die Wildnis.

Ein Mann kommt ihm wiegenden Schrittes entgegen.

- Hallo, ich bin Salih Wack.

Er hat eine hohe, feine Stimme.

- Möchtest du ein Buchnüsschen?

Huch streicht sich die Röhrenjeans zurecht.

- Gern etwas später. Im Moment schaue ich mich ein bisschen um.

Eine Frau taucht aus dem halbdunklen Schatten der Bäume auf.

- Hallo, ich bin Josefine Marot.

Dunkle Wimpern umspielen ihre Augen.

- Ich hätte gern ein Buchnüsschen.

Wack legt es in ihre Hand.

- Die Schale ist bereits gesprengt. Ein Keim ragt heraus. Möchtest du einen Baum pflanzen?

Josefine blickt durch die Bäume zum Himmel.

- Ist das schwierig?

Er schnipst mit dem Finger.

- Nein, überhaupt nicht. Du legst das Buchnüsschen in die Erde, gibst ihm ein bisschen Wasser.

Josefine klopft auf den Schenkel.

- Ich hätte nicht gedacht, dass es so einfach ist.

Wack strauchelt durch das Unterholz.

- Ist es aber.

Er verschwindet im Grün.

- Ich wünsche euch viel Glück.

Josefine sieht einen knorrigen Stamm. Er ist zwischen andere Bäume gestürzt, mit ihren Stämmen verkeilt. Moos, Flechten und Pilze bedecken seine Rinde.

- Hier in der Nähe wollen wir ihn pflanzen. Er braucht natürlich Licht.

Sie läuft zu einer am Hang gelegenen Lichtung.

- Da ist es hell. Was meinst du?

Huch fährt sich mit der Hand durch die Haare.

- Wenn da ein neuer Baum wächst, hat er sicher genug Platz.

Josefine bohrt mit dem Finger ein Loch, legt das keimende Buchnüsschen hinein.

- Ich hole Wasser.

Sie rennt den Hang hinunter.

- Ich bin gleich zurück.

Ein Mann kommt durch den Wald.

- Hallo, ich bin Tizian Droz.

Er hat seine Haare nach vorn gekämmt, trägt eine Gießkanne.

- Soll ich dem Keim etwas Wasser geben?

Huch wartet eine Weile, bevor er antwortet.

- Frag Josefine. Sie ist den Hang hinunter gelaufen und bald zurück.

Droz gießt etwas Wasser auf das Buchnüsschen.

- Wer nicht da ist, kann nicht gefragt werden.

Er schiebt etwas Erde darüber.

- Du wirst staunen. Das ist wüchsiges Wasser.

Huch sieht ihn betreten an.

- Was ist wüchsiges Wasser?

Droz nimmt seine Gießkanne und entfernt sich mit eiligen Schritten.

- Das wirst du gleich sehen.

Der Keim sprießt. Ein Trieb wächst zu einem kleinen Stämmchen aus, das in die Höhe schnellt, Knospen bildet und Blätter entfaltet.

Josefine kehrt mit einer rostigen Dose voll Wasser zurück.

- Schau, was ich am Bach gefunden habe.

Huch deutet auf das Bäumchen.

- Es kann sicher etwas Wasser gebrauchen.

Sie stellt die Dose ab.

- Wie hast du das gemacht?

Huch blickt zu Boden.

- Tizian gab ihm Wasser.

Josefines Gesicht hellt sich auf.

- Es liegt nicht am Wasser, sondern an dir.

Er bewegt die Hand auf und ab.

- Ich schaute nur zu.

Sie rennt in den halbdunklen Schatten der Bäume.

- Warte eine Sekunde. Ich hole schnell einen Klappmeter. Dann können wir genau messen, wie hoch das Bäumchen wuchs.

Huchs Schultern sacken entspannt nach unten.

- Nimm es ruhig. Das ist nicht weiter wichtig. Hauptsache, dem Bäumchen geht es gut.

Josefine verschwindet zwischen den Stämmen.

- Doch, doch, das müssen wir messen.

Eine Frau läuft in die Lichtung.

- Hallo, ich bin Jana Core.

Sie trägt zum orangeroten Kleid einen silbernen Armreif in Schlangengestalt.

- Hast du das Bäumchen gepflanzt?

Huch zucken die Mundwinkel.

- Nein, Josefine hat es gepflanzt.

Jana sieht die rostige Dose.

- Pflanzen allein genügt nicht. Du musst ihm auch Wasser geben.

Er schiebt die Knie auseinander.

- Meinst du das Wasser in der Dose?

Sie nimmt die Dose.

- Eigentlich ist das viel zu wenig, aber es ist besser als nichts.

Huch streckt den linken Fuß nach außen.

- Möchtest du mehr Wasser holen?

Jana gießt es an die Wurzel.

- Ja, die Dose ist viel zu klein.

Sie weicht zurück, denn in diesem Moment schießt der

Stamm in die Höhe, entfaltet eine Krone.

- Dieser Baum wächst sehr schnell.

Huch winkelt den rechten Fuß an.

- Was hast du jetzt vor?

Jana lässt die Dose fallen.

- Ich hole eine Gießkanne.

Sie eilt aus der Lichtung.

- Pass in der Zwischenzeit gut auf den Baum auf.

Ihr Fußtrappeln verstummt.

Huch geht um den Baum herum.

- Wie es aussieht, ist er prächtig herangewachsen. Ich gehe lieber spazieren.

Josefine eilt ihm entgegen, streckt den Klappmeter wie einen Degen in die Luft.

- Der Stamm ist riesengroß geworden. Kannst du zaubern?

Huch steht auf dem linken Bein.

- Nein, das war Jana. Sie hat dem Baum das Wasser aus der Dose gegeben.

Josefine zieht den Klappmeter wie eine Handorgel auseinander.

- Ich möchte einen Wald mit dir pflanzen.

Er blickt verstört.

- Die Wälder können doch auch ohne uns wachsen.

Sie schiebt den kleinen Finger zwischen die Lippen.

- Ja, aber nicht so schnell wie unter deinem Einfluss.

Sie spurtet in den Wald.

- Ich suche Buchnüsschen, und du kannst in der Zwischenzeit Löcher bohren.

Huch atmet tief durch.

- Wo?

Josefine hat seine Frage schon nicht mehr mitbekommen. Er streift durch den Wald.

- Ich sehe mich ein bisschen um. Vielleicht gibt es eine Stelle, wo es bereits schon Löcher hat. Dann kann Josefine die Nüsschen einfach hineinlegen.

Huch gelangt auf eine Schotterstraße. Sie windet sich auf einen Berg, wo ein hohes schmales Haus einen Schatten auf die gegenüberliegende Garage wirft.

Ein Mann öffnet die Tür.

- Hallo, ich bin Scott Lombardo.

Er trägt eine froschgrüne Krawatte.

- Willst du meine Aussicht sehen?

Huch setzt langsam einen Fuß vor den andern.

- Deine Aussicht?

Lombardo lässt ihn eintreten.

- Ja, wenn ich aus dem Fenster gucke, sehe ich etwas. Das könnte dich interessieren.

Huch betritt den Eingangsraum.

- Welches Fenster meinst du?

Lombardo führt ihn zu einem großen Fenster im Wohnraum.

- Das ist mein Aussichtsfenster.

Er macht es auf.

- Schau hinaus.

Huch stellt sich neben ihn.

- Ich sehe vor allem die Garage auf der gegenüberliegenden Seite der Straße.

Lombardo trommelt auf den Fenstersims.

- Ja genau. Pass auf, jetzt geschieht etwas.

Die Garagentür öffnet sich.

Er reibt sich an der Nase.

- Sie ist aufgegangen und wir können hineinblicken. Siehst du auch einen Kühlschrank?

Huch späht hinüber, sieht einen großen eisweißen Schrank mit abgerundeten Ecken.

- Das könnte ein Kühlschrank sein.

Lombardo lächelt gequält.

- Da stellt sich doch die Frage: Warum ist ein Kühlschrank in der Garage?

Huch geht zur Tür.

- Hier am Fenster lässt sich die Frage kaum beantworten. Ich sehe mir den Kühlschrank aus der Nähe an.

Lombardo begleitet ihn ins Freie.

- Du magst Kühlschränke.

Er kehrt in sein Haus zurück, schließt die Tür.

- Ich nicht.

Huch überquert die Straße, bleibt vor der Garage stehen, horcht.

- Der Kühlschrank surrt. Wahrscheinlich ist er in Betrieb.

An der Wand neben dem Schrank befindet sich ein Wasserhahn mit einem Spülbecken und einem Abtrocktuch.

Schritte knirschen auf der Schotterstraße. Eine Frau grüßt mit dunklen, schalkhaften Augen.

- Hallo, ich bin Eva Gaus.

Sie hat ihre Nägel grasgrün lackiert.

- Was ist im Kühlschrank?

Huch tritt einen Schritt zurück.

- Ich weiß es nicht.

Eva zieht am Griff.

- Dann sehen wir eben nach.

Sie öffnet die Tür, guckt hinein.

- Ich habe zu Hause viele Sachen im Kühlschrank, aber deiner ist leer.

Er breitet die gestreckten Arme aus.

- Das ist nicht mein Kühlschrank.

Eva entfernt sich.

- Das spielt keine Rolle. Tu etwas hinein.

Huch wippt auf den Zehen.

- Ich könnte mich ja umsehen, ob es etwas gibt, das ich hineinlegen könnte.

Ein Mann nähert sich mit resolutem Schritt.

- Hallo, ich bin Cihan Robin.

Er trägt ein kaminschwarzes T-Shirt und einen leinenweißen Anzug, hat eine Coladose in der Hand.

- Ich stelle sie in den Kühlschrank. Ist es recht?

Huch schließt die Augen.

- Wir könnten darüber reden.

Robin legt die Dose in den Kühlschrank.

- Wieso reden?

Er geht ohne Dose weiter.

- Ich bin erleichtert, und das ist doch gut.

Huch lehnt zurück.

- Ja sicher. Erleichtere dich so weit wie möglich.

Neunzehntes Kapitel

Das Wunderkind

Eine Frau kommt zielstrebig vor die Garage.

- Hallo, ich bin Elena Zeiss.

Sie trägt eine federweiche Boa, bringt einen leichten, pinkfarbenen Klapptisch mit.

- Darf ich ihn hier abstellen?

Seine Hände sind tief in den Taschen vergraben.

- Wie siehst du das?

Elena klappt den Tisch auf.

- Alle sind überrascht, wenn sie ihn sehen.

Huch zieht die Hand aus der Tasche.

- Wo gehst du jetzt hin?

Sie hält den Kopf schräg.

- Ich gehe einen neuen Klapptisch suchen.

Er schlägt den Blick auf.

- Gefällt dir der pinkfarbene nicht mehr?

Elena macht sich auf den Weg.

- Doch, doch, aber ich möchte die Hände für einen neuen frei haben.

Huch blinzelt in die Sonne.

- Was soll ich mit dem Tisch machen?

Sie schreitet unbeirrt weiter.

- Entschuldige mich, aber ich muss jetzt gehen.

Er lässt die Arme baumeln.

- Das verstehe ich. Die Uhr kannst du zurückdrehen, die Zeit aber nicht.

Ein Mann hüpft über den Schotterweg.

- Hallo, ich bin Jay Wachholz.

Er trägt frisch gewaschene Malerhosen und hat einen pinkfarbenen Klappstuhl unter dem Arm.

- Du hast einen wunderbaren Tisch.

Huch lehnt, die Hände auf dem Rücken, gegen die Garagenwand.

- Gefällt er dir?

Wachholz klappt den Stuhl auf.

- Nicht in meinem Garten. Aber hier macht er sich gut und ist farblich auf meinen Klappstuhl abgestimmt.

Huch legt die Hand aufs Herz.

- Möchtest du dich setzen?

Wachholz reibt den Nacken am Haaransatz.

- Nein, lieber nicht.

Huch fragt mit halb gesenkten Lidern.

- Klappt der Stuhl zusammen, wenn du dich darauf setzt?

Wachholz widerspricht erhitzt.

- Sicher nicht! Der Stuhl ist sehr solid und maximal belastbar. Das ist alles, was ich über ihn weiß. Trotzdem möchte ich einen neuen.

Huch öffnet die Augen, hebt die Brauen.

- Hast du schon darüber nachgedacht, was du mit dem alten machst?

Wachholz rüttelt an der Lehne.

- Er steht hier gut. Darum bleibt er hier. So einen passenden Tischnachbarn findet er nicht alle Tage.

Mit diesen Worten hüpft er davon.

- Ich fühle mich von andern Stühlen angezogen.

Huch folgt ihm mit den Augen.

- Du drückst dich gut aus.

Eine Frau nähert sich.

- Hallo, ich bin Luna Chapuis.

Sie trägt einen Ohrring mit Federn, hat einen Korb in der Hand.

- Sieht so ein leerer Tisch nicht fast ein wenig kahl aus?

Huch atmet durch.

- Was hältst du davon?

Luna nimmt eine Serviette aus dem Korb.

- Ein Tischtuch habe ich zwar nicht, aber mit der Serviette nimmt sich der Tisch gleich schon etwas aparter aus. Ich würde sie ausbreiten. Bist du einverstanden?

Er senkt seinen Blick auf den Tisch.

- Ja, du hast einen Sinn für die Gestaltung.

Sie entfaltet die Serviette, legt sie auf den Tisch, glättet sie mit der Hand.

- Hast du Eis im Kühlschrank?

Huchs Augen werden schmal.

- Nein, nur eine Dose.

Luna nimmt eine Glasschale mit Eiskugeln aus dem Korb, stellt sie in den Kühlschrank.

- Es wirkt viel besser, wenn du ein Getränk mit Eis servierst.

Sie drückt ihm eine Eiszange in die Hand.

- Damit klaubst du das Eis aus der Schale. Das mutet gleich etwas eleganter an.

Huch hebt die Schulter.

- Ich lerne immer etwas dazu.

Luna streckt das Kinn nach vorn.

- Ich suche für dich einen größeren Kühlschrank und bin gleich zurück. Halt in der Zwischenzeit die Ohren steif.

Er langt sich ans Ohr.

- Meine Ohren bestehen aus Zellen, und ich bin froh, wenn sie sich dauernd erneuern. Von daher möchte ich sie lieber beweglich halten.

Sie entfernt sich.

- Wie auch immer, ein großer Kühlschrank wartet auf dich.

Huch legt die Eiszange auf den Kühlschrank.

- Ich weiß nicht, wann sie zurückkommt. In der Zwischenzeit kann ich ruhig die Landschaft erkunden.

Ein Mann rennt vor die Garage.

- Hallo, ich bin Koray Leroy.

Er trägt ein kleegrünes Kapuzen-Sweatshirt, hat einen Karton in der Hand.

- Rate, was darin ist.

Huch sieht prüfend auf den Karton.

- Nein, ich rate lieber nicht. Sonst kommst du auf die Idee, den Karton zu öffnen.

Leroy reißt den Deckel auf.

- Das ist schon geschehen.

Er packt 6 Gläser aus, stellt sie neben die Eiszange auf den Kühlschrank.

- Weißt du, was dir fehlt?

Huch macht die Augen zu.

- Meinst du etwas Elegantes?

Leroy breitet die Arme aus.

- Dir fehlt ein Geschirrschrank.

Huch zieht den Hals ein.

- Ich habe gar kein Geschirr.

Leroy spurtet davon.

- Denk an die Gläser! Du darfst sie nicht ewig auf dem Kühlschrank stehen lassen. Sie werden dort staubig.

Huch verschließt die Augen.

- Du kannst sie doch wieder in den Karton stellen und mitnehmen.

Eine Frau begrüßt Huch mit Handschlag.

- Hallo, ich bin Merle Hippel.

Sie trägt pfaugrüne Turnschuhe.

- Was hast du für ein schönes Straßenrestaurant!

Er greift ins Haar.

- Meinst du den Tisch und den Stuhl?

Merle setzt sich.

- Ja genau! Ich hätte gern eine Cola mit Eiskugeln.

Ein Mann kommt auf der Schotterstraße.

- Hallo, ich bin Peer Piccoli.

Er trägt einen farngrünen Trainingsanzug und balanciert ein Serviertablett auf dem Handteller.

- Darf ich die Cola servieren?

Merle wendet den Kopf.

- Ich fasse es nicht! Du hast sogar einen Kellner!

Huch wirft die Haare über die Schulter.

- Nein, Peer fragt dich ganz einfach, ob er dir die Cola servieren darf.

Sie lehnt sich im Stuhl nach vorn.

- Ja, gern.

Peer eilt zum Kühlschrank.

- Ich liebe es zu servieren.

Er nimmt die Dose heraus, öffnet den Verschluss.

- Wir sind gut eingerichtet. Sogar Gläser sind da.

Huch schaut ihm über die Schulter.

- Du bist sehr geschickt.

Peer gießt die Cola ins Glas.

- Eine Dose öffnen kann doch jeder.

Er klaubt mit der Zange 2 Eiskugeln aus der Schale.

- Mein Traum ist es, Cola mit Eis anzubieten.

Merle späht in die Garage.

- Ihr seid ein gutes Team.

Peer stellt das Glas aufs Serviertablett.

- Ohne ein gut eingespieltes Team kommt nichts zustande.

Er läuft zum Klapptisch, tischt das Glas auf.

- Da kommt deine Cola mit Eis.

Merle trinkt einen Schluck.

- Das ist die beste Cola, die ich je getrunken habe.

Peer legt das Servierbrett ab.

- Wir tun alles, um unsere Gäste zu verwöhnen.

Er rennt davon.

- Ich hole Nachschub.

Sie leert das Glas genüsslich.

- Du brauchst eine Abwaschmaschine.

Huch schaut mal nach rechts, mal nach links.

- Danke für den Tipp. Eine Maschine wäre bestimmt in der Lage, das Glas zu waschen.

Eine Frau läuft hektisch die Schotterstraße hinauf.

- Hallo, ich bin Magdalena Takahashi.

Sie trägt eine kaffeeschwarze Hose.

- Darf ich das Glas abwaschen?

Huch stützt sich an der Garagenwand.

- Ja, gerne. Kannst du das ohne Maschine machen?

Magdalena nimmt das Servierbrett auf.

- Natürlich. Das Maschinewaschen ist nur eine von vielen Möglichkeiten.

Sie erkundigt sich bei Merle.

- Bist du bedient?

Merle steht auf.

- Ja, danke. Euer Team ist viel größer, als ich dachte.

Magdalena tischt das Glas ab.

- Trotzdem soll sich jeder Gast persönlich angesprochen fühlen. Komm bald wieder. Wir freuen uns, dich mit blitzsauberen Gläsern zu verwöhnen.

Merle klopft Huch auf die Schulter.

- Ich gratuliere dir.

Er beugt den Oberkörper.

- Du musst Magdalena gratulieren. Glücklicherweise ist sie gekommen.

Merle überquert die Schotterstraße im Geschwindschritt.

- Ich werde euer Straßenrestaurant überall empfehlen.

Magdalena wäscht das Glas am Spülbecken.

- Damit es wirklich sauber blitzt, brauche ich ein Spülmittel. Ich hole es und bin gleich zurück.

Huch reckt den Arm nach oben.

- Dankeschön.

Er spaziert langsam die Schotterstraße hinauf.

- Es nimmt mich wunder, wo die Straße hinführt.

Er hört einen Bergbach rauschen, kommt zu einem verwilderten Garten unter einer Buche.

Ein Mann sitzt auf einer Schaukel.

- Hallo, ich bin Quinn Parent.

Er trägt Jeans und eine Baseballmütze.

- Meine Blumenkübel und die Gemüsebeete leiden unter

der Hitze.

Huch hält den Atmen an.

- Es könnte am Wasser liegen.

Er betrachtet eine Malve.

- Sie lässt die Blätter hängen.

Eine Frau nähert sich mit federndem Gang.

- Hallo, ich bin Jasmin Agassi.

Ihr Haar fällt über die Schultern.

- Die Malve braucht Wasser.

Parent rutscht von der Schaukel, geht zu einem kleinen, weiß gekalkten Haus.

- Ich habe ein Regenwasserfass.

Er klopft ans Fallrohr, das die Dachrinne mit dem Fass verbindet.

- Leider ist es leer.

Jasmin hebt die linke Augenbraue.

- Hol doch das Wasser vom Bergbach.

Parent senkt seinen Kopf.

- So weit mag ich es nicht tragen.

Ein Mann geht etwas nach vorn gebeugt.

- Hallo, ich bin Samir Anastas.

Er trägt eine Schlauchhaspel auf dem Rücken.

- Gerne rolle ich den Schlauch zum Bergbach aus.

Parent pflückt eine Tomate vom Stock.

- Der Schlauch hat eine schöne Farbe.

Anastas stellt die Haspel ab.

- Danke.

Jasmins Gesichtszüge entspannen sich.

- Hat diese Farbe einen Namen?

Anastas rollt den Schlauch ab.

- Ja, Ananasgelb.

Parent beißt in die Tomate.

- Gibt es etwas, was ich tun kann?

Anastas reicht ihm eine Düse.

- Ja, sobald der Schlauch abgehaspelt ist, schraubst du die Düse ans untere Ende.

Jasmin greift sich mit beiden Händen an den Hals.

- Denkst du, der Schlauch reicht bis zum Bach?

Er steigt zum Fels hinauf, wo der Wasserfall klingt.

- Ja sicher. Ich lege ab und zu Leitungen. Das macht mir Spaß.

Die Haspel ist leer.

Parent schraubt die Düse an.

- Das war höchste Zeit. Ich höre das Wasser schon glucksen.

Jasmin atmet erst mal tief durch.

- Ich beneide dich. Wer Wasser hat, kann wirklich einen Garten halten.

Er dreht die Düse auf, lässt einen Strahl herausspritzen.

- Willst du im Garten rumplätschern?

Sie übernimmt den Schlauch.

- Du reißt ihn mir aber nicht gleich wieder aus der Hand.

Parent lehnt an einen Baum.

- Nein, ich möchte mich zuerst bedanken.

Jasmin gibt der Malve Wasser.

- Bei wem?

Parent weist auf Huch.

- Du hast meinen Garten gerettet.

Huch steht nahezu starr.

- Nein, das war Jasmin. Sie hatte die Idee mit dem Bergbach.

Jasmin breitet die Arme aus und knickst.

- Aber wer hat mich darauf gebracht?

Sie spritzt Huch an.

- Das warst du.

Parent legt ihm die Hand auf die Schulter.

- Du hast eine schöne Stimme.

Huch senkt die Augen.

- Alle Menschen haben schöne Stimmen.

Jasmin saugt die Luft ein, die nach frischem Bergwasser riecht.

- Willst du den Schlauch auch mal halten?

Er zuckt mit den Schultern.

- Vielen Dank für das Angebot. Später bin ich gern dabei. Zunächst sehe ich mir die Landschaft an.

Parent lässt die Lippen beim Reden leicht auseinandergehen.

- Das kannst du doch auch im Garten tun.

Huch richtet den Blick in die Ferne.

- Ich würde gern abseits gekiester Wege in der Landschaft herumstromern.

Jasmin schreitet mit dem Schlauch durch den Garten.

- Wenn ich dir einen Rat geben darf: Bleib lieber auf den Wegen. Es hat Felsen und steile Abhänge.

Parent fügt bei.

- Es hat auch Schlangen. Die meisten sind ungefährlich, aber wenn du sicher sein willst, läufst du lieber nicht planlos in die Wildnis hinein.

Huch verlässt den Garten.

- Danke für den Tipp. Das habe ich schon nicht vor.

Er kehrt zur Schotterstraße zurück, folgt ihr in den

Felsenhang. Waldreben hängen von den Bäumen herab. Seltsamerweise sind die Blätter quadratisch zurechtgeschnitten, zerbröseln langsam.

Eine Frau kommt ihm mit übermütigem Gang entgegen.

- Hallo, ich bin Carla Dahl.

Ein Drache hockt auf ihrer Schulter.

- Er kann Feuer speien und, wenn er die Zunge rollt, mit Laserstrahlen Blätter schneiden. Was darf er dir zeigen?

Huch hebt die Augenbrauen.

- Feuer und Laserstrahl können sehr wertvoll sein. Es ist natürlich auch toll, wenn dein Drache an sich halten kann.

Sie streichelt das Kinn des Drachens.

- Warum denn?

Er deutet auf ein Blatt.

- Das Schneiden zerstört die Blätter.

Carla schaut ihm in die Augen.

- Das stimmt. Viele Menschen wollen nur sehen, was der Drache alles kann. Aber du denkst an alle Lebewesen. Du hast das Vertrauen des Drachens verdient.

Huch lässt die Hand sinken.

- Er vertraut dir. Du vertraust ihm. Das ist doch ein gutes Verhältnis und besteht bestens ohne mich.

Der Drache hüpft in die Luft, schlägt die Flügel und landet auf Huchs Schulter.

Carla bricht in Gelächter aus.

- Er ist ein wenig in dich verliebt.

Huchs ganzer Körper spannt sich an.

- Ich möchte lieber nicht sein Freund werden.

Sie lehnt sich gegen einen Baum.

- Das musst du auch nicht. Er liebt dich. Das ist etwas ganz

Anderes.

Huch dämpft die Stimme.

- Er hat furchtbar lange Krallen.

Carla streift seine Schulter mit kurzen Blicken.

- Hat er dich verletzt?

Huch bewegt sich so langsam und zäh wie unter Zeitlupe gesetzt.

- Nein, ich bin von seinem Gespür beeindruckt. Und das ist besser, als wenn ich einen Eindruck von seinen Krallen bekäme.

Carla verschwindet hinter dem Vorhang der Waldreben.

- Der Drache hat dich gefunden.

Huch lauscht dem Geräusch ihrer Schritte nach.

- Moment! Frag den Drachen, ob er mit dir gehen möchte.

Von weit her ruft Carlas Stimme.

- Habt es gut zusammen!

Huch blickt verwirrt um sich.

- Ich weiß nicht einmal, wie der Drache heißt.

Er durchquert den Felsenhang auf der Schotterstraße, gerät vor eine eingewachsene Betonhöhle. Efeu überwuchert die verwitterte Außenwand.

Ein Mann dackelt in tänzerischen Zick-Zack-Bewegungen durch den Hang.

- Hallo, ich bin Paul Eichhorn.

Er trägt ein hellrotes Hemd und hat einen Kaffeebecher in der Hand.

- In der Höhle hat es einen Pizzaautomaten. Er wird dich begeistern.

Huch späht ins Halbdunkel.

- Was hast du vor?

Eichhorn drückt auf einen Knopf.

- Ich will uns glücklich machen.

Im verrosteten Automaten leuchtet ein Lämpchen auf.

Eichhorn trommelt nervös mit den Fingern auf die Wahltaste.

- Was ist deine Lieblingspizza?

Huch zögert, als er den Motor surren hört.

- Es gibt bestimmt mehr Pizzasorten, als man denkt.

Eichhorns Brauen spannen sich an.

- Das ist doch egal, wie viele Sorten es gibt. Du musst ja nur deine Lieblingspizza kennen.

Huch macht eine eher abwehrende Bewegung mit der Hand.

- Man muss sie ja nicht unbedingt kennen. Man könnte sie auch mit dem Los ermitteln.

Eichhorn wählt eine Taste.

- Dann ist es eine Zufallspizza, nicht die Lieblingspizza.

Eine Tiefkühlpizza landet mit dumpfem Knall im Entnahmeschacht.

Eichhorn nippt an seinem Kaffeebecher.

- Der Automat muss kaputt sein. Früher kam die Pizza frisch gebacken heraus.

Eine Frau strebt zur Betonhöhle.

- Hallo, ich bin Milena Pisano.

Sie trägt ein Arbeitskleid.

- Ich habe einen Steinofen gebaut. Es fehlt nur das Holz, um tüchtig einzuheizen.

Eichhorn blickt auf den Drachen.

- Du kannst Feuer speien. Ich bin sicher.

Der Drache faucht, speit einen langen Feuerstrahl, welcher

die Betonhöhle blitzartig erhellt.

Milena schiebt das rechte Bein etwas nach vorn.

- Wozu brauchen wir Holz, wenn wir einen Drachen haben?

Sie läuft aus der Betonhöhle, führt Eichhorn, den Drachen und Huch zu ihrem Steinofen.

- Da sind wir.

Mit leuchtenden Augen sagt sie zu Huch.

- Meine Liebe zu dir und deinem Drachen wird nie abkühlen.

Der Drache flattert vor die Öffnung des Ofens, heizt mit einem dauernden Feuerstrahl ein.

Huch richtet sich auf.

- Das ist nicht mein Drache.

Milenas Stimme klingt verträumt.

- Das mag sein. Aber er hat dich gern. Das sehe ich.

Eichhorn lässt den Blick über die Steine schweifen, die herumliegen.

- Was machen wir, bis der Ofen heiß genug ist?

Sie winkelt den Arm ab.

- Wir spielen mit den Steinen Boccia.

Huch streift durch den Felsenhang.

- Ich gehe ein bisschen spazieren.

Milena heftet ihre Augen an sein Gesicht.

- Das ist schade. Ich würde gern mit dir spielen.

Eichhorn streckt lächelnd den Kopf weit vor.

- Warum willst du nicht mit mir spielen?

Sie liest Steine auf.

- Ich spiele auch gern mit dir.

Ein reißender Bach stürzt über einen schroffen Fels. Huch geht am Wasserfall vorbei, begegnet einem gleißend weißen Rauschen, aus dem sich ein Astronaut herauskristallisiert.

- Hallo, ich bin Leon Birk.

Er trägt einen Raumanzug.

- Ich möchte etwas auf der Zunge zergehen lassen.

Huch streift eine Haarsträhne aus dem Gesicht.

- Was sind deine Vorlieben? An was denkst du?

Birk nimmt den Helm ab.

- Ein Bonbon wäre fein.

Eine Frau beschleunigt die Schritte, eilt herbei.

- Hallo, ich bin Annika Zig.

Sie trägt ein grellfarbiges Seidenkleid.

- Darf ich dir ein Bonbon anbieten?

Birks rechte Augenbraue schnellt in die Höhe.

- Da sage ich nicht nein.

Sie kramt ein Bonbon aus der Tasche. Es ist in knisterndes Papier eingeschlagen.

- Du wirst begeistert sein. Es sieht genau wie eine Himbeere aus und schmeckt auch so.

Er packt es aus.

- Das Bonbon fühlt sich sogar wie eine Himbeere an.

Annika hüpft durch die Luft.

- Habe ich zu viel versprochen?

Birk zieht den Mund breit.

- Vielleicht zu wenig.

Sie reckt den Kopf, dreht ihn rasch.

- Zu wenig? Wieso?

In seiner Stimme liegt ein leises Vibrieren, das auf ziemliche Aufregung deutet.

- Wie kann ich ein Bonbon, das wie eine Himbeere

aussieht, genauso schmeckt und sich anfühlt, von einer gewöhnlichen Himbeere unterscheiden?

Annika tippt auf seine Schulter.

- Indem du das Bonbon auf der Zunge zergehen lässt.

Birk schiebt es in den Mund.

- Es ist toll.

Er knüllt das knisternde Papier zusammen.

- Wo kann ich die Verpackung entsorgen?

Ein Mann klettert den Felsenhang hinauf.

- Hallo, ich bin Finn Holm.

Er trägt einen milchweißen Rollkragenpullover.

- Ich bin extra raufgestiegen, weil ich ein Knistern hörte.

Birk zeigt ihm das Papier.

- Ich wollte es gerade wegwerfen.

Holm streckt den Arm aus.

- Gib es mir.

Birk bleibt der Atem weg.

- Ist das etwas Besonderes?

Holm legt die Hände übereinander.

- Ja. Ich kann Töne sehen.

Annikas Mundwinkel zucken. 2 Grübchen blitzen auf.

- Und was siehst du, wenn das Papier knistert?

Sein Blick verliert sich im Dunst über dem Felsenhang.

- Ich sehe ein Wunderkind.

Birk gibt ihm das Papier.

- Du kannst es haben. Ich höre nur das Knistern und sehe leider gar nichts.

Zwanzigstes Kapitel

Am Gehen

Ein Mädchen steigt durch die Felsen hinauf.

- Hallo, ich bin Stella Sonnenschein.

Sie trägt ein grünblaues Kostüm.

- Siehst du mich?

Birk verschränkt die Arme hinter dem Kopf.

- Fragst du mich?

Stella spannt den zierlichen Rücken.

- Ja, genau dich. Du hast gesagt, du würdest nichts sehen.

Sie bricht in Gelächter aus.

- Bin ich etwa nichts?

Er blickt verstört.

- Nein, du bist ganz schön herausfordernd.

Stella flachst herum.

- Wieso sagst du das?

Birk biegt das Schlüsselbein nach hinten.

- Deine Fragen fordern mich heraus. Darum.

Sie kippt nach vorn.

- Natürlich fordere ich dich heraus, bin schließlich das Wunderkind.

Annika begrüßt sie mit Handschlag.

- Willkommen! Ich habe mir schon immer gewünscht, ein Wunderkind zu treffen.

Er fragt mit einem unbewegten Blick.

- Kannst du uns ein Wunder zeigen?

Stella geht zur Felswand.

- Ich kann durch die Wand gehen.

Birk stockt der Atem.

- Was machst du? Spazierst du in den Fels hinein?

Sie nimmt Anlauf.

- Genau! Wie die Eisenbahn in einen Tunnel.

Er runzelt die Stirn.

- Möchtest du nicht lieber ein normales Wunder machen?

Stella durchdringt den Fels, als würde sie durch ein Stück Nebel gehen.

- Ein andermal gern.

Birk versucht, ihr nachzulaufen.

- Vielleicht ist das gar kein richtiger Stein.

Er prallt gegen den Fels.

- Ich nehme alles zurück.

Annika trampelt vor Begeisterung mit den Füßen.

- Wir sollten unbedingt mehr Bonbons holen.

Sie rennt davon.

- Kommt mit.

Birk folgt ihr.

- Wieso brauchen wir mehr Bonbons?

Holm huscht eilig an ihm vorbei.

- Damit ich weitere Wunderkinderkinder sehe.

Huchs Blick verliert sich schnell in der Ferne.

- Ich gehe lieber vorsichtig durch den Felsenhang.

Ein Zettel liegt auf dem Weg.

Ein Mann bewegt sich in kleinen Schritten darauf zu.

- Hallo, ich bin Noah Herten.

Er trägt ein Kapuzenshirt.

- Ist das dein Zettel?

Huch drückt den Rücken durch.

- Nein, er gehört nicht mir.

Herten zögert einen Moment lang.

- Sollen wir ihn liegen lassen oder auflesen?

Huch kehrt den Handteller nach oben.

- Ich überlasse dir die Entscheidung.

Herten sieht sich hilflos im Kreis um.

- Außer uns ist niemand da.

Er bückt sich.

- Ja dann hebe ich ihn auf.

Huch schiebt die Hüfte vor.

- Es ist ein rechteckiger Zettel, in der Mitte gefaltet.

Herten öffnet ihn und liest.

- Ich habe ein Plüschtier verloren.

Er lässt die Unterlippe hängen.

- Das wird nicht einfach zu finden sein. Wir wissen nicht, wie es aussieht.

Eine Frau nähert sich, wippt auf den Zehenspitzen.

- Hallo, ich bin Mina Mira.

Sie trägt ein eisvogelblaues Glitzerkäppchen.

- Ich habe ein Plüschtier gesehen.

Herter treibt die Neugier an.

- Wo denn?

Mina geht durch den Felsenhang.

- Ich führe euch gern hin.

Sie zeigt ihnen einen Weg durch wilde Brombeerranken zu einem rosafarbenen Sandsteinfels, auf welchem ein sprechendes Plüsch-Einhorn liegt.

- Hallo, ich bin das Plüsch-Einhorn.

Es ist aus hermelinweißem Plüsch gefertigt.

- Braucht ihr etwas?

Herten zeigt ihm den Zettel.

- Jemand hat dich verloren. Weißt du, wer den Zettel schrieb?

Das Plüsch-Einhorn zuckt mit den Wimpern.

- Ah, ihr sucht Elli Bernoulli, die ich verloren habe.

Mina verzieht die Augenbrauen.

- Eigentlich haben wir dich gesucht, weil dich Elli verloren hat.

Das Plüsch-Einhorn macht einen langen Hals.

- Jeder Verlust ist eine Chance.

Herten wirkt ein wenig unschlüssig, wie es weitergehen soll.

- Weißt du, wo Elli ist?

Das Plüsch-Einhorn lässt den Blick entspannt über den Sandsteinfels gleiten.

- Ich weiß nur, wo das Bett ist.

Es trabt über den Fels zu einer Wiese, wo niedrige, moosbewachsene Steinmauern ein Rechteck bilden. Gestrüpp wuchert, verdeckt die Sicht auf ein Bett.

Auf die Bettwäsche ist ein Comicfrosch gedruckt.

- Hallo, ich bin Felix Mauser.

Er ist mehrfach abgedruckt, jedoch nur der große Frosch auf der Bettdecke kann sprechen, während die kleineren seine Mundbewegungen lautlos nachahmen.

- Sucht ihr jemanden?

Das Plüsch-Einhorn springt auf die Decke.

- Ja, wir suchen Elli.

Mauser guckt es mit einem seltsamen Lächeln an.

- Sie sucht dich.

Herter mischt sich ins Gespräch.

- Wo?

Mauser deutet auf ein weites Feld mit ziegelroter Erde.

- Dort hinten.

Minas Zunge berührt die Oberlippe.

- Täusche ich mich, oder ist das ein besonders bequemes Bett?

Mauser drückt in der Luft Klaviertasten. Ein Wiegenlied tönt.

- Probier es aus.

Sie streift die Schuhe ab, schlüpft unter die Decke.

- Es ist wunderbar, aber ich möchte hier nicht alleine liegen.

Er legt die Vorderfüße mit gespreizten Zehen aufeinander.

- Wer ist der Auserwählte deines Herzens?

Mina lächelt verkniffen.

- Der was?

Mauser verdreht die Augen.

- Mit wem möchtest du am liebsten im Bett liegen?

Sie kann nicht anders, als Huch unaufhörlich ins Gesicht zu blicken.

- Mit dir.

Huch tritt rückwärts ins Grasdickicht zurück.

- Im Moment bin ich überhaupt nicht müde.

Mauser macht eine einladende Handbewegung.

- Das ist eine geradezu ideale Voraussetzung. Wer will schon einen müden Mann im Bett?

Herter umtänzelt das Bett.

- Ich bin hellwach.

Mina schlägt die Decke zurück.

- Das trifft sich gut.

Mauser kichert vor sich hin.

- Es hat Platz für alle 3.

Huch zieht das Kinn zurück.

- Ich bringe das Plüschtier zu Elli.

Das Einhorn springt von der Bettdecke.

- Ich bringe mich selber überall hin.

Es läuft auf das ziegelrote Feld hinaus.

- Vertraut mir!

Huch schreitet ruhig hinterher.

- Dann ist es gut.

Das Einhorn dreht sich abrupt um.

- Warum folgst du mir dann?

Er zieht die Schulter zurück.

- Es nimmt mich wunder, ob Elli den Zettel geschrieben hat.

Es trabt weiter.

- Du bist freundlich.

Ein Mädchen sitzt unter einer Palme auf der ziegelroten Erde.

- Hallo, ich bin Elli Bernoulli.

Der Schatten der Palme sieht aus, als würden Engelsflügel aus Ellis Rücken wachsen.

- Ich habe schon gedacht, dass mir jemand das Plüsch-Einhorn zurückbringt.

Huch holt Luft.

- Es hat dich selber gefunden. Aus seiner Sicht bist du verloren gegangen.

Elli reißt die Arme hoch.

- Mein Einhorn verkehrt die Welt. Ich könnte vor Bewunderung weinen.

Sie begutachtet Huch.

- Warum siehst du so neugierig aus?

Er wischt den Staub aus den Augenwinkeln.

- Ich erkunde die Landschaft.

Elli steht auf.

- Macht das Spaß?

Huch tritt aus dem Schatten.

- Ja, wenn du einmal das Erkunden begonnen hast, kannst du es immer fortsetzen. Du kommst nie an den Punkt, wo es aufhört.

Ein Wal schwebt durch die Luft, landet neben der Palme, öffnet das Maul.

Das Einhorn läuft in den Walbauch.

- Was ist? Fliegt ihr mit?

Elli rennt hinterher.

- Du bist das faulste Einhorn, das ich kenne. Immer steigst du in den Wal.

Sie richtet den Blick auf Huch.

- Wunderbar ist die Landschaft von oben. Steig ein!

Huch sagt mit einem Augenzwinkern.

- Ein andermal gern. Ich möchte noch ein paar Schritte wechseln.

Sie dreht sich ab.

- Ich finde dich komisch.

Der Wal schließt das Maul, hebt ab und gewinnt schnell Höhe. Der Himmel strahlt in einem tiefen, vielstufigen Blau. Eine niedrige Wolke zieht vorbei.

Huch findet eine Landstraße. Sie führt durch Büsche mit

weit herausragenden Zweigen. Teilweise ist sie von einem Erdrutsch verschüttet.

Ein Mann schiebt sich breitbeinig über den Schutt.

- Hallo, ich bin Henri Hicks.

Er trägt Jeans und eine eisweiße Lederjacke.

- Ich habe mehr Schlüssel als ich möchte.

Huch zieht die Augenbrauen zusammen.

- Was hast du vor?

Hicks klaubt den Schlüsselbund aus der Tasche.

- Ich schenke dir einen Schlüssel. Dann habe ich einen weniger.

Huch presst die Lippen fest zusammen.

- Ich möchte lieber keinen Schlüssel.

Eine Frau taucht auf.

- Hallo, ich bin Annabelle Feodor.

Sie hat den Mund rosarot geschminkt.

- Ich sammle fleißig Schlüssel.

Hicks trennt einen Schlüssel vom Bund.

- Hoffentlich bist du nicht fürchterlich enttäuscht. Es ist ein gewöhnlicher Schlüssel.

Annabelle nimmt ihn in die Hand, betrachtet ihn von allen Seiten.

- Ich bin sicher, dass er mir gefällt und Erfolg bringt.

Plötzlich biegen sich die Zweige auseinander.

Ein Mann springt aus dem Gebüsch.

- Hallo, ich bin Max Streckenbach.

Er trägt eine Operettenuniform und hat eine Bonbonschachtel in der Hand.

- Möchte jemand ein Bonbon?

Hicks klimpert mit dem Schlüsselbund.

- Ja, ich kann dir gar nicht erklären, wie gern ich Bonbons habe.

Streckenbach rennt an ihm vorbei.

- Das ist auch nicht nötig. Du musst es mir beweisen.

Hicks verzerrt den Mund.

- Was wird das? Ein Rennen?

Streckenbach hüpft über den Schutt.

- Du hast es erraten. Fang mich! Dann kriegst du eines.

Hicks verfolgt ihn.

- Für ein Bonbon laufe ich bis ans Ende der Welt.

Annabelle wendet die Augen ab.

- Wollen wir auch ein Bonbon gewinnen?

Huch reibt seinen Zeigefinger rund um die Nase.

- Würdest du auch für ein Bonbon bis ans Ende der Welt laufen?

Sie klatscht sich auf den Bauch.

- Sogar noch weiter! Ich liebe Bonbons. Aber zuerst möchte ich herausfinden, in welches Schloss der Schlüssel passt.

Die Schatten springen auf der Landstraße hin und her wie tanzende Geister. Eine Steintreppe zerbröselt zwischen alten Mauern, führt zu einem kleinen Pavillon mit einem Kupferdach.

Eine Frau grüßt mit Handzeichen.

- Hallo, ich bin Jule Deng.

Sie hat sich bei der Schulter eine Feder an den Träger ihres Kleids geheftet und ein enzianblaues Kästchen in der Hand.

- Ratet mal, was da drin ist.

Annabelle verzieht ihr Gesicht.

- Mach es doch auf. Ich rate nicht so gern.

Jule lehnt zurück und blickt zu Huch.

- Und du? Findest du es schwierig zu raten?

Er befeuchtet mit der Zunge die Unterlippe.

- Das Kästchen öffnen ist einfacher.

Sie rollt die Augen.

- Das meinst du nur. Ich habe nämlich den Schlüssel verloren.

Annabelle krümmt die Finger.

- Rate mal, was ich in der Hand habe.

Jules Mundwinkel nehmen verträumte Züge an.

- Eine Kaffeebohne?

Annabelle öffnet die Hand.

- Irrtum, es ist ein Schlüssel.

Jule blinzelt nervös.

- Das ist nicht mein Schlüssel.

Annabelle versucht, ihn ins Schloss zu stecken.

- Vielleicht passt er trotzdem.

Sie zieht ihn zurück.

- Das ist schade. Da ist leider nichts zu machen.

Ein Mann bummelt über die Landstraße.

- Hallo, ich bin Liam Grupp.

Er trägt ein dunkles Sakko und eine dunkle Hose, hat in der Hand eine kleine bananengelbe Truhe.

- Vielleicht passt dein Schlüssel ins Schloss meiner Truhe.

Annabelle schiebt ihn ein, dreht ihn um.

- Das geht ziemlich gut.

Der Deckel springt auf.

Jule fasst blind in die Truhe.

- Gleich werden wir sehen, was drin ist.

Sie klaubt einen Schlüssel heraus.

- Das ist ja mein Schlüssel!

Huch hält gespannt den Atem an.

- Bist du sicher?

Jule verzieht keine Miene.

- Ich bin der Mensch, der diesen Schlüssel am besten kennt.

Sie steckt ihn ins Schloss ihres enzianblauen Kästchens.

- Seht ihr?

Sie dreht ihn zweimal um, und der Deckel springt auf. Ein goldener Stern blinkt auf einem Samtkissen.

Grupp betrachtet ihn gierig und forschend.

- Was ist das für ein Stern?

Jule nimmt ihn aus dem Kästchen.

- Das ist ein Wunschstern.

Sie wirft einen Blick auf Grupp.

- Hast du einen Wunsch?

Er lässt die Schultern hängen.

- Ich hätte gern einen Handschuh, der sprechen kann.

Eine Frau läuft über die Landstraße.

- Hallo, ich bin Tilda Walker.

Sie trägt eine ahorngrüne Blume aus Kunststoff im Knopfloch und hat einen sprechenden Handschuh.

- Hallo, sagt der Handschuh, wer will mich haben?

Grupp beugt den Kopf zu ihm.

- Ich!

Der Handschuh lockt mit dem Finger.

- Nimm mich!

Grupp ergreift ihn, legt ihn auf die linke Hand.

- Dankeschön.

Der Handschuh trommelt ungeduldig mit den Fingern.

- Nichts zu danken! Warum willst du mich haben?

Grupp winkelt die Arme an.

- Ich fühle mich leer.

Der Handschuh legt den Daumen ein.

- Ja und? Möchtest du lieber ausgestopft sein?

Grupp vergräbt die rechte Hand in der Tasche.

- Nein, das würde mir kaum gefallen.

Der Handschuh springt in die Luft und malt mit dem Finger einen winzigen Halbkreis.

- Wenn ich nur ein paar Jahre älter wäre, würde man mich mit Anfragen überhäufen.

Huch spitzt die Lippen.

- Kannst du jodeln?

Der Handschuh biegt den Daumen und den kleinen Finger ein, als würde er den Handteller des Handschuhs wie einen Bauch zusammenhalten, und jodelt. Das Echo widerhallt von den alten Mauern.

Jule hört mit halboffenem Mund zu.

- Du jodelst wunderbar.

Sie zeigt ihm den Wunschstern.

- Hast du einen Wunsch?

Der Handschuh knickst und verbeugt sich höflich.

- Ja sicher. Ich möchte gackern können wie ein richtiges Huhn.

Kaum ist die letzte Silbe verklungen, plustert er sich auf, bekommt Federn, Flügel und einen Kamm, verwandelt sich in ein gackerndes Huhn. Er schlägt die Flügel, springt von Grupps Hand, läuft die Landstraße hinunter.

Grupp rennt ihm mit gesenktem Kopf nach.

- Warte! Wo läufst du hin?

Tilda spurtet los.

- Entschuldigt mich bitte. Mein sprechender Handschuh ist wirklich noch sehr jung.

Jule versucht, einen Blick von Annabelle zu erhaschen.

- Hast du auch einen Wunsch?

Annabelle zieht die Schulter hoch.

- Ich würde gern durch die Wolken fliegen.

Jule zeigt beim Lächeln alle Zähne.

- Ganz allein?

Annabelle schaut Huchs ins Gesicht.

- Du könntest dir einen wunderbaren Überblick über die Landschaft verschaffen. Fliegst du mit?

Er schaut zu Boden.

- Danke für die Einladung. Wann fliegst du los?

Sie schnellt nach vorn.

- Am liebsten gleich. Ich habe schon immer davon geträumt. Und jetzt haben wir einen Wunschstern, der es möglich macht.

Huch schaut den Wolken zu.

- Ich würde gern darüber nachdenken, bevor ich mich entscheide.

Jule presst den Zeigefinger auf die Lippen.

- Ja, hast du denn einen anderen Wunsch?

Er legt die lose geballte Faust in die nach oben offene andere Hand.

- Was würdest du an meiner Stelle wünschen?

Sie reißt die Arme hoch.

- Ich würde Annabelle begleiten.

Sie fliegt mit Annabelle zu den Wolken hinauf.

- Hoppla, so schnell kann sich ein Wunsch erfüllen.

Sie verschwinden in einem hochaufgetürmten Wolken-
berg.

Huch schützt die Augen vor dem Glanz.

- Ein Wunsch lässt sich nicht unausgesprochen machen.

Ein Mann bewegt sich eckig und ungelenk über die
Landstraße.

- Hallo, ich bin Niklas Parr.

Er trägt einen leichten Mantel und einen flatternden Schal,
deutet auf die Sommersprossen auf seiner Nase.

- Findest du Sommersprossen schlimm? Sehe ich wie ein
Knabe aus?

Huch betrachtet sein Gesicht genau.

- Alle Menschen können wie ein Knabe aussehen.
Sommersprossen schlimm zu finden, ist vielleicht kein so
guter Einfall.

Parr hüpft auf der Stelle.

- Du machst mir neuen Mut.

Er legt den Daumen und die überwölbten Finger an die
Stirn.

- Willst du die Sprache der Fische lernen?

Huch schiebt die Hände in den Sack und lehnt mit der
Schulter gegen einen Baum.

- Wo hat es Fische?

Eine Frau kommt der Landstraße entlang.

- Hallo, ich bin Thea Kola.

Sie trägt ein seerosenweißes, weites Kleid.

- Im See schwimmen viele Fische. Ich führe euch gern hin.

Parrs Gesichtsausdruck ändert sich schlagartig.

- Das ist alles, was wir wollen.

Thea lenkt die Schritte von der Straße weg, steigt auf eine honiggelbe Sanddüne.

- Gefällt dir die Farbe?

Huch bückt sich, lässt den Sand durch die Finger rieseln.

- Das ist eine außergewöhnliche Farbe.

Parr zieht die Schuhe aus, läuft barfuß über die Düne.

- Komm hoch! Ich muss dich etwas fragen.

Huch stellt sich neben ihn.

- Um was geht's?

Parr deutet aufs Wasser.

- Was sagst du zum Blau des Sees?

Huch schaut über die Schulter zurück.

- Was würdest du dazu sagen?

Thea schließt zu ihnen auf.

- Es ist königsblau.

Gemeinsam gehen sie zum Ufer hinunter.

Parr rennt vorwärts und rückwärts über den Fels.

- Ich denke, wir können einander helfen. Dir fällt sicher ein Name für die Farbe ein.

Huch setzt einen Fuß vor den andern.

- Vielleicht hat Thea schon einen gefunden.

Sie schiebt die Knie auseinander.

- Der Fels ist rosarot.

Parr ruft den Fischen.

- He, hier ist ein Mensch und will eure Sprache lernen.

Ein Fisch taucht auf.

- Hallo, ich bin Milan Pesch.

Er fluoresziert algengrün.

- Wer will meine Sprache lernen?

Parr deutet auf Huch.

- Er findet eure Sprache sympathisch.

Pesch richtet den Blick auf Huch.

- Rede einfach mit mir. So lernst du meine Sprache.

Huch öffnet die Augen weit.

- Über was willst du mit mir reden?

Pesch klatscht mit dem Schwanz aufs Wasser.

- Frag einfach, wie es mir geht.

Huch dreht die Schultern hin und her.

- Wie geht es dir?

Peschs Schuppen glänzen.

- Nicht so gut. Ich sehe lauter Menschen, die nicht gut Wasser transportieren können.

Eine Frau lungert barfuß am See herum.

- Hallo, ich bin Elif Pflaum.

Sie hat buchengrün lackierte Fingernägel. In einer Hand liegt eine Eierschale.

- Damit kann ich Wasser transportieren.

Parr atmet erleichtert auf.

- Hier siehst du eine Frau, die eine Schale füllen kann.

Elif bückt sich.

- Mit links.

Pesch verzieht den Mund.

- Ich dachte: mit Wasser.

Sie taucht die Eierschale in den See.

- Mit links und mit Wasser.

Thea fragt den Fisch.

- Wohin sollen wir das Wasser transportieren?

Pesch springt in die Höhe.

- Bringt es zum grün leuchtenden Kaninchen.

Elif richtet sich mit der vollen Eierschale auf.

- Wo ist dieses Kaninchen?

Ein Mann durchquert die Uferbucht mit schnellen Schritten.

- Hallo, ich bin Mats Karo.

Er trägt glänzende Schuhe. Sie sehen wie frisch lackiert aus.

- Ich zeige euch gern, wo das Kaninchen lebt. Habt ihr etwas Wasser dabei?

Elif hebt die Schale hoch.

- Ja, und es ist mehr wert als glitzernde Juwelen.

Karo wirft die Haare zurück.

- Du hast Recht. Ohne Wasser geht gar nichts.

Pesch taucht unter.

- Ihr seid ein gutes Team.

Karo führt sie zu einer Trockenwiese mit Wachholder-sträuchern. Sie liegt zwischen schroffen Kalksteinfelsen am Hang. Ein Kaninchen stellt die Ohren, läuft jedoch nicht davon.

Elif nähert sich vorsichtig.

- Magst du trinken?

Das Kaninchen hat die Eierschale rasch geleert. Sein seidengrauer Pelz verfärbt sich grün und beginnt zu leuchten.

Thea legt den Finger auf den Mund.

- Ich würde auch gern so grün sein und leuchten.

Karo legt ihr den Arm über die Schulter.

- Geh langsam zum Kaninchen und berühre es.

Schritt für Schritt tappt Thea zum Kaninchen, streichelt es am Rücken.

- Hoffentlich mache ich es richtig.

Sie läuft grün an und leuchtet.

Elif hält den Atem an.

- Darf ich das auch versuchen?

Karo streicht sich eine Locke aus der Stirn.

- Ja sicher, mach es wie Thea! Wenn wir das Kaninchen nicht erschrecken, können wir alle grün werden und leuchten.

Sie legt die Hand behutsam auf den Pelz, wird grün, leuchtet.

- Ich brauche einen Spiegel.

Eine Frau trippelt über die Trockenwiese.

- Hallo, ich bin Melissa Connolly.

Sie hat lange buchsgrüne Haare und trägt einen Standspiegel.

- Darf ich ihn vor den Wachholderstrauch stellen?

Elif rappelt sich auf.

- Ja. Ich kann es kaum erwarten.

Sie tritt vor den Spiegel.

- Ich wollte immer schon grün sein. Aber zu leuchten, das übertrifft alles.

Thea stellt sich neben sie.

- Von nun an möchte ich nur noch grün sein.

Parr weist mit dem Arm auf Huch.

- Was machst du?

Huchs Blick gleitet über die beiden grünen Frauen.

- Ich bin nicht entschlossen.

Parr berührt das Kaninchen.

- Ich schon.

Er beginnt, grün zu leuchten, drängt sich zwischen Elif und Thea, streckt den Kopf vor.

- Meine Sommersprossen sind weg.

Karo lacht hell auf.

- Ich fühle mich geradezu farblos neben euch.

Er läuft zum Kaninchen, tippt mit dem Finger an den Pelz, läuft grün an, leuchtet.

- Grün ist die Farbe des Glücks.

Melissa zieht immer engere Kreise um Huch.

- Wenn du jetzt zum Kaninchen gehst, bist du schneller als ich.

Huch tastet sie mit Blicken ab.

- Möchtest du auch grün werden?

Ihre Lippen deuten ein Lächeln an.

- Nach dir.

Er schließt die Lider.

- Ich meditiere noch.

Melissa legt die Hand auf seine Schultern.

- Einfach so rumstehen und zögern, das soll eine Meditation sein?

Huch schlägt die Augen auf.

- Ich denke nach.

Sie geht zum Kaninchen, dreht den Kopf zu Huch.

- Du scheinst eher zu schlafen.

Parr spielt mit den Zehen.

- Er sieht dein schönes Gesicht an.

Sie fährt mit der Hand über das Fell des Kaninchens, wird grün und leuchtet.

- Und? Wie sehe ich jetzt aus?

Karo beugt sich sehr weit nach vorn.

- Du gehörst zu uns, bist voll dabei.

Melissas Augen gleiten über die Gruppe hinweg, bis sie

an Huchs Gesicht hängen bleiben.

- Bist du jetzt bereit?

Er stellt die Füße auf den Ballen, dann auf die Fersen.

- Ich bin gerade am Gehen.